Bibliografische Informationen der deutschen Nationalbibliothek:
Die Deutsche Nationalbibliothek verzeichnet diese Publikation in
der Deutschen Nationalbibliographie, detaillierte bibliographische
Daten sind im Internet über dnb.dnb.de abrufbar.

TWENTYSIX – Der Self-Publishing-Verlag
Eine Kooperation zwischen der Verlagsgruppe Random House und
BoD-Books on Demand

© 2017 Lang, Robin

Herstellung und Verlag:
BoD – Books on Demand, Norderstedt

ISBN: 9783740725495

Danksagung

Ich möchte all denen danken, die von Anfang an an mich und meine Geschichten geglaubt haben, die mir den Mut zugesprochen haben, weiterzuschreiben, die mir mit Fragen und Tipps geholfen haben, die Geschichten besser zu machen. Die nie müde wurden, meine Rechtschreibfehler zu suchen und mir die Kommaregeln um die Ohren gehauen haben. Meine Betaleser und FB – Frauen, die Bloggerinnen und Rezischreiberinnen. Ihr seid das Beste, was mir je passiert ist!
Die Geschichte der Numa ist im Sommerurlaub 2016 in meinem Kopf entstanden und brauchte dann noch einige Zeit, bis ich sie aufschreiben konnte.

Danke Jenny, Alex, Nadine, Simone, Nicole, Lena und den Mädels von Blind Date Books!

Danke, Jeannette, für den Kampf gegen meine Bandwurmsätze.
Danke, Catha, fürs Sortieren von „ns" und „ms".
Danke, Vanessa, für all die schönen Cover!

Und natürlich meiner Familie, allen voran meinen Kindern, die mich haben schreiben lassen und sich umeinander gekümmert haben, wenn ich mal wieder in meine Geschichten eingetaucht war.

Numa

Die Lichtung

(Numa Teil 1)

Vor 3 Monaten

Er schlug die Tür hinter ihr zu. Dann starrte er mit seinen irren Augen durch die Gitterstäbe zu ihr hinüber: „Du wirst mir schon zeigen, was ich will. Wir werden allen beweisen, dass es euch gibt und was ihr seid! Einer von euch wird schon schwach werden!" Dann ging er weg, entlang an einer Reihe weiterer Käfige und machte sich einen Spaß daraus, gegen das eine oder andere Gitter zu schlagen, so dass der jeweilige Insasse erschrocken zusammenzuckte. Und während der eine oder die andere ein unmenschliches Heulen von sich gab, schloss er die Tür zu dem Kellergewölbe hinter sich und trat in sein „Labor" ein. Die rote Lampe der versteckten Kamera zeigte ihm, dass SIE alles beobachteten. Ob er sich als würdig erwiesen hatte?

Zur gleichen Zeit, ungefähr 30 km entfernt.

Mitch öffnete die Tür zu seinem Haus. Es war ungewöhnlich still. Normalerweise hörte er seine Frau singen oder mit dem Geschirr klappern, gerade, wenn er von einer 24 Stunden Schicht zurückkam. Sie waren seit zehn Jahren verheiratet und abgesehen von dem einen oder anderen Streit waren sie immer glücklich gewesen. Der einzige Wehmutstropfen war, dass sie keine Kinder bekommen konnten. Das hatte sie ihm

schon ganz zu Anfang ihrer Beziehung gesagt. Doch wenn er nur sie hatte, dann hatte er alles, was ihn für immer glücklich machen würde.
Er ging von Zimmer zu Zimmer und rief ihren Namen. Zuletzt sah er im Schlafzimmer nach. Es lag ganz nach ihren Wünschen im Erdgeschoss mit einem großen Fenster zur Waldseite.
„Diana – bist du hier?" Und dann sah er sie, sie lag in ihrem Bett, hatte die Augen geschlossen, so, als würde sie schlafen. Aber er wusste es besser! Ihre Augen bewegten sich hin und her, wie im REM Schlaf üblich. Das Fenster stand offen, der Raum war ausgekühlt. Sie lag genauso da wie vor über einem Tag, als er sie abends noch geliebt hatte, bevor er zu seiner Schicht aufgebrochen war. Er fiel auf die Knie und fing an zu weinen.
„Gott, Diana, bitte nicht, bitte du nicht auch, komm zu mir zurück, hörst du? Du musst zu mir zurück kommen!"
Nach ein paar Minuten hatte er sich wieder soweit im Griff, dass er sein Handy nehmen und die 911 wählen konnte.
„Hallo, bitte schicken Sie einen Rettungswagen, hier spricht Chief Morgan aus Purple Beach. Ich bin gerade von der Schicht nach Hause gekommen und habe meine Frau im Schlafzimmer gefunden. Sie liegt im Koma!"
Dann nannte er noch seine Adresse und setzte sich neben seine Frau. Er nahm ihre Hand, küsste die Innenfläche und betete zu Gott, dass sie wieder zu ihm zurück kommen würde. Soweit er wusste, war sie schon der dritte Fall - und das alleine in seinem Bezirk! Wenn er nur wüsste, wo er suchen sollte …

Heute – Flughafen München

Jo, mir gefällt das ganz und gar nicht, überhaupt und sowas von gar, gar, gar nicht, allein die Vorstellung, jetzt gleich für Stuuuuuunden in einem Flugzeug eingeschlossen zu sein, was, wenn du einschläfst und ich ...
Könntest du bitte aufhören, hier rum zu jammern und mich noch nervöser zu machen? Alles wird gut, ich steige gleich in dieses Flugzeug, wir fliegen nach Amerika zu Onkel Mitch, ich schlafe nicht ein, du hast dich unter Kontrolle, er holt mich am Flughafen ab, wir fahren nach Purple Beach und ich werd dort ein halbes Jahr leben, zur Schule gehen, Leute kennenlernen, offener werden ...
Tante Diana helfen ...
Nein, ich hab meinen Eltern versprochen, mich da ganz rauszuhalten, ich kann sowieso nichts ausrichten.
Du vergisst, meine Liebe, dass ich im Gegensatz zu deinen Eltern deine Gedanken kenne und genau weiß, was du vorhast und mit raushalten hat das ganz und gar nichts zu tun.
Dann ist es ja gut, dass du nicht mit meinen Eltern reden kannst, oder? Und nun tu mir den Gefallen, zieh dich ein bisschen aus meinem Kopf zurück, ich muss mich konzentrieren. Mach es dir gemütlich und entspann dich, es wird schon klappen. Sobald wir Purple Beach erreichen, versprech ich dir, leg ich mich schlafen!

Ich war erleichtert, dass sie auf mich hörte. Das war nicht immer so, vor allem, wenn sie nervös war, dann redete sie immer weiter auf mich ein. Nicht selten war es früher dazu gekommen, dass ich dann laut mit ihr gesprochen hatte. Was mir natürlich von meiner Umgebung mehr als seltsame Blicke eingebracht hatte. Vor allem, wenn man nicht mehr fünf war, denn da sind Selbstgespräche ja vielleicht noch in Ordnung, aber mit zehn dann schon nicht mehr so. Mit ein Grund, warum meine Familie und unsere Verwandten nicht viel mit anderen zu tun haben. Keiner hatte den Schritt in eine andere Welt gewagt, außer meine Tante Diana, der jüngeren Schwester meiner Mutter. Die hatte sich vor 12 Jahren in einen jungen amerikanischen Soldaten verliebt und war ihm in die Staaten gefolgt, die Konsequenzen waren ihnen beiden egal gewesen. Was mich nun hierher führte.

Aber vielleicht stelle ich mich erstmal vor:
Hallo, ich heiße Josephine, kurz Jo, ich bin 19 Jahre alt und habe vor ein paar Monaten mein Abi gemacht. Ich bin mittelmäßig sportlich, gehe gerne klettern, ich liebe es zu lesen, ich habe kurze schwarze Haare, einen Nasenring, bin 1,63 m groß, nicht gertenschlank, aber auch nicht pummelig, ich habe vier jüngere Geschwister und bin unterwegs zum größten Abenteuer meines Lebens. Schon vor dem Abi stand fest, dass ich nicht sofort mit dem Studieren anfangen würde, zumal große Städte nichts für Leute wie mich sind. So entstand die Idee, dass ich erstmal ein Semester am College in Purple Beach absolvieren sollte. Das Kaff war klein, lag inmitten eines Waldgebiets – allein deshalb schon ideal für mich – und Onkel Mitch sollte als Polizeichef in der Lage sein, sich um mich zu kümmern. Er und meine Tante Diana konnten keine Kinder bekommen, dazu waren sie zu … sagen wir mal verschieden, aber das war ihnen egal. Tante Diana war für mich immer sowas wie ein leuchtendes Vorbild, denn sie hatte sich für Mitch und gegen ihr Leben bei

uns entschieden. Ich hatte sie lange nicht mehr gesehen, denn wir reisen nicht besonders gerne, aber dank Internet, Skype und Facebook standen wir in regem Kontakt zueinander. Immer, bis zu diesem Tag vor drei Monaten, als sich unser Leben änderte. Seit diesem Tag liegt sie im Krankenhaus, im Koma, ein Rätsel für die Ärzte und dortigen Freunde, denn wieso fällt eine Frau mit Anfang 30 einfach so ins Koma? Nur wenige wissen, warum sie nicht wieder aufwacht, ich weiß, warum sie nicht aufwacht. Und ich will versuchen, herauszufinden, was passiert ist und wie ich ihr helfen kann. Meinen Eltern darf ich davon natürlich nichts verraten und auch Onkel Mitch hat mir mehr als einmal gesagt, dass ich ihn nur dann besuchen kommen kann, wenn ich verspreche, mich rauszuhalten. Also habe ich allen fest zugesagt, dass ich nur studieren und leben werde, dass ich versuchen würde, aus meiner selbstgewählten Muschel ein bisschen herauszukommen, dass ich einen Neustart ohne den Sonderstatus aus einer komischen Familie zu stammen, machen würde. Ich würde einfach nur die deutsche Nichte vom Polizeichef Mitch Morgan sein, die für ein halbes Jahr dort wohnt. Das würde ich schaffen – nach außen hin. Aber insgeheim würde ich mein Möglichstes tun, meine Tante zu finden, oder besser den Teil von ihr, der nicht mehr da war. Ich hatte noch keine Ahnung, wie ich es anstellen würde, aber nach Amerika fliegen war zumindest schon mal der erste Schritt. Und wenn ich dafür alle Erwachsenen um mich herum erstmal anlügen musste, dann war das eben so. Ich hatte keine Ahnung, wie ich helfen oder suchen konnte, aber untätig rumsitzen wollte ich auf gar keinen Fall.
Zum Glück begann nun das Boarding und ich wurde ein bisschen abgelenkt. Nun galt es einen 12-Stunden-Flug von München nach Los Angeles zu überstehen,

ohne, dass *sie* mich zu sehr ablenkte oder störte. Dann noch zwei Stunden Autofahrt bis nach Purple Beach. Machte also 14 oder 15 Stunden, bis ich wirklich schlafen konnte.
14 bis 15 Stunden – sag mal, spinnst du? Du weißt, dass ich da ganz hibbelig werde, oder?
Halt die Klappe und mach dir's bequem, wir können es jetzt nicht ändern, okay?

Der Flug war interessant gewesen und langweilig zugleich. Denn entgegen meiner und *ihrer* Angst hatte ich gar nicht schlafen können. Während um mich herum alle Passagiere schnarchten, lag ich wach und spielte 1000 mögliche Szenarien im Kopf durch. Meine Gedanken wanderten von A nach B und über Umwege wieder zurück. Wir hatten viele Fragen im Vorfeld geklärt. Denn mein Leben zu erklären ist nicht ganz einfach. Es ist nicht so leicht, zu erklären, wie ich, wie wir leben. Eigentlich muss oder besser darf ich es ja auch gar nicht erklären, entweder, man weiß es oder man darf es nicht wissen. Aber da ihr nun irgendwie mittendrin seid in meinem Leben, werde ich versuchen, es euch zu beschreiben. Zeigen wäre leichter, aber das geht nicht, wir sind ja nicht im Kino.
Also, *sie* und ich leben in einer Art Symbiose.
Hallo, du redest über mich, als wäre ich ein Parasit!
Und genau das macht unser Zusammenleben so schwer. *Sie* redet mir auch immer rein, also in meine Gedanken, so haben wir auch festgestellt, dass *sie* englisch versteht. Aber das alles nur, solange *sie* in mir ist, wenn *sie* mich verlässt, wenn ich schlafe, dann sieht es anders aus.
Wie soll ich mit dir reden, wenn du schläfst und ich frei bin?
Ich sag ja, zeigen wäre echt leichter!

Also, ich bin nie allein, außer, wenn ich schlafe, sonst denke ich für zwei und nicht nur ich, meine ganze Familie und unsere Verwandten. Es gibt keine Aufzeichnungen, wie viele es von uns gibt. Wobei in den letzten Jahren die ersten zaghaften Versuche gemacht wurden, über die sozialen Netzwerke weitere Gruppen zu finden. Aber leider rief das auch Hasser und Neider auf den Plan. Die schlimmste Gruppe sind die sogenannten Hunter und leider haben wir die Vermutung, dass Tante Dianas Tier gefangen wurde.
Wie oft soll ich dir noch sagen, dass wir keine Tiere sind, wir sehen vielleicht so aus, aber wir sind viel mehr. Wir denken, wir fühlen, wir verlieben uns, wir reden mit euch und miteinander ...
Sagte ich bereits, dass es kompliziert ist?
Sie sieht bei mir auf jeden Fall wie ein Serval aus, eine mittelgroße Wildkatze. Wir nennen sie unsere Numa, aber eigene Rufnamen haben sie nicht. Sie kann meinen Körper nur dann verlassen, wenn ich schlafe und solange sie nicht zu mir zurückkehrt, schlafe ich ... oder liege eben im Koma, für Uneingeweihte. Und das mit dem Einweihen ist so eine Sache, denn wer möchte schon aufgeschnitten werden auf der Suche nach einem inneren Wesen, das man nicht finden wird? Wir dürfen mit Außenstehenden nicht darüber reden. Onkel Mitch ist eine der wenigen Ausnahmen. Aber es war Tante Diana verboten, ihm zu erzählen, wer zu uns gehörte und wer nicht. Wenn sie also in Purple Beach auf andere getroffen wäre, dann hat sie es ihm nicht erzählt. Mir gegenüber hat sie zwar immer mal wieder Andeutungen gemacht, aber nichts Konkretes, trotzdem hatte ich die Hoffnung, dass *sie* und ich zusammen Anschluss finden würden, Verbündete, irgendwen, der uns helfen kann!
Eines noch zu *ihrer* Ehrenrettung: normalerweise

kommen wir sehr gut miteinander aus und *sie* hält sich aus meinem Kopf raus, aber mit Stress oder Extremsituationen kommt *sie* nicht gut klar.
Ich hab dich auch lieb, Jo!

Als ich endlich gelandet und durch die Sicherheitskontrollen war, hätte ich im Stehen einschlafen können. Ich konnte nur hoffen, dass *sie* die Autofahrt noch durchhalten und nicht im Auto zum Vorschein kommen würde. Wobei – wir säßen dann ja in Onkel Mitchs Auto, da konnte nicht viel passieren!
Onkel Mitch erwartete mich in der Abflughalle. Er war eigentlich ein gutaussehender Mitdreißiger, dessen Augen immer lachten, der immer einen lockeren Spruch auf den Lippen hatte, immer bereit war, mit mir und meinen Geschwistern einen Spaß zu machen. Nun sah er einfach nur noch müde aus, müde und traurig. Die letzten drei Monate hatten ihre Spuren in seinem Gesicht hinterlassen, trotzdem versuchte er sich ein Lächeln abzuringen.
„Hi Kiddo, schön, dass du endlich da bist. Ich hoffe, du hattest einen guten Flug? Ich hab deine Eltern schon informiert, dass dein Flug gelandet ist. Gib mir deine Koffer, die musst du nicht tragen. Ich hoffe …, es gab keine Probleme im Flieger wegen …, du weißt schon?"
Ich musste lachen, er wusste immer noch nicht, wie er darüber reden sollte, dabei war er schon seit so vielen Jahren eingeweiht.
„Alles gut, Onkel Mitch …"
„Nenn mich nicht immer 'Onkel', das macht mich so alt!"
„Du weißt, dass meine Eltern viel Wert auf sowas legen. Aber ich werde mich bemühen, dich nicht mehr so zu nennen, damit du dich nicht so alt fühlst",

entgegnete ich grinsend. Denn wenn man von den Spuren der letzten Wochen absah, sah er echt gut und vor allem jung aus. Ich habe schon seit Jahren für ihn geschwärmt, wie eben junge Mädchen von erwachsenen Männern schwärmten. Er zog mich in eine Umarmung, nahm mir meine Koffer und den Rucksack ab und führte mich zu seinem Auto. Er besaß nur seinen Dienstwagen und war auch mit diesem gekommen. Zwar besaß auch meine Tante ein Auto, aber ich war mir sicher, dass das nicht mehr bewegt worden war, seit …

Mein O …, also Mitch, hatte sich seinen Beruf zunutze gemacht und den Wagen direkt vor der Eingangstür geparkt. Sehr praktisch, so ein Polizeiauto!

„Sollen wir noch an einer Burgerbude vorbeifahren und uns was zu essen holen oder direkt nach Purple Beach und dort was Richtiges essen?"

Hunger hatte ich eigentlich keinen, ich wollte aus diesen Klamotten raus, duschen und ins Bett. Und genau das sagte ich Mitch auch. Der nahm das mit einem kurzen Kopfnicken zur Kenntnis und wuchtete meine Koffer ins Auto, bevor er sich hinters Steuer setzte und losfuhr.

Uns war beiden nicht wirklich zum Reden zumute, also hörten wir Musik und ich sah aus dem Fenster und versuchte mir vorzustellen, wie wohl mein erster Tag am College werden würde. Ich hatte zwar schon mit meiner Betreuerin und auch mit dem Schulleiter geskypt, gemailt und alles abgestimmt, aber es war doch ein großer Schritt. Und dann war da noch die Aufgabe, die ich mir selber mit auf den Weg gegeben hatte …

Ich wurde erst wieder wach, als wir vor dem Haus hielten, das für die nächsten Wochen und Monate mein

Zuhause werden sollte. Ich streckte mich, versuchte den Schlaf abzuschütteln und wieder Blut in meine Beine zu bekommen.

„Sorry, Mitch, ich wollte nicht schlafen, aber ich war wohl müder als ich dachte … war … ich meine …?"

Mein Onkel sah mich von der Seite an, ich konnte seinen Blick nicht wirklich deuten. Er war amüsiert, aber doch traurig und nachdenklich: „Alles gut, sie ist aufgetaucht, kaum, dass du eingeschlafen warst. Sie hat mich ziemlich neugierig gemustert, aber sich auch vorbildlich verhalten. Sie saß die ganze Zeit auf deinem Schoß und ließ sich den Fahrtwind durch das geöffnete Fenster um die Ohren wehen. Es ist nur so, dass deiner Dianas Numus so ähnlich sieht. Ich musste daran denken, wie gerne deine Tante im Auto geschlafen hat und dann saß ihr Numus auf ihrem Schoß, genauso wie deiner eben gerade, und wir hörten Musik, manchmal redete ich mit ihr … Oh Gott, Diana fehlt mir so. Ich weiß nur nicht, wo ich noch suchen soll. Himmel, ich weiß noch nicht mal, wo ich anfangen soll. Ich habe da zwar so einen Verdacht, aber die Situation ist viel zu schwierig, als dass ich mich trauen könnte, mit irgendwem darüber zu reden!"

Ich konnte ihn gut verstehen, denn im Grunde gingen mir dieselben Gedanken durch den Kopf. Aber ich durfte ihm nicht zeigen, dass ich auch ein riesiges Interesse an der Beantwortung der Fragen hatte. Mitch brachte es fertig und schickte mich mit dem nächsten Flugzeug zurück nach Deutschland, wenn er den Verdacht hegen würde, dass ich auf eigene Faust ermitteln wollte. Also bemühte ich mich, den sorglosen Teenager zu spielen – etwas, was ich schon seit Jahren nicht mehr war. Denn, wer so groß wurde wie ich, der war ständig auf der Hut, der ging selten zu Übernachtungspartys, der hatte Probleme bei

Klassenfahrten – kurz, für den waren alle Dinge, die andere Jugendliche taten, schwierig, um es vorsichtig auszudrücken!
„Oh Mann, Onkel Mitch, es tut mir leid. Ich wusste nicht, dass dich ihr Anblick so traurig machen würde. Wenn ich das gewusst hätte, dann hätte ich mir mehr Mühe gegeben, um nicht einzuschlafen."
„Nein, schon gut, ich wusste ja, was es bedeuten würde, wenn du hier her kommst und außerdem fand ich es … schön …, ja, schön, denn es gab mir ein Gefühl von Normalität, als ich sie da sitzen sah. Sie hat mir zugehört, genauso wie Dianas Numus. Es war vertraut."
Mitch legte mir kurz die Hand aufs Bein und drückte es, bevor er sich abschnallte und aus dem Auto stieg. Noch bevor ich mich selber aus dem Sitz geschält hatte, hatte er schon meine Koffer aus dem Kofferraum gewuchtet.
„Was hältst du davon, wenn du jetzt erstmal deine Eltern anrufst, dich dann duschst und wir was essen gehen? Ich habe mir die nächsten Tage frei genommen, um dich rumzuführen und am College anzumelden."
Ich schnappte mir zwei der kleineren Koffer und meine Tasche und folgte ihm ins Haus.
„Gute Idee, dann zeig mir mal mein Zimmer …"
Mitch machte eine kurze Hausführung mit mir – ich bekam einen eigenen Bereich im Erdgeschoss, mit kleinem Bad, einem Schlaf- und einem Arbeitszimmer. Laut Mitch hatten sie diesen Bereich angebaut, damit der eine oder andere Besucher sich wohl fühlen konnte. Außerdem hatten auch schon neue Kollegen meines Onkels in der Probezeit hier gewohnt. Diana und er hatten ja von Anfang an gewusst, dass sie keine Kinder haben konnten. Das Haus voller Menschen war ihnen aber wichtig gewesen. Und so kam ich in den Genuss eines Luxus', den ich zu Hause nicht hatte – besagtes

eigenes Bad und einen eigenen Bereich zum Lernen und Arbeiten.
Ich skypte mit meinen Eltern, duschte, räumte ein paar meiner Dinge ein und traf Mitch im Wohnzimmer, wo er telefonierte.
Als ich das Zimmer betrat, beendete er gerade das Gespräch und steckte sein Handy in die Hosentasche.
„Das war mein Stellvertreter, er hat mir ein kurzes Update gegeben. Alles in Ordnung. Bist du bereit, können wir los? Ich dachte, ich geh mit dir in das Diner, da treffen sich Jung und Alt, vielleicht kann ich dir ja schon ein paar der Jugendlichen hier vorstellen. Ich kenne die meisten ja, denn die Polizei arbeitet bei uns immer eng mit Eltern und Schule zusammen und ich bin hier aufgewachsen. Bei den meisten kann ich dir die gesamte Lebensgeschichte erzählen."
„Aber du wirst mir nicht den Kontakt zu dem einen oder anderen verbieten, weil du der Meinung bist, dass es schlechter Umgang für mich ist, oder? Ich bin nämlich alt genug, um selber zu entscheiden, wer gut für mich ist und wer nicht …"
Ich musste mir selber eingestehen, dass das genau eines der Dinge war, was mich zu Hause genervt hatte. Nicht nur wegen unserer Numa hatten meine Eltern immer wieder versucht, mir in die Wahl meiner Freunde reinzureden. Sie meinten zwar immer wieder, dass es 'nur zu meinem Besten' wäre und sie einfach mehr Lebenserfahrung hätten. Ich hatte mir geschworen, dass ich meine Zeit hier auch nutzen würde, um Leute kennenzulernen, vor denen meine Eltern mich immer gewarnt hatten. Ob ich das ausgerechnet unter den Augen eines Polizeichefs schaffen würde, fragte ich mich jetzt dann doch …
„Eigentlich hatte ich vor, dir erstmal zu vertrauen, Jo, und nur, wenn ich merke, dass du dich verrennst, dann

greife ich ein. Außerdem gibt es in unserer kleinen Stadt nicht allzu viele Jugendliche, die wirklich schlechter Umgang wären. Und nun lass uns fahren!"
Auf dem Weg zur Haustür warf ich einen letzten Blick in den Spiegel – ich war kein Modepüppchen, ich fühlte mich in Jeans und Pullis am wohlsten. Für heute Abend hatte ich mich für eine bequeme Cargohose, ein T-Shirt und eine leichte Strickjacke entschieden. Meine Haare hatte ich leicht nach oben gegelt, ein bisschen Kajal musste an Schminke reichen. Ich war gespannt, wie die anderen meines Alters hier so rumliefen. Ich war eine Leseratte, und hatte in den letzten Jahren viele sogenannte „Young Adult" Bücher verschlungen. Da wurde oft beschrieben, dass sich junge Amerikanerinnen total aufbrezelten, wenn sie abends loszogen, sie schienen alle über mehrere Kleider zu verfügen, dazu Schuhe mit Absatz und ein Schminkkoffer so groß wie Köln. Ich konnte nur hoffen, dass das nicht auf die Mädchen hier in Purple Beach zutreffen würde, denn dann würde ich eher keinen Anschluss finden. Komplett verbiegen wollte ich mich auch nicht!

Mein Onkel riss mich aus meiner Selbstbetrachtung, indem er mich einfach durch die Tür nach draußen schob, abschloss und mich zum Auto führte.
Die Fahrt zum Diner dauerte gerade mal zehn Minuten, nicht genug Zeit, um mich drauf einzustellen, dass ich gleich zum ersten Mal einen Teil der Bevölkerung meiner neuen Wahlheimat kennenlernen würde. Ob wohl ein paar Jugendliche in meinem Alter dabei waren?

Die Antwort auf diese Frage erhielt ich, kaum, dass wir das Diner betreten hatten. Mein Onkel hatte dieses

Lokal wohl bewusst ausgesucht, denn zum einen war es gut besucht, zum anderen war das Publikum ziemlich gemischt. Ich sah einige Familien mit Kindern in jedem Alter, aber auch einen Tisch, der mit einer Gruppe Collegestudenten besetzt war. Und genau diesen Tisch steuerten wir sofort an. Mein Onkel wurde von so ziemlich allen Anwesenden freundlich begrüßt, hier und da schüttelte er eine Hand oder winkte jemandem quer durch den Raum zu. Als wir an dem Tisch angekommen waren, verstummte dort sofort das Gespräch und alle Augen richteten sich auf mich und Mitch. Ich versuchte, mir so viele Gesichter wie möglich einzuprägen. Mir fiel aber zunächst erstmal auf, dass zwei der Mädchen meinen Onkel anhimmelten und bei seiner Begrüßung sogar rot anliefen. Ich glaubte allerdings nicht, dass ihm das aufgefallen war.
Die Gruppe begrüßte uns mit einem vielstimmigen „Guten Abend, Chief Morgan!" und einem neugierigen Blick auf mich.
„Hallo, Kids, darf ich euch meine Nichte Jo vorstellen? Sie ist mit meiner Frau verwandt und kommt aus Deutschland. Sie wird mit euch zusammen aufs College gehen. Es wäre toll, wenn ihr euch ein bisschen um sie kümmern würdet."
Nun wurde ich noch ein bisschen neugieriger beäugt und kurz darauf ergriff eines der Mädchen das Wort, allerdings musste ich aufpassen, nicht laut loszulachen, denn sie sprach mit mir, als wäre ich taubstumm – sie sprach extrem langsam und betonte jedes Wort einzeln: „Hallo … Jo … ich … bin … Monica … ich … hoffe … du … kannst … mich … verstehen?"
Ich riss mich zusammen und antwortete ihr in normalem Englisch und normalem Tempo: „Hi, Monica, ich kann dich ziemlich gut verstehen, ich habe

mich lange darauf vorbereitet, dass ich hierher kommen würde!"

Das brachte mir einige Lacher am Tisch ein und Monica ein paar lustige Kommentare. Sie versuchte sich zu wehren: „Woher soll ich denn wissen, dass die in Deutschland so gut englisch sprechen?"

Dann begannen alle durcheinander zu sprechen und sich vorzustellen. Da war Monica, die für mich das typische Klischee eines Cheerleaders erfüllt – blond, hübsch, ein bisschen dumm, aber nicht verkehrt. Außerdem Gwendolyn und ihr Bruder Tristan, beide sehr gut aussehend und den Klamotten nach zu urteilen aus reichem Haus, dann noch Xander und seine Freundin Stefanie und deren Freundinnen Anna und Trish … wahrscheinlich hatte ich die Namen bis morgen alle wieder vergessen, aber ich wollte mich bemühen, denn ich brauchte ja irgendwie einen Ansatzpunkt, um Leute kennenzulernen. Und diese Gruppe war besser als nichts, so würde ich in den nächsten Tagen zumindest schon mal jemanden haben, den ich grüßen konnte.

Nach einer kurzen Unterhaltung, in der Tristan auch noch zum Ausdruck brachte, dass ich mich immer an ihn oder einen der anderen wenden könnte, wenn ich Fragen hätte und dass es für mich mit Sicherheit schwer wäre, jetzt, wo meine Tante im Krankenhaus wäre, setzten wir uns an einen freien Tisch und widmeten uns der Karte.

„Mit diesen Kindern …" - ich rollte mit den Augen, Mitch sprach tatsächlich von Kindern, dabei waren alle in meinem Alter oder sogar älter - „ … machst du nichts falsch. Alle durch die Bank aus guten Elternhäusern. Gwendolyn und Tristans Eltern gehören hier einige Geschäfte, Ferienwohnungen und das Hotel. Ihre Familie gehört quasi zu den Gründungsmitgliedern dieser Gemeinde. Mit denen gab es noch nie Probleme und so, wie Tristan dich gerade angesehen hat, Jo, … wer weiß, vielleicht sehe ich den ja in Zukunft öfter?" Dabei zwinkerte Mitch mir übertrieben zu.

„Mitch, ich glaube nicht, dass ich Tristans Typ bin, außerdem kenne ich ihn doch gar nicht!" Vorsichtig schielte ich über meine Schulter zu der Gruppe hinüber und fing tatsächlich Tristans Blick auf. Er sah neugierig zu mir hinüber und sein Mund verzog sich zu einem leichten Grinsen, als sich unsere Blicke trafen. Dann – immer noch meinen Blick haltend – beugte er sich zu seiner Schwester hinüber und flüsterte ihr etwas zu, woraufhin auch Gwendolyn zu mir schaute und mir zuwinkte. Ich war wirklich neugierig, was Tristan wohl zu seiner Schwester gesagt hatte, dass sie so reagiert hatte.

Ein paar Minuten später verabschiedete sich die Gruppe von uns, Tristan blieb noch kurz bei uns stehen, reichte mir die Hand und sah mir in die Augen: „Auf Wiedersehen, Jo, ich denke, wir sehen uns ja dann in Zukunft öfter." Dabei führte er meine Hand an seinen Mund und gab mir tatsächlich einen Handkuss. Ich war viel zu überrumpelt, um mich dagegen zu wehren. Als ich aber die zum Teil fragenden, zum Teil spöttischen und auch fast feindseligen Blicke der Gruppe auffing, zog ich meine Hand schnell zurück.

„Warum sollten wir uns in Zukunft öfter sehen?", fragte ich irritiert und auch ein bisschen überrumpelt nach.

„Na, wenn du in Zukunft hier das College besuchst, dann laufen wir uns doch mit Sicherheit das eine oder andere Mal über den Weg, oder? Außerdem ist es wichtig, dass du von Anfang an die richtigen Menschen hier kennst. Den Anfang dazu hast du heute Abend ja schon gemacht."

Na, der ist ja mal von sich überzeugt, was?

Da muss ich dir recht geben. Aber irgendwie ist er auch süß, oder?
Wenn du auf Schleimer stehst, Jo, bitte, ich mag ja die etwas bodenständigeren Typen... eben das Tier im Manne.
Sehr witzig!
„Jo, hörst du mir zu, oder hat der Junge dich so beeindruckt, dass du mir nicht mehr zuhören kannst?"
„'tschuldigung, Mitch. Was hast du gesagt?"
„Ich wollte nur wissen, ob du immer noch davon überzeugt bist, dass du nicht Tristans Typ bist. Für mich sah das jetzt etwas anders aus."
„Ach Quatsch, der wollte nur höflich sein. Außerdem, wenn dessen Eltern die halbe Stadt gehört, warum geht er dann hier aufs örtliche College statt ein teures Elitecollege zu besuchen?"
„Ich glaube, die Familie legt viel Wert auf Zusammenhalt und Gemeinschaft. Und es würde wohl auch nicht gut aussehen, wenn die Eltern das heimische College sponsern, die eigenen Kinder aber dann nicht dort hinschicken. Aber soweit ich weiß, werden sowohl er als auch seine Schwester nach dem College eine der besten Universitäten besuchen können, da ist die Wahl des Colleges eher zweitrangig. Du könntest es auf jeden Fall schlechter treffen als mit dieser Clique, alles gute Kinder, die nie Ärger machen …"
Das glaubte ich jetzt persönlich nicht, denn die Erfahrung hatte mir gezeigt, dass gerade die reichen Jugendlichen aus den ‚guten Elternhäusern' es faustdick hinter den Ohren hatten. Aber vielleicht irrte ich mich ja auch! Vielleicht war das in Amerika ja anders? Und im Grunde war ich ja froh, dass ich an meinem ersten Tag am College auf ein paar bekannte Gesichter treffen würde. Ob diese Freundschaften oder besser Bekanntschaften Bestand haben würden, würde

sich ja auch erst noch zeigen müssen!
Der Rest des Abends verlief ereignislos, wenn man davon absah, dass so ziemlich jeder Besucher des Diners bei uns am Tisch Halt machte, mich begrüßte, sich mit Mitch unterhielt, sich nach Tante Dianas Zustand erkundigte und ansonsten Smalltalk hielt. Die meisten Frauen – egal welchen Alters – versuchten dabei mit Mitch zu flirten. Es war schon fast lustig, wie sie versuchten, seine Aufmerksamkeit zu erhalten und er völlig ahnungslos zu sein schien. Ich nahm mir vor, ihn irgendwann mal darauf anzusprechen. Für heute war ich allerdings zu müde. Ein kurzer Blick auf die Uhr zeigte mir, dass es in Deutschland wegen der neun Stunden Zeitunterschied mittlerweile fast fünf Uhr morgens war und bis auf die knapp zwei Stunden im Auto hatte ich seit über 24 Stunden nicht geschlafen. Kein Wunder, dass ich die Augen kaum aufhalten konnte. So unaufmerksam Mitch gegenüber den Flirtversuchen war, so aufmerksam schien er mich zu beobachten. Er gab der Kellnerin einen Wink (und auch die schien dabei zu erröten) und bat um die Rechnung.
Er versuchte auf dem Heimweg noch ein bisschen das Gespräch aufrecht zu erhalten, sah aber ziemlich schnell ein, dass das bei mir wohl keinen Sinn mehr hatte. So fuhren wir schweigend heim. Im Haus angekommen, drückte er mich schnell an sich, bevor er mir in die Augen sah und einen Moment nach Worten zu suchen schien.
„Ähm, sie wird heute Nacht raus wollen, oder? Wir haben in der Küche eine Katzenklappe einbauen lassen, damit die Tür nicht über Nacht offen stehen muss. Ich hoffe, sie verläuft sich nicht und es passiert auch sonst nichts, seit Dianas … Zustand habe ich kein gutes Gefühl bei der ganzen Sache, aber einsperren kann ich dich … sie … auch nicht. Sag ihr nur, sie soll gut

aufpassen. Ich wüsste nicht, wie ich es deiner Mutter erklären sollte, wenn du auch …" Er schien mit sich zu kämpfen, also nahm ich ihn in den Arm.

„Mitch, ich kann deine Bedenken verstehen, aber ich verspreche dir, dass nichts passieren wird." Er rieb sich über das Gesicht, wenn ich mich nicht täuschte, dann glitzerten seine Augen auffällig feucht. Wenn er jetzt anfangen würde zu weinen, wäre ich verloren. Wie sollte man einen erwachsenen Mann trösten? Und ich konnte ihm ja schlecht sagen, dass ich versuchen würde, das Geheimnis zu lüften, dann würde er mich wahrscheinlich in den nächsten Flieger zurück nach Deutschland stecken!

Aber er riss sich zusammen und schob mich in Richtung meines Zimmers und wünschte mir eine gute Nacht: „Ich werde dich morgen früh nicht wecken, meld dich einfach, wenn du wach bist, dann planen wir den Tag, ich zeig dir alles und wir schauen uns schon mal auf dem Campus um. Ich hab zwar frei, aber es kann nichts schaden, wenn ich mich da mal mit dir zusammen in Uniform zeige, dann wissen ein paar der Studenten zumindest schon mal, dass du zu mir gehörst."

Das klang in meinen Ohren fast wie eine Drohung, denn wen schreckte es nicht ab, wenn jemand mit ‚Polizeischutz' zum College kam. Wenn ich allerdings darüber nachdachte, wie die weibliche Bevölkerung auf meinen Onkel reagiert hatte, vielleicht gab es auch den einen oder anderen Pluspunkt?

Kapitel 2

Guten Morgen, du Schlafmütze! Wird auch langsam mal Zeit, dass du wach wirst! Dein Onkel war schon bestimmt zehn Mal hier drin, um nachzusehen, ob du noch lebst oder ich wieder da bin. Ich glaube, er macht sich ziemlich viele Sorgen, auch, wenn er das nie sagen würde.

Guten Morgen! Wie war deine erste Nacht hier?

Im Gegensatz zur Meinung deines Onkels bin ich von Natur aus vorsichtig und nicht wagemutig. Ich habe mich ein bisschen in der Gegend umgesehen, aber dabei bin ich nicht allzu weit in den Wald reingegangen. Es ist schon ein bisschen gruselig, hier so alleine rumzulaufen. Alles riecht anders, sieht anders aus, fühlt sich anders an. Keine bekannten Numa in der Nähe. Ich hab ein paar Tiere gesehen, aber ich glaube, das waren wirklich nur Tiere. Wir wissen ja auch gar nicht, welche Numa hier leben – deine Tante hat auch gar nichts erzählt. Das wird noch spannend, bis ich hier Anschluss finde. Ich kann ja nicht einfach so wie du in ein Restaurant spazieren und mit seltsamen Schnöseln flirten.

Tristan ist kein seltsamer Schnösel, er wollte gestern nur höflich sein, mehr nicht. Wenn er mich in Zukunft grüßt, dann wird das schon viel sein. Hast du die Mädchen, die Frauen gesehen, mit denen er zusammen war? Die mögen alle in meinem Alter gewesen sein, aber sie sahen bedeutend älter aus, waren gestylt und geschminkt – was sollte er von mir wollen?

Vielleicht ist er einfach nur neugierig auf das unschuldige Mädchen aus Deutschland ...

Ich bin nicht unschuldig, das weißt du ganz genau!

Ja, ich weiß das, er aber nicht – und nun raus aus den Federn, bevor dein Onkel nochmal hier reinschneit!

Also schwang ich die Beine aus dem Bett und stellte mit einem Blick auf mein Handy fest, dass es tatsächlich schon fast zehn Uhr war. Ich hatte also ungefähr zwölf Stunden geschlafen. Das sollte doch eigentlich reichen, um den Jetlag besiegt zu haben, oder?
Ich schlüpfte in eine Jogginghose und ein T-Shirt und machte mich auf den Weg in die Küche. Ich fand meinen Onkel gedankenversunken mit einem Kaffee vor sich auf ein Bild an der Wand starrend. Auf dem Bild sah man ihn und Tante Diana lachend und Arm in Arm vor seinem Auto stehen. Ein Schnappschuss, der zeigte, wie glücklich die Beiden waren. Wieso musste das Schicksal solch eine Liebe so auseinanderreißen? Das war doch einfach nicht fair. Die meisten Menschen erfuhren ein solches Glück gar nicht – Diana hatte mir mal gesagt, dass sie in Mitch ihren Seelengefährten gefunden hätte, obwohl er keinen Numus hatte. Ich fragte mich, ob ich jemals einen Menschen finden würde, über den ich sowas sagen könnte. Gut, ich war noch jung, aber meine bisherige Erfahrung mit Männern ließ sich mit einem Wort beschreiben: Katastrophe. Meine Exfreunde hatten sich alle als totale Idioten herausgestellt und das unabhängig davon, ob sie ‚normal' waren oder so wie ich. Wobei ich mich nur einmal auf einen meiner Art eingelassen hatte. Unsere Gemeinschaft in Deutschland war so klein, da war die Auswahl nicht gerade groß. Aber auch bei den Normalos hatte es keinen gegeben, der mich lange beeindruckt hatte. Ich hatte mit 15 meinen ersten Freund gehabt, mit 16 zum ersten Mal mit ihm geschlafen und ein paar Monate später die Nase voll gehabt von ihm. Er war mir zu langweilig oder ich ihm zu schwierig, denn das mit dem Übernachten oder

gemeinsam Wegfahren war ja, wie gesagt, ein Problem. Auch die Typen, mit denen ich mich danach eingelassen hatte, waren nichts, worauf ich heute stolz wäre oder die mir lange im Gedächtnis geblieben wären.
Vielleicht schmeichelte deshalb Tristans Aufmerksamkeit meinem Ego, denn er war reich, gutaussehend, scheinbar beliebt und interessant. Er hatte mich mit dem Handkuss beeindruckt, sowas hatte ich bis dahin noch nicht erlebt. Aber wer wusste schon, ob er das ernst gemeint hatte und mich in den nächsten Tagen, wenn wir uns im College begegneten überhaupt wiedererkennen würde?
Ungelegte Eier, Jo, du denkst wieder über ungelegte Eier nach! Lass uns lieber frühstücken!
Ich räusperte mich, um Mitch auf mich aufmerksam zu machen, er zuckte leicht zusammen und sah mich an.
„Da bist du ja, Jo. Hast du gut geschlafen? Ich hab dich gestern gar nicht mehr gefragt, ob du Kaffee oder lieber Tee trinkst. Sonst hab ich alles besorgt, worüber wir gesprochen hatten. Warum ihr in Deutschland allerdings keine Erdnussbutter als Grundnahrungsmittel kennt, wird mir ewig ein Rätsel bleiben!"
Ich ging zu ihm hinüber und drückte ihm einen Kuss auf die unrasierte Wange: „Guten Morgen, und Kaffee mit viel Milch ist okay, Tee vielleicht später. Und ich werde schon nicht verhungern. Du hast bestimmt genug für mich im Haus. Was meinst du, sollen wir uns so in einer Stunde auf den Weg machen? Ich würde gerne bei Tante Diana im Krankenhaus vorbeischauen, bevor wir mit der Erkundung des Ortes und des Colleges anfangen. Irgendwie habe ich das Gefühl, dass ich das tun muss."
„Aber klar, trink deinen Kaffee, iss was, dann hüpfst du unter die Dusche und wir fahren im Krankenhaus

vorbei. Dann kann ich dich auch gleich dem Pflegepersonal vorstellen, damit du ohne mich dort ein- und ausgehen kannst."
„Sind die Schwestern dort auch alle heimlich in dich verliebt?", ich konnte es nicht lassen, ihn das zu fragen. Er sah mich an, als wüsste er wirklich nicht, was ich damit meinte. „Warum sollten die in mich verliebt sein?"
„Ach, komm schon, Mitch, du musst doch merken, dass die gesamte weibliche Bevölkerung, die ich bisher kennengelernt habe, dich total anhimmelt!"
„So ein Quatsch, deine Tante behauptet das zwar auch schon mal, aber das müsste ich auch merken, oder? Die sind nur höflich, weil ich der Chief bin. Die wissen doch, dass ich mit deiner Tante verheiratet bin …"
„Meinst du das ernst? Das ist vielleicht ein Grund, aber kein Hindernis, du bist für dein Alter ziemlich gut in Form, siehst gut aus, bist nett und beliebt … wieso sollten die Frauen da nicht bei dir ins Schwärmen geraten?"
Wenn ich mich nicht irrte, dann wurde Mitch sogar ein bisschen rot. „Lass solche Reden, Kleine, das stimmt doch gar nicht. Und außerdem wollen wir gleich los. Also iss was, damit wir ins Krankenhaus kommen. Dann wirst du selber sehen, dass an deiner Vermutung nichts dran ist. Da ist niemand in mich verliebt!"

Was ich allerdings sah, als wir gut zwei Stunden später auf der Wachkomastation ankamen, war, dass so ziemlich alle Schwestern sich darum rissen, Mitch zu trösten, ihm Mut zuzusprechen, ihn in den Arm zu nehmen, ihm einfach was Gutes zu tun. Aber nach ein paar Minuten, die ich diesen ganzen Austausch beobachtet hatte, musste ich Mitch recht geben, er hatte wirklich keine Ahnung, dass die Frauen ihm zu Füßen

lagen. Sie umschwärmten ihn, sie bemutterten ihn, sie versuchten seine Aufmerksamkeit zu erhalten und er war völlig ahnungslos. Er war höflich, er lächelte, er antwortete, aber er hielt seine Distanz zu ihnen. Seine ganze Aufmerksamkeit gehörte Diana und den Neuigkeiten über sie. Nur leider gab es keine Neuigkeiten, sie lag da in ihrem Bett, sah aus wie immer, nur dass sie nicht wach war, nicht wach wurde, nicht aufwachen konnte.
Sie fehlt, spürst du das auch?
Sie hatte recht, man spürte, dass Dianas Numus nicht da war. Und das wohl schon seit drei verdammten Monaten, denn genau so lange lag Diana angeblich im Koma. Ich konnte mir beim besten Willen nicht vorstellen, dass ihr Numus freiwillig so lange auf sich allein gestellt lebte. Irgendetwas musste mit ihr passiert sein …

Bevor wir die Station verließen, stellte Mitch noch sicher, dass alle mich kannten und jeder wusste, dass man mir alles sagen sollte, was Diana betraf. Ich würde mich hier also problemlos bewegen können. Etwas, was nicht jeder durfte auf dieser Station. Ich würde Diana nun jederzeit ohne Mitch besuchen können, denn der Zugang zu dieser Station war natürlich stark beschränkt, damit die Komapatienten ihre Ruhe hatten und nicht durch Neugierige oder Schaulustige gestört wurden.

Nach einer kurzen Fahrt durch den Ort parkte Mitch seinen Wagen vor dem Haupteingang des Colleges. Ich hatte für heute Nachmittag einen Termin mit meiner Studienberaterin. Wir wollten meine Fächerwahl durchsprechen, einen Rundgang über den Campus unternehmen und die ersten Professoren kennenlernen. Wenn ich das richtig verstanden hatte, dann war ich die einzige ausländische Studentin in diesem Semester. Nicht, dass in Purple Beach viele Gaststudenten wären, doch der eine oder andere verirrte sich schon mal hier her. Aber man hatte mich auch gewarnt, ich war die erste Deutsche. Meistens waren es Kanadier oder Mittelamerikaner, die sich hier für ein Semester oder länger einschrieben. Man hatte sich zuerst ein paar Sorgen um meine Englischkenntnisse gemacht, aber nach einigen Emails, Telefonaten und Skypegesprächen hatte ich alle Bedenken ausgeräumt und man hatte meine Bewerbung akzeptiert.

Mitch wollte mich erstmal allen in seinen Augen wichtigen Personen vorstellen, was darin endete, dass ich neben dem Sicherheitsbeauftragten nun in der Hausmeisterwohnung saß und mit meinem Onkel, dem Hausmeister und seiner Frau Trudi Kaffee trank. Trudi war die gute Seele der campuseigenen Mensa und das machte sie auch in meinen Augen zu einer wichtigen Person.

Die Zeit verging wie im Fluge und nachdem die beiden festgestellt hatten, dass mein Englisch gut genug war, um mich problemlos mit ihnen zu unterhalten, hatte ich sie auf meiner Seite.

Gegen ein Uhr verabschiedeten wir uns von den beiden und Mitch fuhr mich erneut durch die Stadt, allerdings ohne mir unser Ziel zu verraten. Als er an einer Tankstelle hielt, blieb ich zunächst im Auto sitzen.

„Los, Jo, du musst schon mitkommen, sonst hat das Ganze keinen Sinn."

„Willst du mir zeigen, wie man hier bei euch tankt?"

„Nein, jetzt kommt meine Überraschung!"

Ich sah ihn fragend an, stieg aber wie gewünscht aus dem Auto. Durch die Frontscheibe des kleinen Ladens erkannte ich, dass ein Mann ungefähr im Alter meines Vaters in einem Blaumann uns zuwinkte und zu uns nach draußen kam. Er begrüßte Mitch mit einem freundschaftlichen Schlag auf die Schulter.

„Hi, Chief, ist sie das? Du hattest recht, sie sieht tatsächlich aus wie deine Diana. … Gibt es was Neues von ihr?", sein Blick zeigte echtes Mitgefühl und noch etwas anderes, was ich nicht ganz zuordnen konnte.

Mitch erwiderte die Begrüßung: „Hi, Aaron, ja, das ist meine Nichte Josephine, Jo."

„Hi Jo, ich bin Aaron, dein Onkel und deine Tante haben mir schon viel von dir erzählt, auch, dass du für ein paar Monate hier wohnen wirst. Diana hatte sich so auf deinen Besuch gefreut … also vorher … es tut mir echt leid, dass sie nun so … krank ist." Wieder dachte ich, diesen seltsamen Blick zu erkennen, allerdings sah Aaron auch direkt wieder weg.

„Hat dein Onkel dir schon erzählt, warum er dich hierher gebracht hat – außer natürlich, um mit dir angeben zu können? Mich hat der liebe Gott mit drei Söhnen gestraft, ich hätte gerne eine kleine süße Tochter gehabt." Er grinste übers ganze Gesicht, was seinen Worten die Schärfe nahm und zeigte, dass er sehr stolz auf seine Söhne sein musste.

„Die drei helfen ab und zu hier mit, meistens treiben sie aber Unfug. Du wirst sie sicher noch kennenlernen. Nun lass uns aber mal zu deiner Überraschung gehen. Mitch hat mir erzählt, du hast gleich noch einen Termin im College, dann kommt mal mit."

Mitch und Aaron führten mich hinter die Garage und sie blieben an einem älteren Jetta stehen, der schon bessere Tage gesehen hatte. Er hatte ein paar Beulen und war mehrfarbig lackiert, aber er war süß..., durfte man sowas über ein Auto denken?
„Sie ist eine kleine Schönheit, oder?"
„Von wem redest du, Mitch?", ich konnte meinem Onkel nicht ganz folgen.
„Na, von Bessi – meiner ersten großen Liebe vor deiner Tante. Bessi war mein erstes Auto und stand nutzlos in meiner Garage. Ich war zu sentimental, sie verschrotten zu lassen und als du vor einem Jahr beschlossen hast, bei uns wohnen zu wollen, haben Diana und ich beschlossen, dass wir dir Bessi fertig machen, damit du hier vor Ort mobil bist. Leider haben wir nicht so viel Geld, dass wir dir ein neues Auto zur Verfügung stellen könnten..."
„Das Auto ... Bessi ... ist für mich? Das ist irre, super, danke. Ich hab bisher noch nie ein eigenes Auto gehabt. Das ist toll, danke!"
Ich konnte mich nicht halten, ich warf mich Mitch in die Arme und drückte ihn fest an mich. „Das ist eine ganz tolle Überraschung, wirklich!"
Etwas unbeholfen erwiderte Mitch meine stürmische Umarmung und lachte. „Kiddo, es ist nur ein Auto!"
„Ja, aber es ist dein Auto und du willst es mir geben und ich kann damit fahren, kann zum College fahren, bin nicht auf den Bus angewiesen und ..."
Die beiden Männer lachten auf und beglückwünschten sich zu dem erfolgreichen Geschenk. Aaron überreichte mir den Schlüssel und ich setzte mich sofort hinters Steuer und unternahm eine Probefahrt gemeinsam mit meinem Onkel. Erst nachdem ich ihm fast eine halbe Stunde später genug bewiesen hatte, dass ich das Auto, die Straßenverkehrsordnung und die wichtigsten

Straßen beherrschte, ließ er mich zurück zur Tankstelle fahren und stieg in seinen eigenen Wagen.

Nach einem gemeinsamen Mittagessen und der Ermahnung, vorsichtig zu fahren, machte ich mich auf den Weg zurück zum College. Dank der Führung am Vormittag wusste ich genau, wohin ich musste und war pünktlich im Büro meiner Studienberaterin. Sie war eine ältere Studentin und gerne bereit, mir alles genau zu erklären, denn die Organisation war schon etwas anders als in Deutschland. Wir besprachen, welche Fächer für mich in Frage kommen würden, viel würde man mir in Deutschland nicht anerkennen, zumal ich mich auch noch gar nicht entschieden hatte, was genau ich studieren wollte.

Mit meinem Stundenplan bewaffnet, sowie einem Lageplan und jeder Menge Informationen machte ich mich fast drei Stunden später auf den Heimweg. Ich gönnte mir eine kleine Rundfahrt durch Purple Beach und einen Stopp an einer einladend aussehenden Eisdiele. Ich spürte die neugierigen Blicke auf mir, denn hier schien wirklich jeder jeden zu kennen. Ich kaufte mir ein Eis und setzte mich in die Abendsonne an einen der freien Tische und ließ die Stimmung auf mich wirken. Ich versuchte, die Blicke von den anderen Tischen zu ignorieren und widmete mich stattdessen meinem Handy. Da es hier fast flächendeckend WLAN gab, nutzte ich die Gelegenheit, meine Facebook-Seite zu öffnen und zu sehen, wer sich so gemeldet hatte. Es waren viele kleinere und größere Glückwünsche meiner Freunde und Familie, ein paar komische, wohl aber lustig gemeinte Kommentare und drei Freundschaftsanfragen – von Tristan, Trish und Monica. Die ließen ja keine Zeit verstreichen. Da ich nichts Wichtiges postete, bestätigte ich die Anfragen und gab meiner Neugier nach, indem ich mich ein

bisschen auf den Seiten der drei rumtrieb. Dort waren jede Menge Fotos der Clique, so wie ich sie gestern kennengelernt hatte. Sie sahen alle aus wie aus einem Modekatalog, sie hatten Bilder von großen Häusern, dicken Autos, sie alle an einem großen Pool ... also so gar nicht meine Welt. Auf einem Bild saß Tristan in einem schicken Cabrio und lächelte selbstsicher in die Kamera. Das Auto war mit Sicherheit sehr teuer gewesen, aber mir war meine Bessi lieber, denn meinem Onkel hatte das Auto viel bedeutet und er hatte es für mich aufgearbeitet, Zeit und Energie hineingesteckt und mir damit eine riesige Freude gemacht. Das war mir mehr wert als alles andere!
Nach dem Eis und ein paar schnellen Antworten an meine Freunde in Deutschland, machte ich mich auf den Weg nach Hause. Mitch wartete schon auf mich mit angefeuertem Grill. Für ihn gab es Bier, für mich eine Cola, denn – wie mir mein Onkel schon mehr als einmal eingebläut hatte – in Amerika durfte man erst mit 21 legal Alkohol trinken. Nicht, dass das nicht trotzdem passieren würde, aber offiziell war's verboten und da ich nun quasi die Ziehtochter des Polizeichefs wäre... Ich hatte verstanden, ich würde mich wohl nicht erwischen lassen dürfen von ihm, sollte es mal soweit kommen. Viel trank ich sowieso nicht.
Wir grillten, aßen, unterhielten uns und dann ging ich ins Bett, denn ich hatte mich wohl geirrt, als ich gedacht hatte, ich hätte den Jetlag hinter mich gebracht.

Das kommende Wochenende verlief entspannt und ohne besondere Vorkommnisse. Ich unternahm ein paar Spazierfahrten, chattete mit Deutschland und einen Abend auch mit Tristan. Das war nett, unterhaltsam und witzig. Er machte mir Komplimente und wir verglichen unsere Stundenpläne. Dabei stellten wir fest, dass wir

nur ein einziges Fach, nämlich Biologie, gemeinsam haben würden. Als ich ihm erzählte, dass ich mich im Soccer-Team angemeldet hatte, immerhin hatte ich in Deutschland auch Fußball gespielt, da reagierte er zurückhaltend oder besser gesagt seltsam. Er fragte mich, ob ich bei dieser Wahl auch ein bisschen an mein Image gedacht hätte. Auf mein Nachfragen erklärte er mir, dass kein Mädchen, das etwas auf sich hielt, mit den Kampfweibern des Soccer-Teams gesehen werden wollte. Aber ich wäre ja neu, da könnte man das entschuldigen und ich könnte mich ja auch noch umentscheiden, was ich ja sicher tun würde. Ich ließ das so stehen, es ging Tristan im Grunde ja auch nichts an, welche Sportart ich ausüben wollte.
Wir wechselten das Thema und die komische Stimmung der Unterhaltung war schnell vergessen.

Kapitel 3

Heute sollte er also sein, der erste Tag als Collegestudentin in den USA.
Ich war mehr als aufgeregt und hatte mir die halbe Nacht Gedanken darüber gemacht, was ich anziehen und wie ich auftreten würde. Mit Tristan hatte ich ausgemacht, dass ich ihn und die Clique zum Mittagessen in der Mensa treffen würde, wobei ich mir auch vorgenommen hatte, die Mittagspause zu nutzen, um kurz im Krankenhaus vorbei zu schauen. Ich wusste zwar, dass meine Tante keine typische Komapatientin war und deshalb war es fraglich, ob es etwas brachte, wenn ich mit ihr sprach. Aber da wir alle wenig bis keine Erfahrung hatten, wie sich das Fehlen, Fernbleiben oder ‚was auch immer' des Numus auf uns auswirkte, wollte ich doch jeden Tag ein paar Minuten bei ihr verbringen. Und wer wusste es schon, vielleicht half es ihr ja doch?
Ich hatte mich dem Wetter und meinem Naturell entsprechend dann doch für eine bequeme, sportliche Variante der Kleidung entschieden, also T-Shirt mit passendem bunten Tuch, dazu eine schwarze Dreiviertelhose und Flipflops. Ein kurzer Stopp am Spiegel, um die Haare mit etwas Wachs zu stylen und meine Augen zu schminken, dann mein Lieblingsarmband und dazu passend die Ohrringe und fertig war ich für meinen ersten Kurs. Ich war immer eine recht gute Matheschülerin gewesen und nach den Vorgesprächen noch von Deutschland aus, war ich direkt für den Aufbaukurs gemeldet worden, ich würde also mit ein paar höheren Semestern zusammen sitzen. Das hatte ich in einem Test letzte Woche nochmal schnell bestätigen müssen, aber nun stand dem nichts

mehr im Weg.
Ich trank einen Kaffee mit Mitch und schlug sein freundliches Angebot, mich am ersten Tag zu begleiten, dankend aus. Kein anderer Erstsemester würde von einem Erziehungsberechtigten begleitet werden und schon gar nicht vom Polizeichef. Ich wusste ja, dass ich ein Date mit Tristan und seiner Clique hatte, so dass ich keine Angst haben musste, in der Mittagspause ohne Anschluss in der Gegend rum zu sitzen, darauf hatte ich keine Lust. Außerdem war ich im Grunde nie kontaktscheu oder schüchtern gewesen, also würde ich mit Sicherheit in den kommenden Tagen auch noch andere Menschen kennenlernen.

Ich fand den Weg zum Campus und auch in den Vorlesungssaal problemlos und da für alle heute das neue Semester begann, war es sehr wuselig. Überall liefen Erstsemester rum, genauso mit Raumplänen bewaffnet wie ich. Außer natürlich in meinem ersten Kurs – die Wahrscheinlichkeit auf einen anderen Erstsemester in diesem Mathekurs zu treffen, ging gegen Null und bei genauerer Betrachtung der Personen, die sich schon im Raum befanden, musste ich mir eingestehen, dass ich nicht nur der jüngste Teilnehmer, sondern auch eines von ganz, ganz wenigen Mädchen war. Die anderen beobachteten mich teilweise neugierig, teilweise abschätzend, die meisten verloren aber auch genauso schnell wieder das Interesse an mir. Trotzdem kam ich mir ein bisschen vor wie unter dem Mikroskop. So suchte ich mir einen Platz weiter hinten am Rand und war froh, dass der Professor schnell den Raum betrat, ein paar Anwesende kurz begrüßte, mir zunickte (ich war ihm letzte Woche bei dem Test begegnet) und dann mit dem Unterricht anfing. Ich kam gut mit und meine einzige

Befürchtung, nämlich, dass mir die passenden Fachbegriffe nicht einfallen würden, war schnell verflogen. Im Gegenteil, der Professor war lustig und unterhaltsam und konnte gut erklären – auch, wenn ich glücklicherweise in der gesamten Vorlesung keine Verständnisprobleme hatte. Mein Mathe-Leistungskurs hatte mich wirklich gut auf das hier vorbereitet.

Nach dem Ende der Vorlesung blieben mir fast 30 Minuten bis zur nächsten und ich blieb ein paar Minuten sitzen, um nicht in die Masse der Menschen zu kommen, die zeitgleich aus allen Räumen strömten. Ich nahm meinen Raumplan zur Hand, um festzustellen, wohin ich als nächstes musste. Ich packte meine Sachen zusammen und ging mit dem Plan in der Hand Richtung Flur … um kurz hinter der Tür gegen eine solide Mauer aus Fleisch und Blut zu laufen. Der Kerl vor mir musste ziemlich abrupt stehen geblieben sein, denn ich hatte es wirklich nicht bemerkt. Ich sah auf … und auf … und auf, bis ich mit dem Kopf im Nacken in zwei lachende braune Augen blickte.

„Hi, du bist scheinbar nicht nur neu und gut in Mathe, du bist auch winzig!"

„Du hast gut reden, du Riese, du bist doch mindestens zwei Meter!", gab ich zurück.

Er hielt mir seine Hand zur Begrüßung hin: „Nein, nur 1,90 Meter. Hi, ich bin Brian und du musst die Kleine aus Deutschland sein, von der jeder hier spricht."

Ich ergriff seine Hand und schüttelte sie: „Ja, ich bin Jo. Hört man das so extrem? Ich dachte, ich würde einen guten Job machen mit meinem Englisch."

„Das schon, aber es wurde so viel davon erzählt, dass die Nichte des Chiefs hier studieren würde, außerdem gibt es nicht viele Erstsemester in diesem Mathekurs und du hast die falsche Einheit gewählt, hier redet keiner von Metern, wir rechnen die Größe in Fuß."

„Danke, das werde ich mir merken!"
In diesem Moment gesellte sich ein zweiter Mann ungefähr in Brians Alter zu uns: „Mensch Brian, machst du wieder unschuldige Erstsemester an?", dabei lachte er aber übers ganze Gesicht und stupste meinen neuen Bekannten leicht mit der Schulter an.
„Du denkst wieder nur das Schlechteste von mir, was? Jo, darf ich dir meinen Freund Dave vorstellen? Dave, das ist Jo aus Deutschland. Sie ist genial in Mathe und kennt noch niemanden hier … genauso wie ich letztes Semester – du musst wissen, Jo, ich kam letztes Semester als Austauschstudent aus Kanada und bin wegen dieses Kerls hier in Purple Beach hängen geblieben."
Dabei sah er Dave so liebevoll an, dass nun auch meine letzten Zweifel über die Art dieser Freundschaft ausgeräumt waren.
„Hi Dave, schön, dich kennenzulernen", ich reichte nun meinerseits Dave die Hand, die er schüttelte.
„Jo, wir treffen uns mit ein paar Freunden auf einen schnellen Kaffee zwischen den Vorlesungen, willst du mitkommen?"
Doch bevor ich antworten konnte, stand eine etwas genervte Monica neben mir: „Jo, du bist schwer zu finden. Tristan wollte, dass ich dich mit zu unserer nächsten Veranstaltung nehme. Er meinte, wir würden zusammen in Psychologie sitzen? Dave, Brian, ihr entschuldigt uns?"
Sie zog mich hinter sich her, so dass ich ihr nur folgen konnte. Dave und Brian warf ich über die Schulter einen entschuldigenden Blick zu und winkte ihnen zum Abschied.
„Monica, was soll das? Das war total unhöflich, ich war mitten in einem Gespräch!"
„Glaube mir, wenn dir auch nur ein bisschen an deinem

Ruf hier liegt, dann gehst du den beiden aus dem Weg, die sind …"

„Meinst du schwul? Na und? Darf man das hier nicht sein?"

„Man darf hier sein, was man will, aber ob es gut ist …? Du wirst schon merken, mit wem man hier am besten befreundet ist und mit wem eben nicht … und außer der Tatsache, dass sie eben … Schwuchteln sind, spielen sie mit Sicherheit nicht in unserer Liga!"

„Und ich spiele in eurer Liga? Das glaube ich nun wirklich nicht …", langsam wurde ich echt sauer.

„Du spielst in unserer Liga, weil Tristan das so will, freu dich drüber!"

„Sag mal, spinnst du?", nun war ich doch stehengeblieben und sah Monica genervt an.

Bevor sie aber etwas entgegnen konnte, legte sich ein Arm um ihre und meine Schulter und Tristan steckte seinen Kopf zwischen uns: „Guten Morgen, meine Damen, was ist los, dass ihr hier so eine Szene veranstalten müsst?" Wie selbstverständlich gab er mir einen Kuss auf die Wange und sah Monica an, auf eine Antwort wartend. Ich kam ihr zuvor: „Monica hat versucht, mir klar zu machen, dass ich in Zukunft aufpassen müsste, mit wem ich reden würde, um meinem Image nicht zu schaden. Sie meinte, Schwule gehörten zum Beispiel dazu …"

Ich ließ die Anklage im Raum stehen und funkelte Monica wütend an.

„Ach, das hat Monica doch sicher nicht so gemeint, sie übertreibt es manchmal ein bisschen mit ihrer Vorsicht anderen Menschen gegenüber." Tristan warf Monica einen Blick zu, den ich nicht deuten konnte, ließ sie dann los, um sich ganz mir zu widmen.

„Ich freue mich, dich endlich wieder zu sehen, am Wochenende hattest du ja nie Zeit für mich." Es klang fast ein bisschen so, als würde er schmollen, aber dann lächelte er mich an und gab mir noch einen Kuss auf die Wange.

„Was hältst du davon, wenn ich dich zu deinem nächsten Seminar begleite und wir nach den Vorlesungen noch etwas zusammen unternehmen, nur du und ich?"

Mann, er hatte es echt drauf, er sah mir in die Augen und machte dabei ein so liebes Gesicht, dass ich nicht anders konnte, als ihm zuzusagen.

„Okay, dafür musst du aber in der Mittagspause auf mich verzichten, denn ich möchte meine Tante besuchen."

Es wirkte fast so, also wollte er mir widersprechen, doch dann sagte er: „Gut, aber dafür gehörst du nach der Biologievorlesung ganz mir. Wir bringen dein Auto nach Hause und du steigst bei mir ein, damit ich dich entführen und verwöhnen kann. Vielleicht ziehst du dich dann auch noch schnell um?"

Er sah wohl, dass ich protestieren wollte, denn er zog mich an sich: „Versteh mich nicht falsch, du sieht heiß aus, aber ich habe da ein Restaurant im Sinn, wo sie leider etwas pingelig sind, was das Äußere angeht." Er beugte sich so tief runter, dass er mir in die Augen sehen konnte. „Bitte, würdest du es für mich tun? Ich möchte dich so gerne an deinem ersten Collegetag verwöhnen und auch ein bisschen mit dir angeben. Darf ich das, bitte?"

Ich konnte nicht anders, ich musste lachen, Tristan hatte so eine Art, dass ich ihm nicht lange böse sein konnte und wenn er mich tatsächlich schick ausführen wollte, dann war ich wirklich nicht richtig angezogen. Nicht, dass ich über eine wahnsinnig große Auswahl verfügen würde, aber ein bisschen mehr als das, was ich anhatte, hatte ich schon zu bieten.

„Also gut, dann sehen wir uns nachher in der Vorlesung?"
Er gab mir wieder einen Handkuss, zwinkerte mir zu: „Ich halte dir einen Platz frei!", steckte seine Hände in die Hosentaschen und schlenderte davon.
Monica räusperte sich neben mir: „Tut mir leid. Ich habe da eben wohl etwas überreagiert. Es ist nur so, dass Daves Familie nicht gerade zu den besten Familien im Ort gehört, der Vater ist Automechaniker und außerdem gehört ihnen der Kletterwald hier am Ort, also nicht unbedingt der richtige Umgang in meinen Augen. Außerdem hat die Familie so einen Ruf … also, sie bleiben gerne unter sich und man hat so das Gefühl, als hielten sie sich von den anderen immer etwas fern. Wir kennen uns zwar alle schon seit der Grundschule, trotzdem, irgendwie gehörten die nie richtig dazu. Aber du musst deine Erfahrungen selber machen! Und nun komm, wir sind spät dran für die Psychologievorlesung!" Sie lächelte mich entschuldigend an und machte sich auf den Weg zum Seminarraum.

Die Vorlesungen stellten auch weiterhin keine allzu großen Herausforderungen an mich, und wenn, dann höchstens deshalb, weil mein Hirn sich nicht entscheiden konnte, ob ich die Mitschriften in Englisch oder Deutsch verfassen sollte. Sonst verging der Tag ohne besondere Vorkommnisse, auch der Besuch bei meiner Tante ergab nichts Neues. Mein Numus meldete sich nur einmal, um mir wieder mitzuteilen, dass es komisch wäre, meine Tante so leer zu spüren. Zwar waren wir nicht in der Lage zu fühlen, ob ein uns Unbekannter ein normaler Mensch war oder einer von uns. Wenn wir aber einmal einen Menschen als einen von uns erkannt hatten, dann spürten wir die

Anwesenheit dieser doppelten Seele. Es war schwer zu erklären, aber uns bekannte Numa konnten wir fühlen. Wir erklärten uns das mit einem Band, das zwei Numa unwillkürlich miteinander knüpften, wenn ihre Menschen sich kannten. Es ist schwer etwas zu erklären, womit man von klein auf völlig normal lebte!

Nach der Biologievorlesung begleitete mich Tristan zu Bessi – er sah sie an, als hätte er Befürchtungen, sie würde jeden Moment auseinanderfallen. „Gott, Jo, mit sowas bist du unterwegs? Das ist doch sicher gefährlich. Da muss ich mir ja Sorgen um dich machen. Ich glaube, da hole ich dich in Zukunft lieber morgens ab!"
„Lass mal, Tristan, mein Onkel und Aaron von der Tankstelle haben ihn durchgesehen und beide sind der Meinung, der Wagen ist durchaus fahrtauglich. Außerdem möchte ich lieber unabhängig sein."
Für einen kurzen Augenblick sah Tristan mich seltsam an und murmelte irgendetwas vor sich hin. Doch dann schenkte er mir wieder sein süßes Lächeln: „Wenn du meinst. Aber ich darf mir doch Sorgen um mein Mädchen machen?"
Ein kleines warmes Gefühl machte sich in meinem Magen breit. Noch nie hatte mich jemand ‚sein Mädchen' genannt. Es fühlte sich komisch und gut zugleich an.

Tristan fuhr mir zu Mitchs Haus hinterher. Er in einem nagelneuen Mercedes Cabrio, ich mit Mitch's alter Bessi, was bestimmt ein Bild für die Götter abgab. Aber es war mir egal, ich mochte dieses Auto, es war mein allererstes eigenes Auto und da ich wusste, was es Mitch bedeutete, war es gleich noch wertvoller für mich und das würde ich mir auch von niemandem madig machen lassen.

Da ich wusste, dass Mitch heute lange arbeiten musste, schickte ich ihm, am Haus angekommen, eine kurze Nachricht, dass ich mit Tristan essen gehen würde. Tristan bat ich, im Auto auf mich zu warten, ich würde nicht lange brauchen und irgendetwas sträubte sich in mir, ihn ins Haus zu bitten, während ich mich umziehen wollte. Außerdem war mein Zimmer nicht aufgeräumt und wenn ich gleich durch meinen Kleiderschrank wüten würde, würde es nicht besser aussehen. Wieder hatte ich das Gefühl, dass ihm das nicht wirklich passte, aber er erfüllte meinen Wunsch und begann auf seinem Handy zu spielen, kaum, dass ich mich rumgedreht hatte. Im Haus machte ich kurzen Prozess mit dem, was ich trug. Ein Vorteil von ‚quasi alleine leben'? Keiner machte einem Vorschriften, wie das Zimmer aussah. Mit Sicherheit würde ich irgendwann in den nächsten Tagen alles aufräumen, wegräumen, einsortieren, aber nach dem strengen Regiment in einem großen Haushalt, tat es einfach mal gut, zu tun und zu lassen, was man wollte.

Ist das der Grund, warum du mit diesem Schnösel ausgehst, Jo?

Nein, ist es nicht, Tristan ist … nett, er gibt mir das Gefühl, etwas Besonderes zu sein, so wie er hat mich noch keiner behandelt.

Du meinst ein bisschen von oben herab?

Quatsch, das stimmt doch gar nicht, er ist eben nur ganz anders groß geworden als ich. Das kannst du ihm nicht zum Vorwurf machen. Immerhin will er mit mir ausgehen, also schaut er nicht auf mich herab. Außerdem ist er irgendwie süß …

Ich fand Brian netter …

Ich fand Brian auch nett, und es wird sich mit Sicherheit noch eine Gelegenheit ergeben, dass wir ihn kennenlernen. Immerhin sind wir gerade mal einen Tag im College.

Ich zog mich in Rekordzeit um, denn wie gesagt, die Auswahl an schicken Klamotten war nicht riesig. Meine Haare waren zu kurz, um besonders viel damit zu machen, ich bändigte sie mit Gel, legte sie halbwegs kunstvoll nach hinten (komisch – wieso sah das bei Models immer super sexy und bei mir wie angeklebt aus??). Ich brauchte hierfür fast länger und mehr Versuche, als für die Klamottenauswahl! Ein letzter Blick in den Spiegel, ein bisschen Schminke für die Augen und ich verließ das Haus wieder. Statt Caprihose, T-Shirt und Flipflops trug ich nun einen weißen Sommerrock, ein anderes ärmelloses Shirt mit passendem Tuch und ein Paar Sandalen, die ich mir in Deutschland extra für meinen Aufenthalt hier geleistet hatte. In meinen Augen sah ich echt gut, repräsentabel, schick aus.
Tristan stieg aus dem Auto aus, um mir die Beifahrertür aufzuhalten. Dabei betrachtete er mich von oben bis unten, dann nickte er: „Schon viel besser, aber ich glaube, auf Dauer müssen wir mal mit dir shoppen gehen, was meinst du?" Dabei lachte er, so dass ich nicht genau einschätzen konnte, wie viel er davon ernst oder doch im Scherz gemeint hatte. Aber ich hatte mir vorgenommen, diesen Abend zu genießen, meinen ersten richtigen Abend hier als Collegestudentin, zusammen mit einem süßen Jungen, der mich ausführen wollte. Ich suchte nicht nach einem passenden Ehemann, nur nach ein bisschen Spaß. Weg von zu Hause, wo meine Familie, meine Sippe sich immerzu Sorgen um mich machte und man nie wirklich alleine war. Immer tauchte irgendwo jemand auf, den man kannte und der wusste, wer oder was man war. Hier

ging es auch um einen frischen Start, um das Ausloten der eigenen Möglichkeiten. Und mit Tristan erschloss sich mir direkt am ersten Abend eine total neue Welt, die ich so noch nie erleben durfte. Wer wäre da nicht beeindruckt?

Ich fuhr tatsächlich in einen Country Club, etwas, von dem ich bisher nur gelesen hatte und mir nie wirklich sicher gewesen war, dass es sowas tatsächlich gab. Ein Mann in einer Art Pagenuniform öffnete mir die Beifahrertür und bekam von Tristan den Autoschlüssel ausgehändigt, damit er den Wagen parken konnte. Ich ließ mich von Tristan ins Innere des Gebäudes führen, wo er namentlich begrüßt wurde („Guten Abend, Mister Collister, Ihr Tisch ist wie gewünscht bereit …", Collister? Ja, das passte zu ihm, Tristan und Gwendolyn Collister, das klang nach Geld und Einfluss …), bevor man uns zu besagtem Tisch führte.

Kaum, dass wir saßen, wurden unsere Gläser mit Wasser und Champagner (wirklich Champagner?) gefüllt. Wir bekamen Speisekarten gebracht und eine besondere Empfehlung von der Küche zusätzlich. Ich musste zugeben, ich war beeindruckt!

Leider musste ich am Ende des Abends auch zugeben, dass das Ganze ziemlich ermüdend war. Das Essen war, soweit ich das beurteilen konnte, hervorragend gewesen, der Service sehr gut, die Kellner zuvorkommend und höflich, Tristan der perfekte Gentleman. Allerdings gab es hier und da immer kleine, spitze Untertöne von ihm, die ich nicht richtig deuten konnte. Es klang im ersten Moment immer wie Kritik an mir, dem Essen, den Kellnern, aber fast im selben Moment nahm er durch einen Blick, eine Geste, ein Lächeln seinen eigenen Worten die Schärfe. Im Grunde benahm er sich perfekt, aber …

... irgendwie benimmt er sich komisch, oder? Er ist ein totaler Snob!
Aber das heißt doch nicht, dass er ein schlechter Mensch ist, er ist eben mit einem goldenen Löffel im Mund aufgewachsen, er hat immer in diesen Kreisen verkehrt, vielleicht wird man dann so. Außerdem bin ich müde, vielleicht reagiere ich deshalb auch ein bisschen über.

„Tristan, ich bin müde, würdest du mich bitte nach Hause bringen?"
„Entschuldige bitte, natürlich musst du müde sein, immerhin musst du im Moment viele Dinge verarbeiten, mit deinem Umzug nach Purple Beach und dem ersten Tag am College. Entschuldige bitte meine Unaufmerksamkeit, aber ich war so froh, dass du mit mir Zeit verbringen wolltest, da habe ich zu viel an mich und zu wenig an dich gedacht. Wird nie wieder vorkommen, versprochen. Ich lasse sofort die Rechnung und das Auto bringen!"
Also doch der perfekte Gentleman!

Tristan fuhr mich nach Hause. Im Auto herrschte ein angenehmes Schweigen. Er machte zwar einmal Anstalten, meine Hand zu halten, aber ich zog sie direkt und, wie ich hoffte, diskret weg und er startete daraufhin keinen zweiten Versuch. Bei Mitchs Haus angekommen, öffnete er mir die Beifahrertür und begleitete mich zur Haustür.
Dort ergriff er dann doch meine Hand und sah mir in die Augen: „Vielen Dank für diesen wunderschönen Abend. Hast du über mein Angebot nachgedacht? Darf ich dich morgen früh abholen und zum College fahren?" Er führte meine Hand an seinen Mund und hauchte wieder einen Kuss auf meinen Handrücken.

Ich zögerte kurz, antwortete aber dann: „Sei mir nicht böse, Tristan, aber Mitch hat mir dieses Auto geschenkt und ich liebe es, unabhängig zu sein. Ich möchte auch bei meiner Tante vorbeisehen und ich kann nicht von dir erwarten, dass du mich auch noch dorthin fährst."
„Also gut, aber dann an einem anderen Tag? Und ich hoffe, du versetzt mich morgen nicht wieder in der Mittagspause, oder?"
Er ließ mir gar keine Zeit zu antworten, sondern nahm mir stattdessen meinen Haustürschlüssel aus der Hand, öffnete die Tür und schob mich hinein. Dann küsste er mich auf die Wange: „Wir sehen uns morgen in der Mensa? Ich freu mich auf dich."
„Tristan, ich …", bevor ich Tristan sagen konnte, dass ich genau in dieser Zeit bei meiner Tante sein wollte, unterbrach mich Mitch.
„Jo, bist du das?"
Diese Unterbrechung nutzte Tristan, um mir zuzuzwinkern und die Tür hinter sich zuzuziehen.
Mitch kam zur Haustür: „Ist Tristan schon weg? Ich wollte ihm noch guten Abend sagen. … Hattet ihr denn einen schönen Abend?"
„Ja, aber jetzt bin ich müde und muss ins Bett. Was hältst du davon, wenn wir beide uns morgen Abend einen gemütlichen Abend hier machen, dann können wir in Ruhe reden, okay?"
Er drückte mich kurz an sich: „Gute Idee und nun schlaf schön!"
„Mitch …", er war schon auf dem Weg zurück ins Wohnzimmer, blieb aber nochmal stehen, als ich ihn rief.
„Was ist, Jo? Wolltest du noch was sagen?"
Was sollte ich ihm sagen? Er sah müde aus, traurig, angespannt. Aber sollte ich ihm das sagen? Ich zögerte kurz und sagte dann: „Ich hab dich lieb, danke, dass ich

hier sein darf. Ich wünschte, ich könnte dir helfen!"
Mit wenigen Schritten war er wieder bei mir und zog mich in eine feste Umarmung: „Jo, ich hab dich auch lieb und ich bin froh, dass du da bist, du gibst mir Hoffnung und einen Grund, weiter zu machen. Ich werde es schaffen, ich werde Diana helfen, irgendwie, versuch du aber bitte auch, deine Zeit hier zu genießen und dir nicht zu viele Sorgen zu machen. Tust du das, für mich?" Gott, wie er da stand, der große, starke Mann aus meinen Teenieträumen, fast gebrochen durch das Schicksal. Er tat mir so leid und es bestärkte mich nur noch mehr in meinem Vorhaben, ihm zu helfen. Ich wusste zwar noch nicht wie, aber ich würde einen Weg finden. Irgendwie würde ich die anderen Numa finden und zusammen würden wir einen Weg finden, um Dianas Numus zurück zu holen, wo auch immer sie war.
Plötzlich war ich kein bisschen mehr müde.
„Mitch, hast du was dagegen, wenn ich noch ein bisschen draußen spazieren gehe? Ich habe plötzlich echt Kopfschmerzen und könnte eine halbe Stunde an der frischen Luft wirklich gebrauchen."
„Meinst du wirklich, dass das eine gute Idee ist, alleine da draußen rumzurennen? Ich meine, es ist zwar noch nicht spät, aber …"
„Ich pass auf und geh nicht allzu weit, okay? Ich hab mein Handy dabei und wenn mir was komisch vorkommt, ruf ich dich sofort an. Oder willst du mir erzählen, dass deine Stadt für Menschen nicht sicher ist?"
Er lächelte mich ein bisschen gequält an: „Nein, nein, geh nur, ich bleib so lange wach und mach die Außenbeleuchtung für dich an!"
So zog ich mich wieder um, diesmal wählte ich eine abgeschnittene Jeans, einen Hoodie und Turnschuhe

und machte mich auf den Weg aus dem Haus in Richtung Wald. Ob es an meinem Numus lag oder ob es auch ohne *sie* so wäre, wusste ich nicht, aber ein Spaziergang oder auch ein Lauf durch einen Wald half mir immer beim Denken. Ich fühlte mich dort freier, konnte besser atmen, fühlte mich wohl und ganz bei mir. Nirgendwo anders hatte ich diese Gefühle, kein anderer Ort, kein Mensch, keine Beschäftigung gab mir diese Ruhe. Und auch jetzt wieder merkte ich nach wenigen Schritten in den Wald wie ein Teil der Anspannung von mir abfiel und ich freier atmen konnte.

Nachdem ich ein paar hundert Meter dem Weg gefolgt war, kam ich an eine vom Mond beschienene Lichtung. Ich konnte gar nicht beschreiben, wieso, weshalb und warum, aber irgendetwas an dieser Lichtung strahlte eine Ruhe aus, die mich dazu brachte, mich unter einen Baum zu setzen und die Stille auf mich wirken zu lassen.

Von mir aus kannst du hier auch gerne einschlafen, Jo, dann muss ich mich gleich nicht mehr auf die Suche nach dieser Lichtung machen. Es gefällt mir hier!

Du hast recht, es ist besser, wenn ich zurückgehe. Ich werde morgen bei Tageslicht hierher zurück kommen, hier kann man bestimmt auch gut lesen und lernen!

Kapitel 4

Hey, schön, dass du wach bist, du willst doch nicht zu spät zur Mathevorlesung kommen, oder? Ich war übrigens gestern Nacht an der Lichtung und habe mich ein bisschen umgesehen. Ich glaube, ich habe sogar einen anderen Numus gerochen. Roch gut, interessant, aber er hat sich nicht blicken lassen. Ich war ihm wohl zu neu und unbekannt.

Nach einem kurzen Frühstück machte ich mich auf den Weg zum College. Als ich den Seminarraum betrat, winkten Dave und Brian mich zu sich: „Hey, Zwerg, ich hab dir einen Platz frei gehalten, magst du dich zu uns setzen?"
„Eine so nette Begrüßung kann ich wohl kaum ausschlagen, oder?" gab ich lachend zurück und setzte mich zwischen die beiden, die sofort anfingen, mich über Deutschland, mein Leben dort und meine Pläne auszufragen.
Es war ein lockeres, angenehmes und vollkommen natürliches Gespräch. Und wieder luden die beiden mich ein, in der kurzen Pause zwischen dem ersten und zweiten Block mit ihnen einen Kaffee zu trinken. Ich war schon drauf und dran, zuzusagen, als ich beim Verlassen des Raums Tristan sah, der an der Wand lehnte und ganz offensichtlich auf mich wartete.
Ich wusste nicht, ob ich überrascht oder leicht genervt sein sollte.
„Tristan, was machst du hier? Waren wir verabredet?"
„Nein, aber ich hab mir Sorgen gemacht …" – mit einem Blick auf Brian und Dave fügte er hinzu – „ihr entschuldigt uns?", dann zog er mich in seinen Arm und führte mich von den beiden weg. „Du hast meine Nachrichten von heute Morgen nicht beantwortet, da

wollte ich wissen, ob alles in Ordnung ist. Lass uns mit den anderen einen Kaffee trinken, okay?"
Ich griff an meine Hosentasche, um mein Handy rauszunehmen, musste aber feststellen, dass ich es tatsächlich nicht dabei hatte. Es musste noch von gestern Abend in der Hoodietasche stecken. Außerdem hatte mich das Gespräch mit den beiden Jungs vor der Vorlesung so abgelenkt, dass ich gar nicht daran gedacht hatte, mein Handy auf Nachrichten zu checken. Ich bekam schon fast wieder ein schlechtes Gewissen Tristan gegenüber, weil er sich Sorgen gemacht hatte und ich wirklich vergessen hatte, mein Handy einzustecken. Es war ganz schön süß von ihm, sich so um mich zu sorgen, wenn ich auch zugeben musste, dass ich gerne mit Brian und Dave zusammensitzen würde. Doch stattdessen folgte ich Tristan zu dem Tisch, an dem seine Clique saß.
Leider drehten sich die Gespräche immer um dieselben Themen: die Planung für das kommende Wochenende, die letzten Einkaufsbummel, die Mitgliedschaft im Country Club, die Tennisstunden und die teuren Autos. Ich saß ein bisschen wie Falschgeld daneben und schaute mich verstohlen in der Mensa um. Trudi winkte mir von hinter der Theke zu und Dave zwinkerte mir von seinem Platz ein paar Tische entfernt aus zu. Ich winkte Dave zurück und wollte mich wieder dem Gespräch an meinem Tisch zuwenden, als ich den Blick von Daves Sitznachbarn auffing. Er musterte mich, beobachtete mich, starrte mich an. Er sah auf eine extrem markante Weise gut aus. Seine Augen wirkten fast schwarz, seine Haare waren zu lang und hingen ihm über die Ohren, über den Kragen seines T-Shirts, fast bis in die Augen. Sein Blick war bohrend, fragend, ein bisschen abschätzend, aber ich hatte nicht die Kraft, mich seiner Anziehung zu entziehen. Keine Ahnung,

wie lange wir uns anstarrten, wie lange sein Blick meinen gefangen hielt. Hätte Dave diesen Typen nicht angestoßen und hätte der daraufhin nicht angefangen, mit Dave zu reden (oder zu streiten, den Blicken nach zu urteilen), dann hätte ich meinen Blick wohl nie abgewendet. So aber war ich Dave dankbar, dass er den Bann gebrochen hatte. Ich schnappte dann auch direkt meinen Rucksack, murmelte eine Entschuldigung und verschwand in Richtung Toiletten, bevor ich zu meinem nächsten Seminar ging – zum Glück war es mal eines ohne jemanden aus der Clique. Beim Verlassen der Mensa sah ich mich nochmal um. Tristan war völlig in sein Gespräch mit seiner Schwester vertieft und dieser fremde Typ … starrte schon wieder. Hatte man dem nicht beigebracht, dass es unhöflich war, jemanden so anzustarren? Der Blick, oder besser die Erinnerung daran, verfolgte mich den ganzen Tag. Was hatte ich diesem Typen getan, dass er mich so angestarrt hat? Ich kannte ihn nicht, hatte noch nie mit ihm gesprochen, er kannte mich nicht. Schließlich war ich ja noch nicht lange in Purple Beach. Womit hatte ich seine Reaktion verdient oder provoziert? Wenn ich ehrlich war, dann machte mich die ganze Sache unsicher und ich nahm mir vor, Dave bei nächster Gelegenheit darauf anzusprechen, denn immerhin hatte der Typ bei ihm am Tisch gesessen, dann würde er ihn auch kennen.

Die Gelegenheit dafür ergab sich aber erst ein paar Tage später. Denn an diesem Tag fuhr ich in der Mittagspause zu meiner Tante ins Krankenhaus und den Abend verbrachte ich mit Mitch. Wir redeten über meine ersten Tage am College, über das Leben in einer Kleinstadt, meine Familie in Deutschland, wir redeten über alles, nur nicht über Tante Diana und ihr Schicksal. Und die kommenden Tage belegte mich

Tristan mit Beschlag, immer höflich und subtil, aber immer so, dass er meine gesamte Aufmerksamkeit auf sich zog. Er war nett, zurückhaltend, aber bestimmt in allem, was er tat und wollte. Manchmal fand ich es angenehm und schmeichelnd, aber je häufiger es vorkam, desto mehr ging es mir auf die Nerven. Ich hatte das Gefühl, als wollten er und seine Clique mich immer mehr vereinnahmen und von den anderen Studenten fernhalten. Also nahm ich mir vor, nach der Mathevorlesung am Freitag die Einladung von Dave und Brian anzunehmen. Und dabei auch nach diesem Typen zu fragen, denn seit unserem Blickkontakt vor ein paar Tagen lief er mir ständig über den Weg. Mal stießen wir vor der Mensa zusammen, dann rammte ich ihm die Tür zur Bibliothek in den Rücken, weil ich sie zu heftig aufstieß, in der Mensa saß er immer schweigend, grübelnd, mürrisch auf demselben Platz, während Dave, Brian und ein paar andere um ihn herum saßen und redeten. Und ich ertappte mich immer wieder dabei, wie ich ihn beobachtete, mit Blicken suchte. Irgendetwas an ihm zog mich magisch an, obwohl ich eigentlich nicht so auf diesen grüblerischen, dunklen Typ stand.
Ich musste wissen, wer er war und warum er mich beobachtete, ebenso wie ich ihn beobachtete.

Als ich am Freitag den Seminarraum für Mathe betrat, saßen Dave und Brian wieder mit einem Platz frei zwischen sich und winkten mich lachend zu sich.
„Hi, Jungs, danke, dass ihr mir wieder einen Platz freigehalten habt. Wenn euer Angebot noch steht, darf ich mich dann heute euch anschließen?"
„Jo, du darfst dich immer uns anschließen, aber hat denn dein Beschützer nichts dagegen?"
„Du meinst Tristan? Ehrlich gesagt, geht mir dessen

Getue mittlerweile schon fast auf die Nerven, ich habe ihn an meinem ersten Abend hier in Purple Beach kennengelernt und seitdem tut er so, als würde ich ihm gehören oder so. Aber diese Clique … die sind zwar nett, aber ich wollte auch noch andere Leute kennenlernen dürfen!"

„Also abgemacht, du kommst nachher mit zu uns!"

„Ich wollte noch was fragen …", weiter kam ich nicht, denn der Professor hatte den Raum betreten und er reagierte extrem ungehalten auf Störungen seines Unterrichts und das wollte ich nicht riskieren. Ich wusste auch so, dass vieles, was ich tat, sehr schnell den Weg zu meinem Onkel fand. Scheinbar kannte er wirklich jeden und jede hier und oft wusste er abends über meinen Tagesablauf besser Bescheid als ich selber. Das war mir im Grunde egal, es sollte nur nicht Störung des Unterrichts hinzu kommen. Also beschloss ich, die Frage nach IHM auf später zu verschieben.

Aber auch nach dem Seminar kam ich nicht dazu, denn beim Verlassen des Raums wartete wieder Tristan auf mich. Wie selbstverständlich kam er zu mir und legte den Arm um mich: „Guten Morgen, die anderen warten schon mit einem Kaffee auf uns, wir wollen das Wochenende planen."

Mir war die Situation ein bisschen unangenehm, aber es half nichts, ich wollte mich von ihm nicht so vereinnahmen lassen und das musste ich ihm jetzt klar machen.

„Hi, Tristan, sei mir nicht böse, ihr könnte das Wochenende doch sicher auch alleine planen, ich wollte heute endlich mal mit Brian und Dave die Pause verbringen, das hatten wir schon die ganze Woche vor …"

Tristan sah mich kurz an, als wäre mir ein drittes Auge gewachsen, dann hatte er seinen Blick wieder unter

Kontrolle – seinen Ton nicht so ganz, denn der klang alles andere als höflich und entspannt, allerdings bekam er auch diesen relativ schnell wieder in den Griff: „Du willst die Pause mit *denen* verbringen? Warum? Aber bitte, wenn du meinst, es ist deine Entscheidung. Aber für Samstag dürfen wir dich einplanen? Oder gibst du mir dafür auch einen Korb?"
„Nein, am Samstag bin ich wie geplant dabei ..."
Dann drehte er sich, ohne mich eines weiteren Blickes zu würdigen, um und ging in Richtung Mensa.
„Was war das denn? Gehörst du dem irgendwie? Ich kenn Tristan ja nicht näher, es gibt kaum Berührungspunkte zwischen ihm und uns, aber das fand ich komisch ... , egal, wir wollen uns von ihm nicht die Laune verderben lassen. Komm, in der Mensa gibt es Kaffee mit unseren Namen drauf – ich bezahle!"
Brian trat von hinten an Dave und mich heran, legte den Arm um seinen Freund und meinte lachend: „Hey, muss ich mir Sorgen machen? Mich hast du damals auch zum Kaffeetrinken eingeladen ... bist du gerade dabei, mich gegen ein jüngeres und weibliches Modell auszutauschen?" „Niemals, mein Schatz", antwortete Dave prompt und küsste Brian leicht auf die Lippen, woraufhin beide anfingen zu lachen und die Situation deutlich auflockerten. So gingen wir auch in Richtung Mensa und während Dave sich um den Kaffee kümmerte, setzten Brian und ich uns an den Tisch zu ihren Freunden, mit denen ich sie schon oft zusammen gesehen hatte. ER fehlte allerdings und ich wollte die Chance nutzen, um Brian möglichst unauffällig nach diesem Typen zu fragen ...
„Was zur Hölle macht Tristans Perle hier am Tisch?" Ich musste mich gar nicht umdrehen, um zu wissen, wer diese unhöflichen Worte geknurrt hatte. Ich zog sogar schützend den Kopf ein.

Bevor Brian oder ich antworten konnten, war Dave mit den Kaffeetassen in der Hand wieder bei uns. „Mensch, Isaac, was soll der Scheiß? Wir haben dir von Jo erzählt, warum musst du sie so anmachen? Jo, du musst entschuldigen, dieser Menschenfreund ist mein großer Bruder Isaac und heute wohl mit dem falschen Fuß aufgestanden."

Soso, Daves großer Bruder? Die beiden hatten so gar nichts gemeinsam. Wo Dave offen und freundlich war, wirkte Isaac wie das komplette Gegenteil, so wie Licht und Schatten ...

„Das beantwortet meine Frage nicht, wieso sitzt sie nicht bei Tristan und seinem Gefolge?" Nun schaltete sich auch Brian ein: „Isaac, du musst nicht immer versuchen, alle Leute zu vergraulen, so bist du im Grunde doch gar nicht! ... Mach dir keine Sorgen, Jo, die Nummer hat er bei mir auch probiert, als Dave mich angesprochen hatte."

„Irgendwer muss doch aufpassen, mit wem wir es zu tun haben, wenn ihr das schon nicht tut ... muss ich euch daran erinnern?" Boah, konnte der Kerl noch unfreundlicher sein?

„Nun reicht es, Isaac! Jo ist vor ein paar Tagen erst hier angekommen und kennt außer Tristan und seiner Clique keinen, willst du, dass es so bleibt?"

Darauf gab er keine Antwort, setzte sich ein paar Plätze weiter an den Tisch, nahm sein Handy raus, griff nach einem Kaffee und beachtete uns nicht weiter. Falsch – er tat so, als würde er uns nicht beachten, aber bei jedem Blick, den ich in seine Richtung wagte (und es waren nicht wenige, wie ich zu meiner Schande eingestehen musste), merkte ich, dass er mich unter halb geschlossenen Augenlidern anstarrte. Himmel, die Augen waren nicht schwarz, aber von einem Dunkelbraun, wie ich es selten gesehen hatte. Dazu hatte er für einen Mann untypisch lange Wimpern, was sein sonst eher hartes und kantiges Gesicht viel weicher wirken ließ.

Also, ich mag ihn! Er ist sexy!
Du bist sowas von nicht hilfreich! Er ist arrogant, hat mich beleidigt und überhaupt …

Die nächste Vorlesung konnte nicht früh genug für mich beginnen, ich musste weg. Zwar fand ich Dave und Brian echt nett, aber Daves Bruder gab mir das Gefühl, unter einem Mikroskop zu sitzen.
Die Mittagspause verbrachte ich zur Abwechslung mal nicht bei meiner Tante, denn Mitch hatte angekündigt, dass er in dieser Zeit einen Termin mit dem behandelnden Arzt haben würde. Das war kein guter Zeitpunkt, um an ihrem Bett zu sitzen. Stattdessen fand ich mich wieder mit Tristan und der Clique an einem Tisch. Ein Blick über die Schulter zeigte mir … jupp, Isaac starrte mir Löcher in den Rücken. Was hatte dieser Kerl nur?
„Jo, hörst du mir zu?", Gwendolyn riss mich aus meinen Gedanken.
„Nein, Entschuldigung, ich war gerade … bei meinem letzten Seminar."
„Ich wollte nur wissen, ob du morgen mit dabei bist. Wir wollen in den Kletterwald und anschließend noch irgendwo etwas essen. Xander will gerade die Reservierung online fertig machen, die brauchen aber die genaue Personenzahl."
„Klar bin ich dabei, Kletterwald klingt super, da das Soccertraining erst in ein paar Tagen anfängt, wird mir ein bisschen Sport gut tun!"
„Ähmmm, wegen deiner Pläne, hier Soccer spielen zu wollen … bist du dir sicher, dass du das machen willst?

Versteh mich nicht falsch, aber Soccer ist so typisch Deutsch und so brutal und wenig damenhaft …", man merkte, dass Gwendolyn versuchte, ihre Kritik an meiner Sportwahl irgendwie nett zu verpacken. Ich betrachtete sie einen Moment lang, sie war alles, was ich nicht war: ihre braunen, langen Haare fielen in kunstvollen Locken über ihre Schultern, ihre Fingernägel waren perfekt manikürt, ihr Schmuck war dezent, aber mit Sicherheit teuer, ihre Schminke tadellos aufgetragen und ihre Kleidung hatte lauter kleine Markenlabel …, nein, sie würde sich mit Sicherheit nicht beim Sport dreckig machen, in den Schlamm werfen oder um einen Ball kämpfen. Aber ich hatte das schon immer getan, es machte mir Spaß und ich war wirklich nicht schlecht darin! Das versuchte ich ihr zu erklären, aber ich hatte nicht das Gefühl, dass sie mich und meine Beweggründe wirklich verstand. Aber zumindest ließ sie es darauf beruhen und redete nicht weiter auf mich ein.

Und wieder einmal fragte ich mich, ob ich auf Dauer in dieser Clique glücklich werden könnte. Aber die Erinnerung an Isaacs Reaktion auf mich zeigte mir, dass ich auf Dauer auch nicht mit Brian und Dave engeren Kontakt bekommen würde. Denn immerhin war DER Daves Bruder und sie waren eigentlich immer zusammen. Und DESSEN Blicke und Kommentare würde ich auf Dauer nicht ertragen. Also würden die hier Anwesenden wohl noch etwas länger meine Bezugspersonen sein. Ich war ja auch noch nicht so lange hier. Es würden sich noch andere Freundschaften und Bekanntschaften ergeben. Und die Aussicht, morgen klettern zu gehen, etwas in der Natur zu unternehmen, machte mich glücklich. Da konnte jeder in seinem Tempo das tun, was er wollte, zumindest kannte ich das so aus Deutschland. Bevor wir uns trennten, machten wir noch aus, dass Tristan und Gwendolyn mich morgen früh abholten und wir die anderen dann direkt am Kletterwald treffen würden.

Tristan hatte für abends zum Glück andere Pläne, sodass ich ihm keinen Korb geben musste. Ich hatte wirklich keine Lust, Zeit mit ihm alleine zu verbringen. Er war nett, aber … nein, ich wollte kein weiteres Date. Zwar war er bisher nie zudringlich oder so geworden, aber ich wollte ihm auch keine falschen Signale senden. Es war das eine, mit ihm und den anderen zusammen etwas zu unternehmen, aber nur er und ich, das war etwas anderes!

Kapitel 5

Ich hatte eine tolle Nacht, du auch? Ich war wieder an der Lichtung und diesmal bin ich mir sicher, dass ich einen Numus gesehen habe. Es war ein Fuchs. Er blieb in einiger Entfernung zu mir stehen, kam mir nicht zu nahe. Er hat sich für ein paar Minuten etwas entfernt von mir hingesetzt und mich beobachtet. Dann hat er mich angebellt und ist wieder verschwunden. Mal sehen, ob wir uns noch öfter treffen!

Na toll, *sie* war mir also mal wieder weit voraus. Während *sie* zumindest ein bisschen weitergekommen war, tappte ich nach fast zwei Wochen immer noch im Dunkeln. Aber egal, ich würde schon noch Numa finden. Aber mit Sicherheit nicht heute, denn ich war zum Klettern verabredet und das würde ich mir nicht von irgendwelchen traurigen Gedanken vermiesen lassen!
Pünktlich um neun Uhr fuhren Tristan und seine Schwester bei mir in die Einfahrt, Mitch war schon los zur Arbeit, den würde ich erst heute Abend wiedersehen. Ich hatte mich dem Anlass entsprechend noch sportlicher als sonst gekleidet, mit bequemer Cargohose, Top und Joggingschuhen, auf Makeup oder Haarstyling hatte ich komplett verzichtet. Gwendolyn hingegen war zwar auch sportlich … aber völlig aufeinander abgestimmt gekleidet. Selbst der Lippenstift passte farblich zu der Hose und den Schuhen.
„Jo, du bist … interessant gekleidet", begrüßte Gwendolyn mich.
Ich sah an mir hinunter: „Wieso? Ich dachte, wir wollten klettern gehen? Wieso bin ich dann falsch angezogen?" Mittlerweile war auch Tristan aus dem

Auto ausgestiegen. Auch er war eher modisch, denn praktisch gekleidet. „Entschuldigung, ich wusste nicht, dass das hier ein gesellschaftliches Event wird, ich dachte, wir wollen uns irgendwie sportlich betätigen?!"
Tristan kam zu mir rüber: „Jo, du bist manchmal herrlich naiv, wenn ich das sagen darf. Alles, was wir tun, ist ein gesellschaftlicher Event. Naja, wir sind eh schon spät dran, wir müssen los, sonst kommen wir zu spät, aber bevor wir nachher essen gehen, ziehst du dich noch um, oder?"
„Irgendwann versteh ich eure komischen Vorbehalte, im Moment kann ich euch echt nicht folgen! Ich werde mich auf jeden Fall nicht für euch verbiegen …"
„Ach Gott, Jo, sei doch nicht so dramatisch, keiner will, dass du dich verbiegst, es geht doch nur darum, dass du dich ein bisschen an uns anpasst, wenn du mit uns zusammen unterwegs sein willst …"
Ach du Scheiße, bist du sicher, dass du mit denen zusammen sein willst?
Ehrlich gesagt, nein, aber jetzt will ich klettern gehen und dann diese ganze Situation vergessen. Himmel, sind die borniert!

Ich hielt also den Mund und stieg ins Auto ein: „Können wir los? Ich möchte klettern!" Tristan sah mich fragend an – normalerweise saß ich immer vorne neben ihm, egal, wer sonst noch mit im Auto saß. Aber diesmal war ich direkt hinten eingestiegen, ich wollte echt nicht mehr diskutieren!

Nach gerade mal 15 Minuten Fahrtzeit kamen wir am Parkplatz des Kletterwalds an, ich konnte gar nicht schnell genug aus dem Auto rauskommen, denn die Laune der beiden Geschwister war auf einem absoluten Nullpunkt angekommen. Die anderen erwarteten uns

schon und nach einer kurzen Begrüßung machten wir uns auf den Weg zu der kleinen Holzhütte, die wohl als Büro und Sammelplatz diente. Xander, der die Anmeldung erledigt hatte, verschwand kurz im Inneren und kam wenige Minuten später mit … Isaac im Schlepptau wieder raus.
Der ließ den Blick über unsere Gruppe wandern und blieb zu guter Letzt an mir hängen. Er musterte mich, schüttelte dann leicht den Kopf und wendete sich Tristan zu: „Collister, ich wusste gar nicht, dass du und deine Truppe sich heute hier blicken lassen würde ..."
Das klang weder freundlich noch einladend, eher feindselig!
Tristan grinste breit und antwortete übertrieben höflich: „Aber Isaac, du wirst doch nicht zahlende Kundschaft abweisen oder schlecht behandeln wollen? Wir wollten uns heute mal ein bisschen sportlich betätigen und meiner Freundin Jo etwas von der Landschaft zeigen. Immerhin ist sie neu in unserer schönen Gemeinde!"
Mit diesen Worten ergriff er meine Hand und zog mich an sich. Ich konnte ihm gar nicht schnell genug meine Hand wieder entziehen. Dank meiner besonderen Natur war ich kräftiger, als es meine Statur vermuten ließ.
Isaac verfolgte diese Situation stumm, aber mit hochgezogener Augenbraue, so, als versuchte er, unsere Gedanken zu lesen. Ich hatte kurzzeitig das Gefühl, dass er etwas dazu sagen wollte, doch als er sprach, war das eher monoton und geschäftsmäßig: „Gut, wenn ihr also klettern wollt und dazu habt ihr euch ja angemeldet, dann müssen wir euch in zwei Gruppen einteilen. Die eine werde ich anleiten, die andere mein Bruder Dave. Wer von euch ist schon mal geklettert und würde von sich behaupten, dass er es einigermaßen beherrscht und wer hat keinerlei oder nur ganz wenig Erfahrung?"

Neben Xander und Stefanie gab nur ich an, dass wir schon mal geklettert wären. Die anderen hatten keinerlei Erfahrung – was man auch daran erkennen konnte, dass das Pärchen ähnlich „unpassend" gekleidet waren wie ich, zumindest in den Augen der Collisters.
„Gut, dann kommt ihr drei mit mir und die anderen warten auf Dave, der müsste gleich kommen!"
Tristan machte wieder einen Schritt in meine Richtung: „Aber ich möchte schon mit Jo zusammen klettern …"
Isaac blickte erst mich lange an, wobei er irgendwie süffisant grinste, und sah dann Tristan von oben herab (im wahrsten Sinne des Wortes – er überragte ihn um einen Kopf) an: „Klar, Collister, entweder kommst du mit in mein Team und kannst uns nicht folgen oder du zwingst Jo dazu, mit dir bei den Anfänger zu klettern … so oder so wird es peinlich für dich … Hast du so wenig Vertrauen in deine Perle, dass du sie nicht mal einen halben Tag aus den Augen lassen kannst?"
Was für ein arrogantes Arschloch! „Ich bin nicht seine Perle. Hör endlich auf, mich immer so zu nennen! Verdammt, können wir mit diesem Kinderkram endlich aufhören und anfangen zu klettern, sonst vergeht mir echt die Lust!"
Wütend stapfte ich in die Richtung, von der ich hoffte, dass es die richtige war. Ich hörte Isaac hinter mir lachen – *na, wenn das mal nicht ein angenehmes Geräusch ist, Jo* – bevor er mir nachjoggte und wohl über seine Schulter rief: „Du hast deine P … du hast Jo gehört, sie will endlich anfangen und das getrennt von dir!" Diesmal verkniff ich mir einen Kommentar, nochmal wollte ich mich nicht von diesem Typen provozieren lassen.
Nach etwa 100 Metern endete der Weg an einer kleinen Schutzhütte, wo noch vier etwas ältere Erwachsene auf uns warteten. Isaac übernahm die Vorstellungsrunde. Es

handelte sich um ebenfalls erfahrene Kletterer, mit denen wir zusammen eine Gruppe bilden würden. Die Regeln im Kletterwald waren einfach und eindeutig – es wurde immer in Zweierteams gearbeitet, man musste sich auf den anderen voll verlassen können, die Ansagen mussten klar eingehalten werden und man richtete sich immer nach dem schwächeren Partner. Alles ganz logisch und bekannt, aber der Begriff Partner ließ mich aufhorchen – die vier anderen waren eindeutig zwei Paare, Xander und Stefanie sowieso und das bedeutete für mich … Ein Blick zu Isaac und seinem wieder eher grimmigen Gesichtsausdruck bestätigte meinen Verdacht: ich würde für diesen Vormittag sein Partner sein müssen.
Zunächst aber drückte er jedem von uns ein Klettergeschirr in die Hand, das wir alleine anlegen mussten, wohl auch als Test, ob wir tatsächlich nicht gelogen hatten, was unsere Kletterkenntnisse anging. Anschließend ging Isaac von einem zum anderen und überprüfte den Sitz und zog hier und da noch einen Gurt ein wenig strammer. Als er vor mir stand und sich zu mir runterbeugte, zog er in meinen Augen extra fest an meinem Gurt, obwohl daran eigentlich nichts auszusetzen war. Dabei knurrte er: „Nur keine Bange, Prinzessin, ich kann mir auch was Besseres vorstellen, als den Vormittag mit dir zu verbringen. Aber Job ist Job und ich werde mich schon an dein Tempo anpassen."

Was für ein überaus arrogantes, wenn auch super sexy Arschloch …aber zum Glück bin ich ja bei dir, den werden wir lehren, was es heißt sich im Klettern mit jemandem anzulegen, dessen Numus eine Wildkatze ist, was, Jo? Wir werden es ihm schon zeigen!

Bei diesen Worten musste ich grinsen, *sie* hatte recht,

dieser überhebliche Mistkerl würde sich gleich noch umgucken. Zum einen ging ich in Deutschland regelmäßig in eine Boulderhalle, ich war also ziemlich gut im Klettern ohne Sicherung, dafür mit geringer Höhe, zum anderen war ich aber auch diese Art zu klettern mit Gurt und Sicherung gewohnt. Ich würde ihm was zu gucken geben. Mein Ehrgeiz war mehr als geweckt … nur weil ich ein Mädchen und ziemlich klein war, hieß das nicht, dass ich nicht mit ihm mithalten konnte!

Gut zwei Stunden später hatten Isaac und ich als einzige unserer Gruppe alle schwarzen Wege, die der Kletterwald an seinen Wänden zu bieten gehabt hatte, hinter uns gebracht. Ich hatte mich in jedes verdammte Gipfelbuch am Ende der Wände eingetragen und jedes noch so gut versteckte Geheimnis in Nischen und Astlöchern gesehen und notiert. Mehr als einmal hatte ich einen überraschten Blick von meinem Partner aufgefangen, bevor er sein Gesicht wieder verschloss und seine neutral-genervte Miene aufsetzte. Ich hatte mich mehr als einmal bremsen müssen, sonst hätte ich ihm das eine oder andere Mal die Zunge rausgestreckt. Aber da er mich ja sowieso schon für eine Prinzessin, Tristans Perle, ein verwöhntes Gör zu halten schien, wollte ich ihm diesen Triumph dann doch nicht lassen. Aber eines musste ich zugeben, wenn man mal von meinem Kletterpartner und seiner Laune absah, so hatte ich eine geile, wundervolle, tolle Zeit gehabt. Die gesteckten Routen waren super, anspruchsvoll, spannend und die Bewegung hatte mir gut getan. Ich hatte mich zum ersten Mal, seit ich hier angekommen war, frei gefühlt. Mein Numus hatte sich wohl gefühlt, ruhte völlig in sich, in mir und ich hatte das Gefühl, dass wir wirklich – endlich mal wieder – eine richtige

Einheit gewesen waren. Die Tatsache, dass Isaac keinen einzigen dummen Spruch in der letzten Stunde gebracht hatte, war auch bemerkenswert. Ich hatte es wohl geschafft, ihn zu beeindrucken. Gesagt hatte er das zwar nicht, aber sein Schweigen interpretierte ich jetzt mal zu meinen Gunsten.

Auch, als unsere Zeit vorbei war und wir uns mit allen anderen Paaren wieder an der Wetterhütte trafen, um die Gurte zurückzulegen, kommentierte er meine Leistung mit keinem Wort. Er hatte mich zwischendrin immer mal wieder für ein paar Minuten alleine gelassen, um nach den anderen zu sehen. Auch dazu hatte er nie etwas gesagt. Überhaupt war unsere Unterhaltung sehr begrenzt gewesen. Was wohl mit ein Grund dafür war, warum ich mich so wohl gefühlt hatte. Denn seine Zurückhaltung und professionelle Art hatten mich seine arroganten Kommentare schnell verdrängen lassen. Doch jetzt waren wir auf dem Weg zurück, um uns mit Dave und den Anfängern zu treffen. Ich merkte, wie ich mich schon bei dem Gedanken daran, gleich wieder auf Tristan und die anderen zu treffen, versteifte und die Ruhe, die das Klettern in mir bewirkt hatte, dahin war. Zum Glück trat Brian aus dem Büro, kurz bevor wir auf die anderen trafen.

„Hi, Zwerg, ich wusste gar nicht, dass du heute klettern kommen würdest…"

„Sie ist mit Tristan und seinen Idioten hier, aber im Gegensatz zu denen hat sie sich echt nicht schlecht angestellt."

„Wow, Isaac, das klingt aus deinem Mund ja schon fast wie ein Kompliment!", kam es von Dave, der in diesem Moment zusammen mit seiner Anfängergruppe um die Ecke lief. Nun schaltete sich einer der anderen aus meiner Gruppe ein: „Nicht schlecht? Die Kleine hat uns alle ziemlich alt aussehen lassen.. Wie ein Affe ist sie

überall hoch. Ich glaube, sie hat alle schwarzen Routen problemlos gemeistert und das in Rekordzeit. Ich hab heute kein Gipfelbuch geöffnet, in dem sie sich nicht vorher verewigt hatte."
„Stimmt das, Jo?", wollte nun Dave wissen. „Welche Routen hast du denn in Laufe des Vormittags genommen?"
Ich hatte die ungeteilte Aufmerksamkeit aller Umstehenden und das waren nicht wenige, denn in der Anfängergruppe waren insgesamt auch zehn Teilnehmer gewesen. Die Sache war mir ehrlich gesagt unangenehm und deshalb murmelte ich ein schüchternes „alle" vor mich hin. Aber das führte nur zu noch mehr Aufmerksamkeit. Die meisten hatten meine Antwort gar nicht erst verstanden und wurden nun erst recht neugierig. Wenn es ein Mausloch gegeben hätte, in das ich gepasst hätte, ich wäre sofort darin verschwunden. Aber ausgerechnet Isaac ließ mich nicht. Er legte mir fast liebevoll die Hand auf die Schulter, nur um sie direkt wieder wegzuziehen: „Jo" – wow, er benutzte meinen Namen mal nicht in einem abfälligen Ton –„hat jede einzelne Route gemeistert. Sie hat uns verschwiegen, dass sie entweder ein Naturtalent oder ein Profi ist." Dann wendete er sich zum allerersten Mal direkt an mich: „Wenn dir jemals danach ist, dein Können an echten Profiwänden unter Beweis zu stellen, dann lass es mich wissen, ich kenn da vielleicht doch noch den einen oder anderen Trick!" Dann drehte er sich seinem Bruder zu: „Auf mich wartet die nächste Gruppe, du machst das hier fertig, okay?" Und weg war er, ohne mich oder die anderen auch nur noch eines Blickes zu würdigen. Die darauffolgende Stille war schon fast unangenehm und als Tristan dann von hinten an mich herantrat und mir den Arm um die Schulter legte, zuckte ich

unwillkürlich zusammen. Er schien es nicht zu bemerken oder es war ihm egal, auf jeden Fall nahm er seinen Arm nicht weg: „So, nachdem wir hier fertig sind, können wir dann fahren? Du wolltest dich noch umziehen und wir wollten dann noch etwas essen gehen."

Man könnte mich schwach nennen, aber ich hatte wirklich keine Kraft, um mit ihm über mein Outfit oder darüber, dass ich nie vorgehabt hatte mich umzuziehen, zu streiten, ich verabschiedete mich von Brian und Dave mit einer knappen Umarmung und folgte den Geschwistern zum Auto, wo Gwendolyn auf den Rücksitz kletterte und ich den Beifahrerplatz einnahm.

Wollte ich den restlichen Tag mit den beiden verbringen? Wenn ich ehrlich war, nein. Ich wollte mich nicht schick machen. Ich wollte nach diesem tollen Vormittag weiter in der Natur bleiben und mich nicht über belanglose Dinge unterhalten. Aber wäre es nicht undankbar, wenn ich den beiden jetzt einen Korb gab? Immerhin war die Planung ihre Idee gewesen und sie hatten mich gerne in ihre Aktivitäten mit einbezogen. Auf der anderen Seite taten mir aufgrund der ungewohnten Belastung auch ein paar Muskelpartien weh, die ich in den letzten Wochen vernachlässigt hatte. Also fasste ich auf dem Heimweg einen Entschluss, der hoffentlich für alle einen annehmbaren Kompromiss darstellte.

Als Tristan in meine Einfahrt einbog und den Motor ausmachte, hielt ich meine vorbereitete Rede: „Hör mal, Tristan, es tut mir wirklich leid, aber ich ... also, können wir unsere Verabredung auf morgen verschieben? Ich hab mich eben echt ziemlich überanstrengt, um Isaac seine blöden Sprüche heimzuzahlen und jetzt tun mir alle möglichen Muskeln weh. Ich würde jetzt lieber in die Badewanne und früh

ins Bett gehen. Und dann bin ich morgen wieder fit und wir können nachmittags was zusammen machen, nur wir zwei? Wäre das okay für dich?"
„Du gibst mir einen Korb für heute, nachdem wir den ganzen Tag nicht zusammen waren, weil du mir verschwiegen hast, dass du ein Kletterass bist? Du verbringst den halben Tag mit diesem Idioten Isaac, kletterst mit ihm statt mit mir und nun willst du unser Date heute Abend absagen –und fragst mich, ob das für mich okay wäre? Ich …"
Ich wollte mir das nicht weiter anhören und war froh, dass ich auf dem Beifahrersitz saß. So konnte ich einfach aussteigen und gehen. „Weißt du was, Tristan, ich bin echt müde und habe keine Lust auf eine Diskussion. Wenn du dich beruhigt hast, dann kannst du dich melden, ich geh jetzt. Danke für die Idee, klettern zu gehen, die war super – dein Verhalten … nicht so sehr!" Und dann ging ich ohne mich nochmal umzusehen.

Mitch war zum Glück nicht zu Hause, so streifte ich auf dem Weg in mein Bad direkt meine Klamotten ab und legte mich mit einem Buch bewaffnet in die Badewanne. Das tat meinen Muskeln gut, meine Stimmung hellte es allerdings nicht wirklich auf. Und im Gegensatz zu sonst hielt sich mein Numus auch zurück, *sie* redete nicht mit mir. Warum, wollte ich erst gar nicht wissen. Nachdem ich fertig war, zog ich mir bequeme Sachen an, schnappte mir einen Apfel und mein Handy und machte mich auf den Weg zu der Lichtung, die ich vor ein paar Tagen entdeckt hatte. Irgendwie hatte ich das Gefühl, dass ich dort ein bisschen Ruhe finden würde, oder zumindest hoffte ich das. Auf der Lichtung angekommen, setzte ich mich unter einen Baum und nahm das Handy zu Hand. Ich öffnete meine Fotoapp und ging die letzten Fotos aus Deutschland durch – es waren Fotos von meinen Geschwistern und Eltern mit mir und ohne mich. Gott, ich war mit so vielen guten Vorsätzen, Ideen und Gedanken nach Purple Beach gekommen. Und was hatte ich bisher erreicht? Ich war seit fast zwei Wochen hier, ich kannte keinen Numus. Ich hatte eine Clique kennengelernt, die mir mächtig auf die Nerven ging. Ich hatte ein echt nettes schwules Pärchen kennengelernt, deren bester Freund und Bruder mich nicht leiden konnte, so dass ich den Kontakt zu den beiden nicht aufrecht erhalten konnte. Mir fehlten meine wenigen Freunde, mir fehlten meine Geschwister, meine Eltern, die Verbundenheit mit den Numa meiner Gruppe. Ich fühlte mich alleine – ich hatte gottverdammtes Heimweh. Ich merkte, wie mir die Tränen über die Wangen liefen. Scheiße, wahrscheinlich stand ich auch noch kurz vor meiner Periode, eine andere Erklärung gab es nicht, ich war kein emotionaler Typ, ich heulte nie!

„Scheiße, stalkst du mich, Prinzessin?"

Na toll, in meinem dunkelsten Moment hier tauchte dieser Idiot auf. Ich wischte mir hastig die Tränen vom Gesicht und rappelte mich auf, am besten, ohne, dass er mir direkt in die Augen sehen konnte.

„Ich bin schon weg, ich hab eh keine Lust auf Gesellschaft ... auf deine Gesellschaft. Und von wegen stalken – ich war zuerst hier, wenn dann stalkst du mich."

„Du irrst dich, Prinzessin, ich bin hier aufgewachsen, ich kenn diese Lichtung mit Sicherheit länger als du und ich werde noch hierher kommen, wenn du schon längst wieder weg bist! Denn eigentlich hab ich hier immer meine Ruhe vor allem und allen ..."

„Du hast recht, am besten buche ich gleich einen Flug

zurück, hier hält mich eh nix …". Ich schnappte mir mein Handy und den nicht gegessenen Apfel und wollte die Lichtung verlassen. Leider musste ich dabei an Isaac vorbei. Ich hielt den Blick gesenkt, denn man sah mir bestimmt die verheulten Augen an. Ich war fast an ihm vorbei, als er meinen Arm ergriff, sanft, viel sanfter, als ich es ihm zugetraut hätte. „Jo, alles klar?" Selbst seine Stimme war sanfter als ich es jemals für möglich gehalten hätte. Aber es war nur eine Masche, er war ein arrogantes Arschloch, das hatte er mehr als einmal gezeigt. Also machte ich mich los und guckte ihm direkt in die Augen – scheißegal, ob er meine Tränen darin sah: „Isaac, tu doch bitte nicht so, als würdest du dich für mich interessieren. Bisher hast du keine Gelegenheit ausgelassen, mich fertig zu machen oder beschissen zu behandeln, also LASS MICH IN RUHE!" Die letzten Worte schrie ich ihm ins Gesicht und dann rannte ich los in Richtung Mitchs Haus.

Ich hörte weder an diesem Abend noch am folgenden Tag von Tristan oder seinen Freunden. Ich wusste nicht recht, ob ich mich darüber freuen sollte oder ob es mich traurig machte, denn irgendwie waren sie die einzigen, die ich in Amerika als Bekannte bezeichnen würde. Am liebsten würde ich wirklich zurück nach Deutschland fliegen, ich konnte meiner Tante nicht helfen, ich konnte auch in Purple Beach keine Freunde finden. Ich musste es einsehen – ich war außerhalb meiner Komfortzone lebensunfähig! Ich würde, sobald sich die Gelegenheit ergeben würde, mit Mitch reden und meine Rückreise organisieren.

Kapitel 6

Meine zweite Woche am College begann und es würde wohl auch meine letzte werden. Zwar hatte ich gestern nicht den Mut gehabt, mit Mitch zu reden, aber das würde ich nachholen. Doch er hatte nach seiner Schicht für uns gegrillt und betont, wie froh er wäre, dass ich da war. Wie still das Haus gewesen wäre in den letzten Monaten und wie viel ihm das jetzt bedeuten würde, dass er abends nicht in ein leeres Haus kommen würde. Na toll, da hatte er mir dann doch echt noch ein schlechtes Gewissen gemacht. Ich hatte mich also nicht getraut, ihm zu erzählen, dass ich hier nicht glücklich war und nach Hause wollte.
Außerdem hatte sich heute Morgen dann Tristan mit einer Sprachnachricht gemeldet, er hatte sich für sein Verhalten am Samstag entschuldigt und mich gefragt, ob ich ihm nochmal verzeihen könnte. Er wäre eben nur so enttäuscht und auch ein bisschen eifersüchtig gewesen. Ob wir uns heute nach dem College sehen könnten, um zu reden. Er würde selber nicht zu den Vorlesungen kommen, denn er hätte familiäre Termine, aber abends wäre er frei für mich. Ich hatte ihm darauf nicht geantwortet, denn ich wusste nicht, ob ich ihn sehen wollte oder nicht. Aber ich hatte ja noch ein paar Stunden Zeit, denn Tristans Handy war sowieso aus.

In der Mathevorlesung warteten Brian und Dave auf mich – wie immer, ging es mir durch den Kopf, aber nur, um mich dann selber zu rügen. Sie hatten es genau zweimal getan, das reichte nun wirklich nicht, um es als Routine zu bezeichnen.
Himmel, du hast heute aber echt nur üble Gedanken, die beiden mögen dich, das spürt man doch. Wenn du einmal mies drauf bist, dann redest du wirklich alles

schlecht ...
Toll, jetzt meldest du dich. Das ganze Wochenende hast du mich alleine gelassen und mich grübeln lassen, wie es weitergehen soll. Und jetzt, wo ich mich quasi entschieden habe, zu gehen, tauchst du aus deiner Versenkung auf – tolle Freundin bist du.
Hör auf, du hättest mir doch sowieso nicht zugehört, oder?

„Hey Zwerg, da bist du ja, wir haben schon gedacht, du kommst heute nicht. Dabei wollten wir dir doch gratulieren. Noch nie hat jemand meinen Bruder so beeindruckt oder gar geschlagen beim Klettern. Das muss gefeiert werden – der Kaffee geht auf uns heute, okay?"
Ich rang mir ein Lächeln ab. Es wäre nett, diese beiden zu meinen Freunden zählen zu dürfen. Leider hatte ich das Gefühl, als würde mein Erfolg beim Klettern mein Verhältnis zu Isaac nicht gerade verbessern und die Tatsache, dass er mich auf der Lichtung so angemacht und meine Tränen gesehen hatte, ließ mich hoffen, dass er heute nicht zum Kaffee auftauchen würde. Aber wann hatte ich in den letzten Tagen schon Glück gehabt? Genau, nie! Es dauerte exakt fünf Minuten und einen Schluck Kaffee, bis ich hinter mir die unverkennbare Stimme mit dem verhassten sarkastischen Unterton hörte: „Na, Prinzessin, wieder fit? Wo ist denn dein Idiot von Prinz? Hat er dir erlaubt, dich mit uns Unwürdigen zu unterhalten?" Ich war müde, genervt und extrem traurig. Eigentlich war ich ein friedfertiger Mensch. Ich mochte Dave und Brian und wollte sie nicht in eine peinliche Situation bringen. Sie hatten mir ihre Freundschaft angeboten und nun sah es so aus, als müssten sie sich zwischen Isaac und mir entscheiden – das wollte ich nicht. Also stand ich auf,

hob meinen Kopf und sah Isaac direkt in die Augen. Zum allerersten Mal, wenn ich es mir genau überlegte. Er hatte echt schöne Augen, aber der grimmige Zug um den Mund und das süffisante Grinsen nahmen ihm viel von seiner Attraktivität. „Weißt du, Isaac, du hast recht – das hattest du schon am Samstag. Ich hab hier nichts verloren. Ich werde gehen – Brian, Dave, vielen Dank für den Kaffee, man sieht sich … oder so."
„Jo, bleib doch bitte, Isaac hat das nicht so gemeint. … Isaac, manchmal bist du echt ein Arsch, wieso musst du dich immer so aufführen …!"
„Ich bin eben ein Arsch, aber wir haben so viel Scheiß um die Ohren und ihr tut so, als wäre alles in bester Ordnung, das kotzt mich an …"
Die Diskussion ging noch weiter, aber ich hörte nicht weiter zu, ich schnappte mir den Kaffee und ließ die drei einfach stehen. Wenn die Probleme hatten, dann ging mich das nichts an.
Aber meinst du nicht, dass Isaac echt traurig und bedrückt gewirkt hat, so, als würde ihn irgendetwas wirklich belasten?
Halt den Mund, ich will kein Mitleid mit dem Idioten haben. Ich habe auch Probleme und mache mir Sorgen um Diana. Aber lass ich das an anderen aus?

Ich hatte zwar nicht vorgehabt, die Mittagspause wieder im Krankenhaus zu verbringen, aber die Alternativen (Monica ertragen, Isaacs bohrende Blicke, alleine in der Mensa sitzen …), waren auch nicht gerade verlockend. Also ging ich direkt nach der Veranstaltung zum Krankenhaus. Bessi ließ ich am College stehen, der Fußmarsch würde mir gut tun. Eine gute Viertelstunde später trat ich aus dem Aufzug und war auf dem Weg zu Dianas Zimmer …
„WTF … was treibst du hier? Warum läufst du mir echt

überall vor die Füße? Wer bist du? GIB MIR VERDAMMT NOCHMAL EINE ANTWORT, PRINZESSIN, ODER …"

„Ich … warum …", weiter kam ich nicht. Mittlerweile stand Isaac genau vor mir, er funkelte mich wütend an. Er stand so nah, dass ich meinen Kopf in den Nacken legen musste, um ihm in die Augen sehen zu können. Er wirkte wie ein dunkler Racheengel. Bevor ich meine Stimme wiedergefunden hatte, rannte eine Schwester aus einem der Zimmer. „Isaac, komm schnell, da stimmt etwas nicht, bitte …"

Isaac wirbelte auf der Stelle herum und rannte in ein offen stehendes Zimmer, nicht weit von Dianas entfernt. Im Nachhinein konnte ich nicht mehr sagen, warum, aber ich folgte ihm unaufgefordert in dieses Zimmer. Der Anblick, der sich mir bot, trieb mir die Tränen in die Augen. Isaac kniete am Bett eines kleinen Jungen, der an viele Schläuche angeschlossen war. Die Augen des Kleinen, er mochte zehn oder elf Jahre alt sein, waren geschlossen, sein Gesicht wirkte durchscheinend und blass. Seine dunkelbraunen Haare war scheinbar frisch frisiert. Er war an viele Monitore, Maschinen und einen Tropf angeschlossen. Er wirkte unendlich klein und zerbrechlich, fast hilflos, wie er da in diesem viel zu großen Bett lag. Isaacs große Hände lagen unsagbar sanft auf der Hand des Jungen. „Tom, nein, bitte … du musst … du darfst nicht … warum …" Die Maschine, die den Herzschlag des Jungen anzeigte oder anzeigen sollte, zeigte eine Nulllinie, die Schwester hatte den Alarmknopf gedrückt und mit der Herzmassage begonnen. Sie sah mich hilfesuchend an und ich ging zu Isaac, legte ihm die Hand auf die Schulter. Die Zeit schien sich zu verlangsamen. Ich spürte, wie seine Schultern bebten, weinte er? Dann hörte ich sein Schluchzen. Er drehte sich, immer noch

kniend, zu mir um und schlang seine Arme um meine Mitte. Feucht spürte ich seine Tränen, die durch mein dünnes Shirt drangen. Tröstend und wie von selbst legten sich meine Hände auf seinen Kopf und begannen, seine Haare zu streicheln. „Er ist weg, er wird sterben und ich konnte ihm nicht helfen…" Wie ein Mantra wiederholte er diese Worte immer wieder. Ich verstärkte den Druck meiner Hände, um ihn spüren zu lassen, dass er nicht alleine war und auch Isaac schloss mich noch stärker in die Arme und sackte gegen mich. Ungebremst ließ auch ich meinen Tränen freien Lauf.
Dann rannten viele Menschen gleichzeitig in den Raum, ein älterer Mann im Arztkittel brüllte Kommandos, dann sah er uns und knurrte: „Schafft die Kids hier raus…, das Mädchen ist keine Verwandtschaft …".
Irgendwie fand Isaac die Kraft aufzustehen, hielt sich aber weiter an mir fest, als wir von einem der Pfleger aus dem Raum geschoben wurden. Der Mann sah mich mitleidig an: „Bring ihn nach Hause, ihr könnt hier nichts mehr tun! Er sollte bei seiner Familie sein und dann mit ihnen zusammen wieder herkommen. Die Familie braucht ihn!" Dann schob er uns in Richtung Aufzug und verschwand wieder in den Raum, in dem mittlerweile noch mehr Menschen um das Leben dieses Kindes kämpften.
Isaac stützte sich zwar nicht mehr auf mich, dafür hielt er aber meine Hand und blickte abwesend vor sich hin. Ich sollte ihn nach Hause bringen. Aber ich wusste weder, wo er wohnte, noch hatte ich ein Auto dabei. Er führte mich zielsicher und immer noch stumm zu seinem Auto, einem fast so alten Modell wie Bessi es war. Isaac schaffte es aber nicht, das Schloss zu öffnen. Mehrfach versuchte er, den Schlüssel ins Schloss zu

stecken, bis ich meine Hand auf seine legte, ihm den Schlüssel aus der Hand nahm und die Tür für ihn aufschloss.

„Ich kann nicht nach Hause, ich kann meiner Tante jetzt nicht in die Augen sehen … fahr uns zur Lichtung, okay?" Das waren die ersten Worte, die er tatsächlich an mich richtete und dabei sah er mich so unendlich traurig und einsam an, dass ich nicht anders konnte, als seiner Bitte nachzukommen. Die Fahrt verlief schweigend, keiner von uns sagte etwas oder sah auch nur den anderen an. Ich konnte gar nicht beurteilen, ob er mich und seine Umgebung überhaupt wahrnahm. Am Parkplatz in der Nähe der Lichtung angekommen, sprang er aus dem Auto und rannte los, so als wollte er vor der Situation oder mir davonlaufen, oder vor beidem.

Langsam und in sicherer Entfernung folgte ich ihm – was erwartete er von mir? Wollte er mich hier haben oder sollte ich die Gelegenheit nutzen, um mich zu verdrücken? Immerhin schien sein Cousin gerade mit dem Leben zu kämpfen, was der Kleine wohl hatte? Ich sollte ihn vielleicht doch besser nach Hause bringen, seine Freunde, seine Familie würde ihn sicher brauchen, denn in so schweren Stunden war man doch besser bei denen, die man liebte, oder? Aber aller Fragen und Unsicherheit zum Trotz lenkte ich meine Schritte hinter ihm her in Richtung des Ortes, an dem wir vor zwei Tagen schon einmal aufeinander getroffen waren. Damals hatte nur ich geweint, jetzt fand ich ihn am Rande unter einem Baum kniend, die Arme schützend um seine Mitte geschlungen. Er wiegte sich langsam vor und zurück und murmelte leise Wörter vor sich hin, die ich kaum verstand. Langsam ging ich auf ihn zu und als hätte er mich gespürt, streckte er seine Hand nach hinten, die ich sofort ergriff. Er zog mich zu sich hinunter und schloss mich ohne zu zögern in seine Arme. Er hielt mich einfach nur fest, dabei zitterte er am ganzen Körper. Er vergrub sein Gesicht an meinem Hals, ich spürte seinen Atem, seine Tränen und hielt ihn im Gegenzug mit meiner ganzen Kraft. Nach einiger Zeit fing er an zu reden: „Ich hätte auf ihn aufpassen sollen … es war meine Aufgabe … sein Vater war ein Arsch, er hat meine Tante und ihn früh verlassen … er war wie ein Bruder … ich hab einen Moment nicht aufgepasst … war abgelenkt … zu weit weg mit meinen Gedanken … und da ist es passiert … es ist meine Schuld, ich habe versagt …" Ich versuchte, ihn zu trösten, aber ich fand keine Worte. Nichts kam mir gut genug oder tröstend oder hilfreich vor, stattdessen hielt ich ihn und begann, sein Gesicht zu streicheln, sanfte, kleine Küsse darauf zu verteilen, in der Hoffnung, dass die ihm das Gefühl von Sicherheit und Ruhe vermittelten, das ihm vielleicht helfen konnte. Es schien zu wirken, denn er wurde etwas ruhiger, sein Zittern ließ nach, aber er wiederholte die gleichen anklagenden Worte an sich selber immer und immer wieder. Allerdings merkte ich auch, wie er mir sein Gesicht immer mehr zuneigte, wie er mir und meinem Küssen immer mehr Raum gab. Und plötzlich, in einer blitzschnellen Bewegung, schob er sich über mich und küsste mich hungrig, gierig, nicht sanft oder tastend, wie man es von einem ersten Kuss erwartete. Nein, sie, der Kuss und der Mann, waren aggressiv, wütend, wild. Unsere Münder schmeckten nach Tränen, Wut und Trauer, wir hielten nichts zurück und wollten beide immer mehr, als würde dieser eine Kuss den Verlust, die Angst auslöschen, beenden oder zumindest vermindern können. Ich hatte schon in so manchem Buch gelesen, dass sich Zungen im Mund duellierten … und hatte diesen Begriff immer für ziemlich theatralisch und übertrieben gehalten ... bis jetzt. Denn genau so kam es mir vor. Es war kein Kuss, es war zu brutal, zu aggressiv, zu viel, zu schnell, zu heiß. Dazu kamen Isaacs Hände, die über meinen Körper wanderten, ihren Weg unter mein Shirt fanden, meinen Rücken, meinen Bauch streichelten, fast so, als könnte er nicht genug von mir bekommen. Aber es war nur eine Reaktion auf seine Trauer, auf seine Emotionen, er benutzte mich und meinen Körper, um nicht über seine Situation nachdenken zu müssen. Dessen war ich mir bewusst, aber ich tat ja im Grunde nichts anderes, denn ich küsste ihn mit derselben Intensität zurück und hielt mich kein bisschen zurück. Wenn er sich darüber wunderte, woher eine kleine Person wie ich diese Kraft nahm, so ließ er es sich zumindest nicht anmerken. Es tat gut, all meine eigenen angestauten Aggressionen, all den Frust der letzten Tage und Wochen zu kanalisieren, meine natürliche Kraft dabei nicht verleugnen zu müssen und einfach nur meinen Gefühlen freien Lauf zu lassen. Ich ... Wie im Nebel stellte ich fest, dass Isaac den Kuss genauso abrupt beendete, wie er ihn begonnen hatte. Er setzte sich auf, löste sich von mir und starrte mich eher ungläubig an. Ich konnte mir vorstellen, was er sah – ich sah bestimmt genauso aufgelöst und derangiert aus wie er – weit aufgerissene Augen, vom Küssen geschwollene, dunkelrote Lippen, Tränenspuren, die sich mit Staub vermischten, das Shirt halb aus der Hose gezogen ... er fasste sich an den Mund, starrte mich an und griff dann nach seinem Handy, das (und das merkte ich erst jetzt) die ganze Zeit schon klingelte.

Ohne sich zu melden und mich noch immer anstarrend nahm er das Gespräch an: „Ja, ... okay ... ich komme ... wartet auf mich ... ich bin gleich da ...". Dann hob er, ohne mich auch nur noch eines weiteren Blickes zu

würdigen, seinen Autoschlüssel auf, klopfte sich Gras und Staub von der Hose und ging.
Ich blieb noch eine Zeit lang wie versteinert sitzen, bevor ich selber die Kraft fand, aufzustehen und mich auf den Heimweg zu machen. Mein Hirn wollte nicht so recht verstehen, was da gerade passiert war. Isaac und ich waren übereinander hergefallen, hatten uns wie verrückt geküsst, hatten uns an allen möglichen und unmöglichen Stellen berührt. Es hätte nicht mehr viel gefehlt und ich wäre gekommen … und das alles im Angesicht der Tatsache, dass wir uns nicht ausstehen konnten und sein Cousin im Sterben lag. Wie bescheuert war das bitte schön? Ich war ja wirklich nicht für allzu kluge Entscheidungen berühmt, aber das setzte dem Ganzen echt die Krone auf. Es wurde wirklich Zeit, dass ich meine Koffer packte und verschwand. Wie sollte ich ihm oder seinem Bruder nochmal unter die Augen treten? So raffte ich das letzte bisschen Würde zusammen, das ich noch hatte, versuchte, meine Klamotten zu richten und mein Gesicht halbwegs zu säubern und machte mich auf den Heimweg. Mein Auto stand zusammen mit meinem Rucksack immer noch am College, also hatte ich weder mein Handy noch meinen Geldbeutel, gerade mal den Schlüsselbund. Aber auch das war mir egal, außer meiner Familie und Tristan wollte eh niemand etwas von mir wissen und auf die konnte ich in meinem momentanen Zustand echt verzichten. Zum Glück war der Weg zurück zum Haus nicht allzu weit.
Als ich Mitchs Auto in der Einfahrt parken sah, versuchte ich mich möglichst leise ins Haus zu stehlen, allerdings hatte ich die Rechnung ohne meinen Onkel, den Polizisten, gemacht. Er musste schon auf mich gewartet haben, meinen Aufzug schien er nicht zu bemerken und auch nicht die Tatsache, dass ich ohne

Auto nach Hause kam. Stattdessen empfing er mich mit Worten, mit denen ich nicht gerechnet hatte oder besser gesagt, mit Worten, von denen ich gehofft hatte, dass ich sie nicht hören müsste: „Gott sei Dank, gut, dass du da bist, Jo. Ich muss weg, Aarons kleiner Neffe Tom, der Sohn seiner Schwester, ist heute gestorben. Er hatte vor ein paar Wochen einen Unfall und nun ist er ohne ersichtlichen Grund im Krankenhaus gestorben. Ich fahre zur Familie, um für sie da zu sein. Ich hab versucht, dich zu erreichen … du kommst doch alleine klar, oder? Warte nicht auf mich, ich weiß nicht, wann ich wieder komme. Aaron hat eine ganze Zeit lang vergeblich versucht, seinen ältesten Sohn zu erreichen … Jetzt ist die Familie endlich zusammen …Gott, was für eine Tragödie …Es wird wohl zu einer Untersuchung kommen. Was genau das für ein Unfall war, hat Aaron mir nie erzählt … und nun ist der Junge tot, er war gerade mal elf Jahre alt." Dann war er weg und ließ mich alleine. Ich hatte noch nicht mal die Zeit, irgendetwas zu erwidern. Aber was hätte ich auch sagen sollen? Mit einem Mal war mir unendlich kalt. Ich ging in mein Zimmer, zog mich aus und stellte mich unter die heiße Dusche. Ich versuchte zu begreifen, was ich heute alles erfahren hatte. Langsam, ganz langsam sickerten die Informationen in mein Hirn und formten sich da zu einem Bild zusammen.

Aaron, der erzählt hatte, dass er drei Söhne hätte, Monica, die über Daves Familie hergezogen war, weil denen nur eine Tankstelle und der Kletterwald gehörte, Aarons Mitgefühl wegen Dianas Zustand, das, was Isaac über Toms Vater gesagt hatte, Onkel Mitch, der erzählt hatte, dass Aaron seinen ältesten Sohn gesucht hatte, um die Familie zu versammeln in dieser schweren Stunde …

Er hatte ihn nicht finden können, denn ich blöde Kuh

hatte mit ihm rumgemacht. In dem Moment, in dem seine Familie ihn gebraucht hätte, hatte ich mich mit Isaac auf der Lichtung gewälzt wie eine rollige Katze und ihn davon abgehalten, für die da zu sein, die ihm alles bedeuteten.

Süße, mach dich nicht so fertig, du hast ihn ja zu nichts gezwungen, er hat dich gebraucht, er hat dich gebeten, ihn zur Lichtung zu fahren. Du hast ihn getröstet, warst für ihn da …

Aber er hätte nicht mit mir rumknutschen sollen, er hätte bei seiner Familie sein sollen …

Ich ließ mich auf den Boden sinken und blieb dort weinend sitzen, bis das Wasser kalt auf meinen Rücken prasselte. Dann stand ich auf und trocknete mich ab … und wusste absolut nichts mit mir anzufangen. Schlaf würde ich heute Nacht nicht finden, dessen war ich mir bewusst. Mir gingen so viele Gedanken durch den Kopf, die ich nicht sortiert bekam. Also zog ich mir bequeme Sachen an, suchte mein Handy … stimmte ja, das lag im Auto … und verließ das Haus. Ich lief ziellos durch die Gegend, überall hin, nur nicht zur Lichtung …

Wütend warf er sein Handy in die Ecke. Was für ein beschissener Tag, nichts, aber auch gar nichts schien so zu funktionieren, wie er es wollte. Dabei hatte er sonst immer alles im Griff. Aber in letzter Zeit schien ihm alles zu entgleiten.
Erst heute Mittag hatte dieser verfluchte Fuchs versucht, ihn zu beißen.
Dieses Jungtier war ihm sowieso immer viel zu wild vorgekommen.
Im Gegensatz zu den anderen hatte es viel Gegenwehr gezeigt und sich nie untergeordnet.
Aber er hatte es diesem Tier gezeigt. Er hatte es mit einem gezielten Tritt gegen die Gitterstäbe befördert und als es sich tatsächlich nochmal aufgerappelt hatte, hatte er die Eisenstange gegriffen und so lange auf das Vieh eingedroschen, bis es sich nicht mehr rührte.
Das war befriedigend gewesen – leider war das auch alles, was passiert war, dieses Vieh brach zusammen und war tot. Es verwandelte sich nicht, es verschwand nicht ... nichts wies darauf hin, dass es etwas anderes als ein scheiß Tier gewesen war, was er da getötet hatte.
Aber er war sich nach wie vor sicher, dass diese Viecher ein Geheimnis hatten und er würde es entdecken und sich damit als würdig erweisen.

Und dann würde er es auch dieser kleinen Schlampe zeigen …

Kapitel 7

Ich weiß nicht, wie lange ich draußen rumgelaufen war, aber als ich nach Hause gekommen war, stand Mitchs Auto noch nicht in der Einfahrt.

Und ich war dir echt dankbar, als du endlich geschlafen hast, denn ich musste echt raus aus deinem Körper. Du warst so traurig und voller Zweifel, dass ich echt eine Pause von dir brauchte. Ich war bei der Lichtung, im Grunde die ganze Zeit alleine, nur irgendwann kam der Fuchs wieder vorbei. Diesmal kam er einfach zu mir, stupste mich mit der Schnauze an und legte sich dann neben mich. Nicht so nah, dass wir uns berührten, aber so nah, dass ich seine Nähe spürte. Fast so, als wollte er nicht alleine sein, aber auch, als wollte er nicht berührt werden. Komisch war das!

Ich ließ das mal unkommentiert und schlurfte in Richtung Küche. Mitch saß dort vor einer Tasse Kaffee, die Kleidung vom Vortag noch am Leib und mit eindeutig müden, verweinten, blutunterlaufenen Augen. Als er mich hörte, sah er auf: „Morgen, Jo, ich hoffe, ich habe dich nicht geweckt? Wo ist eigentlich dein Auto?"
„Das hab ich gestern am College stehen lassen … mich hat ein … Bekannter mitgenommen. Wie geht es Aaron … und seiner Familie?"
„Ach, es ist alles so verdammt traurig und unfair. Aarons Schwester hatte einen totalen Idioten geheiratet. Jeder hatte ihr davon abgeraten, aber sie hatte auf keinen von uns gehört. Sie wurde damals schnell schwanger und kaum war das Kind da, der Kleine war wohl zwei oder drei Jahre, da hat er die Konten leergeräumt und war verschwunden. Seitdem war sie nicht mehr dieselbe, sie lebt bei Aaron und seiner

Familie. Aarons Söhne kümmerten sich um den Jungen … dann passierte dieser Unfall und Tom fiel ins Koma. Ein schwerer Schlag für die Familie."
„Oh Gott, das muss furchtbar sein. Kann ich irgendwie helfen? Ich könnte …"
„Das ist lieb von dir, aber dein Platz ist im College. Soll ich dich hinfahren?"
„Ich weiß nicht, ob ich heute dahin will. Ich glaube, ich kenn zwei von Aarons Söhnen, Dave und Isaac? Ich wüsste nicht, wie ich denen begegnen sollte … wenn sie überhaupt da sind."
„Aaron hat ihnen heute Morgen eingebläut, bloß zu den Vorlesungen zu gehen. Zu Hause können sie ja auch nichts ausrichten. Aber wenn du mir etwas Gutes tun willst, dann hätte ich zwei Bitten: pass bitte auf dich auf und … nein, darum kann ich dich nicht bitten." Er kämpfte mit den Tränen, das Schicksal seines Freundes nahm ihn wirklich mit, oder musste er genauso wie ich an Tante Diana denken? Ich war mit drei Schritten bei ihm und schlang den Arm um seine Schultern: „Du kannst mich um alles bitten, wirklich. Wie kann ich dir helfen?"
„Würdest du mich übermorgen zur Beerdigung begleiten? Ich weiß, das ist viel verlangt, aber es würde mir viel bedeuten, wenn du mit mir zusammen Aaron und seiner Familie Anteilnahme zeigen würdest." Ich sagte ihm sofort zu. Ich musste ja nicht erzählen, dass ich mir schon überlegt hatte, wie ich es anstellen sollte, zu der Beerdigung zu gehen. Einfach, um Aaron, Dave und Brian … ja und auch Isaac … mein Beileid auszusprechen.
„Ich wäre froh, wenn du mich mitnehmen würdest, Mitch. Kein Mensch sollte so einen Gang alleine machen müssen…"
„Ich danke dir, Kiddo, wahrscheinlich bist du älter und

reifer, als ich immer gedacht habe. Und nun – zieh dich an, ich bring dich zum College und dann brauche ich eine Mütze Schlaf!"

So erreichte ich die Mathevorlesung nur wenige Minuten vor dem Dozenten. Brian und Dave waren beide da und hatten mir auch einen Platz freigehalten. Beiden sah man aber den fehlenden Schlaf und die Trauer an. Daves Augen waren gerötet und er wirkte so, als wollte er jeden Moment wieder anfangen zu weinen. Ich setzte mich wortlos neben ihn und nahm ihn fest in den Arm. Er erwiderte die Umarmung und Brian sah mich traurig lächelnd an: „Wir haben es im Haus nicht ausgehalten, Toms Mutter ist am Boden zerstört, die Frauen und kleinen Kinder weinen nur und sind verängstigt. Isaac zerfleischt sich wegen seiner Selbstvorwürfe. Wir mussten raus …"
So ließen wir die Vorlesung über uns ergehen, ohne wirklich viel mitzubekommen. Ich hielt die Hälfte der Zeit Daves Hand, oder besser: er ließ meine nicht los. Das machte das Mitschreiben schier unmöglich. Aber es gab wichtigere Dinge. Nach der Vorlesung führte uns unser Weg wie von selbst in die Mensa. Diesmal besorgte ich den Kaffee und schob mich dabei an Monica und Gwendolyn vorbei. Ich hatte heute wirklich keine Zeit und Geduld für deren Sicht der Welt. Zum Glück schienen sie mich nicht zu bemerken und ich kam unbehelligt wieder bei den beiden an. Während ich den Kaffee abstellte, sah ich mich suchend um: „Ähmmm, … ist Isaac auch hier? Ich hätte ihm auch einen Kaffee mitbringen sollen …"
„Ich glaube nicht, dass er auftauchen wird, wahrscheinlich sitzt er auf irgendeinem Kletterfelsen, verflucht die Welt und gibt sich die Schuld an allem. Da kann man ihm tausend Mal sagen, dass ihn keine

Schuld trifft. Schuld hat hier nur einer und das ist …"
Brian verstummte mitten im Satz und Dave starrte ihn an, als hätte er gerade etwas völlig Falsches gesagt. Beide sahen sich an, als würden sie telepathisch miteinander kommunizieren. Als gäbe es etwas, was ich nicht wissen durfte, als gäbe es ein tieferes Geheimnis, als …
Oh mein Gott, Jo, glaubst du, was ich glaube?
Keine Ahnung, was du glaubst, aber ich weiß, dass ich Isaac finden muss. Ich glaube, ich weiß, wo ich ihn finde und ich glaube auch, dass ich das Geheimnis der Familie kenne …

Kaum, dass die nächste Vorlesung anfing, machte ich mich auf den Weg zu Bessi – das machte dann die dritte geschwänzte Vorlesung in zwei Tagen, soviel hatte ich in Deutschland in drei Jahren Oberstufe nicht blau gemacht. Aber egal, ungewöhnliche Umstände erforderten ungewöhnliche Maßnahmen.
Ich fragte mich nur, was ich Isaac sagen sollte, wenn ich ihn fand oder besser, wenn ich bei ihm war, denn ich wusste ziemlich genau, wo er war. Als wir am Samstag zusammen geklettert waren (war das wirklich erst vier Tage her?) hatte er mich in seiner arroganten Art vor einer besonderen Wand gewarnt. Denn die hätte er höchstpersönlich gesteckt und bisher hätte sie noch kaum einer gemeistert…, nur er, sein jüngster Bruder Silas und am Samstag eben ich auch. Da würde ich ihn mit Sicherheit finden. Da oben war eindeutig genug Platz um sich zu setzen und die Welt zu verfluchen, wie Brian es so schön ausgedrückt hatte.
Zum Glück war der Weg zum Klettergarten gut ausgeschildert, denn ich war beim ersten Mal so sauer gewesen, als Tristan mich hingefahren hatte, dass ich kaum auf die Straße geachtet hatte und beim Rückweg

zu aufgewühlt. Wer hätte gedacht, dass mein Aufenthalt in Purple Beach mich durch eine solche Gefühlsachterbahn in so kurzer Zeit schicken würde?
Ich hatte natürlich keine Kletterausrüstung dabei, aber zumindest hatte ich Laufschuhe im Auto und weite, bequeme Sachen an, es musste reichen! Bevor ich das Auto in Richtung meines Ziels verließ, warf ich zum ersten Mal seit gestern Morgen einen Blick auf mein Handy und fand jede Menge Nachrichten von Tristan und einige wenige aus meiner alten Heimat. Nichts Wichtiges, alles konnte warten, im Moment war nur eine Sache wichtig und das war Isaac … und mein Verdacht.
Ich fand ihn tatsächlich wie vermutet auf seiner „Wand", ich sah ihn von unten, wie er da hockte, zusammengekauert und unendlich weit weg. Genauso einsam und verlassen hatte er auch gestern auf der Lichtung gewirkt. Er schien mich nicht zu bemerken und bei genauerer Betrachtung sah ich, dass er Kopfhörer in den Ohren hatte – er hatte sich wohl vorgenommen, die Welt komplett auszublenden. Das kam mir zugute. Denn so konnte er mich schlechter am Aufstieg hindern, denn ich war mir noch nicht so sicher, ob er sich über mein Kommen tatsächlich freuen würde.
Der Aufstieg war ungesichert nicht ganz so mühelos wie gedacht. Aber trotzdem war ich nach einer Viertelstunde bei ihm oben angekommen, ohne, dass er mich bemerkt hätte – nicht ganz richtig, er bemerkte mich, als ich gerade den zweiten Fuß nachzog, um dann vor ihm in die Hocke zu gehen. Er sah mich eine ganze Zeit lang stumm an, bevor er die Kopfhörer aus den Ohren nahm. Ohrenbetäubender Krach drang mir entgegen. Der musste beim Hören doch fast taub geworden sein, wenn er das in dieser Lautstärke hörte,

schoss es mir durch den Kopf.
„Dich werd ich echt nicht los, oder, Pri … Jo?!" Zum Glück hatte er sich diesen Spitznamen verkniffen, denn der nervte mich echt! „Woher wusstest du, wo ich bin?" „Brian meinte, du würdest bestimmt auf irgendeiner Kletterwand sitzen und vor dich hinbrüten …". „Und da hast du es für eine gute Idee gehalten, ungesichert hinter mir her zu klettern – hältst du das für besonders klug?" - „Ich habe nie gesagt, dass ich besonders klug sei, aber ich wollte wissen, wie es dir geht. Mein Onkel hat mir gestern erzählt, dass dein Cousin gestorben ist. Aber ich schätze, das wusstest du gestern schon, als du gegangen bist, oder? Der Anruf …" Ich traute mich nicht, ihm in die Augen zu sehen, die Erinnerung an den Anruf brachte bei mir auch die Erinnerung an unseren Kuss zurück und an alles andere, was beinah auf der Wiese passiert wäre, wenn das Handy uns nicht unterbrochen hätte.
„Ja, das war mein Vater, er hatte mich gesucht und mehrfach zu erreichen versucht, aber ich hatte das Telefon nicht gehört … Tom ist gestern gestorben, die Ärzte konnten nichts für ihn tun, obwohl sie alles versucht haben. Aber im Grunde war mir klar, dass die ihm nicht helfen konnten … Da fällt mir ein, du schuldest mir noch eine Erklärung. Wieso warst du im Krankenhaus? Was hattest du im 5. Stock zu suchen? Da darf nicht jeder rein!" Wenn seine Stimme zu Beginn traurig und eher teilnahmslos geklungen hatte, so wurde sie nun immer schärfer und aggressiver.
„Ich …" Scheiße, meine Stimme gehorchte mir nicht, ich kam mit Dominanz und Aggressivität nicht gut klar, „meine Tante liegt auch dort, sie ist seit einem … Unfall vor über drei Monaten als Wachkomapatientin auf der Station und seit ich hier bin verbringe ich fast jede Mittagspause auf der Station und an ihrem Bett.

Ich ..."
„Und warum bist du jetzt hier?"
„Ich wollte sehen, wie es dir geht, ich habe mir Sorgen gemacht ..."
Er lachte kurz auf, es klang aber alles andere als belustigt: „Um mich muss man sich keine Sorgen machen, Prinzessin, du weißt doch, ich bin das Arschloch in der Geschichte ... da fällt mir ein, wie geht es deinem Freund? Weiß er, dass du mich armen Schlucker hier besuchen kommst und erlaubt er es dir? Auf mich machte er nicht den Eindruck, als würde er unsere Art der Verbrüderung gutheißen ..." Bei diesen Worten starrte er mir demonstrativ auf den Mund und grinste mich wieder mit diesem verhassten arroganten Lächeln an. Wieso tat er das? Wieso musste er das bisschen, was wir an Verbindung zueinander aufgebaut hatten, durch solche blöden Kommentare zerstören?
Entweder ist er das Arschloch, von dem er behauptet, dass er es wäre oder er will dich vertreiben, aus Angst vielleicht ...? Tu mir einen Gefallen und frag ihn, ob er heute Nacht wieder zur Lichtung kommt, ich will wissen, wie er reagiert.

Ich machte mich wieder bereit für den Abstieg: „Isaac, ich weiß nicht, warum du so bist, wie du gerade bist, aber du wirst deinen Grund dafür haben. Nicht, dass es dich etwas angeht, aber Tristan ist nicht mein Freund und ich lasse mir von ihm nichts vorschreiben. Und jetzt, da ich weiß, dass es dir gut geht" – ich setzte diese Wörter in Gänsefüßchen –„will ich dich nicht länger stören. ... Nur eine Frage noch ... kommst du heute Nacht wieder an die Lichtung, so wie gestern?"
Sein doofes Lächeln verschwand für einen winzigen Moment, aber lange genug, dass ich es merken konnte, dann hatte er seine Miene wieder im Griff: „Ich war

gestern Nacht nicht auf der Lichtung ...", seine Worte kamen zu langsam, zu fragend, zu vorsichtig und sagten mir alles, was ich wissen musste.

Ich musste aufpassen, nicht lauthals zu jubeln, denn zum einen hing ich ziemlich weit und ziemlich ungesichert an einer zehn Meter hohen Mauer und zum anderen war gerade ein Kind gestorben. Ein Kind, dessen Numus mit Sicherheit genauso verschwunden war, wie der meiner Tante ... aber ich hatte wohl tatsächlich die Numa gefunden, die ich gesucht hatte. Deshalb beließ ich es dabei, ihm unendlich lange in die Augen zu sehen (hatte ich schon mal erzählt, dass dieses arrogante Ekelpaket echt schöne Augen mit tollen Wimpern hat?). Dann ließ ich meinen Blick – genauso wie er vorhin – zu seinem Mund und wieder zurückgleiten und antwortete: „Doch, ich glaube schon, dass du da warst ... und ich auch ... zumindest irgendwie!" Dann machte ich mich an den Abstieg. Erst als ich unten angekommen war, tauchte sein Gesicht über der Kante auf: „Jo, was soll das heißen, irgendwie?"

Ich grinste zu ihm rauf: „Ich denke, du weißt genau, was ich meine, oder? Ich muss jetzt los, die nächste Vorlesung beginnt gleich!"

Jo, wenn dieser Kerl und der Fuchs von letzter Nacht tatsächlich dieselben sind, dann ... dann ... wow ...

Dann heißt das, dass du dich in den Numus dieses Idioten verguckt hast ...

Und du dich in den Kerl selber, oder etwa nicht?

Ich erreichte das College kurz vor Beginn der nächsten Veranstaltung und nutzte die mir verbleibende Zeit, um meine Nachrichten durchzusehen und abzuhören. Die von Tristan sparte ich mir bis zum Schluss auf, denn im Grunde wollte ich seine Stimme gar nicht hören. Also las ich mir zunächst die Updates aus Deutschland durch, ließ mir von meinen Geschwistern den neusten Klatsch und Tratsch erzählen, sah mir die Fotos an, die meine jüngere Schwester Tina geschickt hatte – im Gegensatz zu mir war sie ein Modepüppchen und hatte sich einen süßen, neuen Freund geangelt. Rein äußerlich würde sie in Tristans Clique passen, aber wirklich nur äußerlich, denn sie hatte keinerlei böse Gedanken in sich und auf andere herabsehen tat sie auch nicht. Vielleicht hatte Mitch ja recht, wenn er sagte, dass diese Clique sich noch nie etwas hatte zu Schulden kommen lassen, aber nett waren sie auch nicht. Und egal, ob die Sache, Geschichte, Beziehung (ich hatte keine Ahnung, wie Isaac und ich zueinander standen) weitergehen würde, ich würde den Kontakt zu dieser Clique nicht ausbauen oder aufrechterhalten. Deren Art war nie meine gewesen und was auch immer Tristan von mir wollte – wir wollten nicht dasselbe!

Von ihm fand ich sage und schreibe 51 Nachrichten, geschriebene und gesprochene, sie begannen harmlos am Montag Morgen:

- hi, hast du mir verziehen, sehen wir uns heute Abend, du hast mir noch nicht geantwortet…
- wieso antwortest du mir nicht?
- bist du echt sauer? Ich hab mich doch entschuldigt …
- was soll das?
- willst du mit mir spielen – ich warne dich …

Dann war eine Pause von vielleicht einer Stunde und dann begannen Sprachnachrichten im Minutentakt, die immer und immer übler wurden. Die Bezeichnungen Schlampe und Miststück waren noch die harmloseren.

Was war denn in den gefahren? Er beschimpfte mich aufs Übelste, machte mir Vorwürfe, unterstellte mir, ihm fremd zu gehen (hallo – wo keine Beziehung ist, kann auch keiner fremdgehen, oder?), er kündigte mir die Freundschaft, drohte mir, mich fertig zu machen, um in der nächsten Nachricht wieder um Entschuldigung zu bitten. Was sollte ich davon halten? Auf jeden Fall würde ich Mitch all diese Nachrichten vorspielen, einfach, um ihm zu zeigen, was für ein Idiot der Kerl war. Wirklich Angst machten mir die Nachrichten aber nicht, denn ich wusste, dass ich Tristan rein körperlich überlegen sein würde, sollte er mich jemals anfassen. Aber ich wollte mit diesem Gespräch bis nach der Beerdigung warten. Mitch hatte im Moment genug um die Ohren, da brauchte er nicht noch Teenieprobleme …

Der restliche Tag verging ohne größere Dramen. Mein Handy hatte ich vorsorglich auf stumm geschaltet und Tristans Nummer blockiert, was auch immer er zu sagen hatte, es interessierte mich nicht. Von der Clique bekam ich nur Monica zu Gesicht, sie hielt mich nach der Psychologievorlesung zurück: „Warum bist du am Samstag nicht mit uns essen gekommen? Tristan war echt sauer und es ist gar nicht gut, wenn Tristan sauer ist. Wenn ich du wäre, dann würde ich versuchen, ihn nicht nochmal sauer zu machen. Ich habe ihn seitdem nicht mehr gesehen und aus Gwendolyn ist kein Wort herauszubekommen. Wenn ich du wäre, dann würde ich ganz schnell versuchen, das mit Tristan ins Reine zu bringen. Je länger du wartest, desto schwieriger wird es mit ihm und dir …"
„Monica, ich habe keine Ahnung, wovon du redest, ich habe ihn seit Samstag nicht gesehen und wenn es nach mir geht, dann bleibt das auch erstmal so. Er hat mir ein paar unschöne Dinge auf die Mailbox gesprochen und ich habe sowas von keinen Bock, ihm zu begegnen …"
„Ja, aber, ich dachte du und er …, er schien so

glücklich und ruhig durch dich. Richtig angenehm …
und du musst auch an deinen Ruf denken …"
„Was auch immer, aber es gibt kein ‚ich und er' und es
gab in meinen Augen auch nie ein ‚ich und er'. Egal, ob
es ihn beruhigt hat … er, eure Clique, euer ganzes
hochnäsiges Gehabe, es geht mir auf die Nerven und
spätestens seit jetzt habe ich keine Lust mehr, mich
damit zu beschäftigen. Das Leben, mein Leben besteht
nicht aus Image und Oberflächlichkeiten und auf gar
keinen Fall besteht es aus Tristan …, es gibt wichtigere
Dinge. Weißt du zum Beispiel, dass Isaacs und Daves
kleiner Neffe gestern gestorben ist? DAS ist wichtig …
mein Image nicht!" Und dann ließ ich sie stehen und
ging zu meinem Auto, um nach Hause zu fahren.
Mitch war schon zu Hause, aber keiner von uns hatte
wirklich Lust, zu reden. Also machten wir uns ein
schnelles Abendbrot und jeder ging – mit den eigenen
Gedanken beschäftigt – ins Bett. Ich las erst noch
etwas, denn ich hatte ein bisschen Angst davor
einzuschlafen und am nächsten Morgen festzustellen,
dass wir uns getäuscht hatten, dass Isaac keinen Numus
hatte, dass er als Mensch aufgetaucht war oder gar
nicht, oder ….

Kapitel 8

Ich wünsche dir einen wunderschönen guten Morgen, meine Liebe!....
Was soll das? Lass mich nicht zappeln, war er da heute Nacht? Mann, erzähl schon, warst du alleine? Spann mich nicht so auf die Folter ...
Na, na, na ... wer wird denn da so ungeduldig sein?
Ich kann förmlich spüren, dass du mich auslachst und dass du einen irren Spaß an der Situation hast ... wenn du mir nicht augenblicklich erzählst, was letzte Nacht passiert ist, dann ... schließ ich alle Türen ab und lass dich nachts nicht mehr raus ...
Als wenn du diese Drohung jemals wahr machen würdest ... aber gut, ich erzähl es dir, weil du es bist ... also, ich kam ziemlich neugierig auf der Lichtung an und ...
Komm zum Punkt ...
Du bist aber ungeduldig, ist das so eine menschliche Eigenschaft? ... Aber gut, ich mache es kurz. Als ich an der Lichtung ankam, lag da mein Fuchs! Und zwar genau unter dem Baum, unter dem du gesessen hattest, als du ihn da zum ersten Mal getroffen hast. Er stand sofort auf und kam auf mich zu. Dann schnüffelte er an mir rum, echt überall, aber am meisten an meinem Hals. Dann ... Gott, das war süß ... dann leckte er mir sanft über die Nase und stupste mich mit seiner Nase in die Seite. Das tat er so lange, bis ich mich bewegte und ihm unter den Baum folgte. Dort legte er sich so, dass ich mich vor ihm an seinen Bauch kuscheln konnte und dann...
Oh Gott, erzähl mir jetzt bitte nicht, dass ihr irgendwie wilden, animalischen Serval-Fuchs-Sex hattet oder so ...
Du und deine kranke Fantasie! Natürlich nicht. Wir

haben einfach nur dagelegen und gekuschelt, okay, vielleicht hat er angefangen, mich zu putzen und ich … hab ihm über die Pfoten geleckt und …

Oh mein Gott! Wenn es etwas genutzt hätte, dann hätte ich mir am liebsten die Ohren zugehalten oder die Finger in die Ohren gesteckt und laut gesungen. Ich wollte das nicht hören. Wie sollte ich Isaac jetzt noch in die Augen schauen. Ging es peinlicher? Nicht nur, dass ich mich mit ihm über den Rasen gewälzt hatte, nein, mein Numus und seiner mussten sich auch noch lecken … Gott, klang das jetzt nur in meinen Ohren nach Sexspielchen???
Oh, Jo, reg dich ab. Das ist bei uns so, das sind klare Zeichen für Nähe, für Zusammengehörigkeit, für Freundschaft, sonst nichts. Das ist unsere animalische Seite. Sei froh, dass wir keine Paviane oder Bonobos sind. Die haben ständig Sex, um die Gruppenzugehörigkeit zu beweisen, um Stress abzubauen oder Gemeinschaften zu festigen … Bei uns war es jetzt nur ein gegenseitiges Lecken, um sich zu putzen …
Ich will das trotzdem nicht hören. Wie soll ich Isaac … Scheiße, was, wenn das gar nicht Isaac war, sondern irgendein anderer Numus, der sich zufällig auf der Lichtung rumgetrieben hat? Was, wenn wir mit unserer Vermutung falsch lagen und Isaac gar keinen Numus hat und deshalb gar nicht wusste, wovon ich gestern gesprochen habe.
Wir werden es feststellen, und wenn es ein anderer war, dann hatte zumindest ich einen schönen Abend und der andere wird nie wissen, dass wir wir waren …
Aber wir wissen es immer noch nicht genau. Diese Scheißmagie mit dem ‚hallo, doppelte Seele, ich kenne dich' funktioniert noch gar nicht bei Isaac und mir,

denn noch sind das alles Vermutungen. Mann, wenn ich doch nur mehr wüsste über diesen ganzen Mist. Wie zum Teufel erkennt man einen neuen Numus? Ich war noch nie in so einer Situation. Ich habe noch nie einen Numus außerhalb meiner Familie kennengelernt. Vielleicht gibt es da irgendeinen Voodoo-Schnickschnack, den man durchführen muss. Vielleicht muss man im gleichen Zimmer sein, wenn man schläft …

„Jo, bist du wach? Sollen wir vor der Beerdigung gemeinsam frühstücken?" Zum Glück riss mich der Ruf meines Onkels aus meinen Gedanken. Weiß der Geier, wohin mich meine Ideen sonst noch getragen hätten. Aber so warf ich die Decke zurück, ging barfuß zur Tür und streckte den Kopf kurz in den Flur: „Ich dusch noch schnell, machst du mir bitte einen Kaffee? Ich weiß nicht, ob ich heute Morgen was zu essen runter bekomme."
Ich wartete seine Antwort gar nicht ab, sondern schloss die Tür hinter mir und nahm eine kurze, heiße Dusche, um wach zu werden und um die Gedanken auszusperren. Die Klamottenfrage war schnell geklärt, denn besonders viel ‚Beerdigungstaugliches' befand sich nicht unter meinen Sachen. Ehrlich gesagt hatte ich nicht daran gedacht, mir gestern etwas Passendes zu kaufen. Ich wählte ein dunkles, kurzärmeliges Shirt und dazu meinen einzige Rock, der zwar geblümt, aber dessen Grundfarbe schwarz war. Dazu flache Ballerinas, auf Schminke verzichtete ich. Ich war mir sicher, dass ich weinen würde und außerdem war eine Beerdigung nicht gerade der Ort für Eitelkeiten.
Ich fand Mitch über seinen Kaffee gebeugt in der Küche. Er trug eine Uniform, die ich noch nie an ihm gesehen hatte. Am Revers hingen einige Abzeichen, die

ich nicht zuordnen konnte. Sie musste wohl aus seiner Zeit bei der Army stammen, sie wirkte auf jeden Fall sehr formell. Ich erinnerte mich, dass er sie auch bei seiner Hochzeit getragen hatte, damals aber mit weit weniger Abzeichen. Da er danach noch einige Zeit in Afghanistan stationiert gewesen war, musste es sich wohl um irgendwelche Orden oder Auszeichnungen handeln. Und da ich wusste, wie wichtig die Amerikaner ihre Soldaten und Kriegshelden nahmen, musste es ihm an diesem Tag ein besonderes Anliegen sein, dass er so zur Beerdigung gehen würde. Ob ich dann die richtige Kleiderwahl getroffen hatte? Nachdenklich blickte ich an mir herunter – vielleicht konnte ich in Dianas Kleiderschrank etwas Angemesseneres finden? Ich wollte mich schon aus der Küche stehlen, als Mitch aufsah und mich anschaute: „Da bist du ja, Jo. Bist du sicher, dass du nichts essen möchtest? Wenn du deinen Kaffee getrunken hast, könnten wir sonst los… Gut siehst du aus, wenn man das an so einem Tag überhaupt sagen darf. Ihr Kinder solltet nicht mit Tod und Traurigkeit in Kontakt kommen müssen. Wir Erwachsenen kommen ja kaum damit klar, aber für euch muss es fürchterlich sein …"
„Findest du, ich bin angemessen angezogen? Ich habe gerade überlegt, ob ich nicht doch mal in Tante Dianas Schrank nach etwas anderem schauen soll …"
„Was? Nein, du bist jung, du bist hübsch, du musst dich nicht verstecken oder verkleiden. Aaron und seine Familie werden dich nicht nach deinem Äußeren, sondern nach deinen Taten beurteilen. Und die Tatsache, dass du heute an ihrer Seite sein wirst, bedeutet ihnen mit Sicherheit viel mehr als die Länge deines Rocks oder die Farbe deines Oberteils. Bleib, wie du bist und sei du selber, das ist wichtiger als alles andere!"

Dann tranken wir in Ruhe und Stille unseren Kaffee. Ich bemerkte, dass Mitch von Zeit zu Zeit auf den Stuhl ihm gegenüber starrte. Er hatte mir ganz zu Anfang meines Besuchs erzählt, dass Diana immer dort sitzen würde … gesessen hätte. Ein Grund, warum ich den Platz neben ihm gewählt hatte. Ob er die selbe Vermutung hatte wie ich? Ob er auch vermutete, dass Tom und damit Aaron und die gesamte Familie Numa waren? Ob er nun noch mehr Angst um seine Frau hatte, wo ein anderer Komapatient gestorben war? Sollte ich ihn darauf ansprechen? Aber was, wenn er selber noch nicht so weit gedacht hatte? Wollte ich ihm zusätzliche Angst und Sorgen verursachen? Ich entschied mich dafür, den heutigen Tag abzuwarten, ich wollte zuerst meinen Verdacht bezüglich Isaac bestätigt wissen. Dann würde ich endlich – hoffentlich – jemanden haben, mit dem ich über alles offen reden konnte. Und vielleicht, nur vielleicht, gab es dann auch Hoffnung auf eine Lösung.

Wir fuhren mit Mitchs Dienstwagen zum Friedhof, parkten aber in gebührendem Abstand zu den anderen Wagen. So ein Polizeiauto vermittelte an normalen Tagen vielleicht ein Gefühl der Sicherheit, heute aber fand ich die Tatsache eher bedrückend. Denn es erinnerte einen an das viele Böse, was es gab. Wenn ich mich nicht täuschte, dann hatte Tom keinen Unfall gehabt. Sein Numus war wohl genauso verschwunden wie Dianas und nun bestimmt auch tot. Wieder einmal verfluchte ich die Tatsache, dass wir selbst so wenig über uns selber wussten oder ich mich nie wirklich dafür interessiert hatte. Ich hatte nie Fragen gestellt, nie Antworten gesucht und war mit meiner kleinen Welt zufrieden gewesen … und fürchterlich naiv in eine Welt gestolpert, die ich nicht verstand … oder vor der ich die Augen verschlossen hatte. Nun hatte mich die Realität

eingeholt und ich versprach mir selber, mich in Zukunft mehr für meine Art und meine Artgenossen zu interessieren. Leider gab es kein Collegefach dafür …
Wir begaben uns direkt in die Kirche, wo schon fast alle Plätze besetzt waren. Das war wohl so, wenn ein Kind starb. Alle zeigten ihre Anteilnahme, natürlich nicht Tristan und seine Leute. Dafür sah ich jede Menge bekannte Gesichter aus dem College, selbst ein paar der Dozenten waren hier. Ich hatte mir gar keine Gedanken um die Vorlesungen heute gemacht, aber nachdem ich meinen Mathedozenten sah, konnte meine Abwesenheit wohl nicht so schlimm sein. Der Masse an jungen Menschen nach zu urteilen, waren heute die Seminarräume und auch die Klassenräume wohl nur halb besetzt. Da ich keine rechte Position in der Gemeinde oder Familie hatte, suchte ich mir im hinteren Drittel einen Sitzplatz. Während Mitch, wohl ohne dies zu bemerken, ohne mich weiter nach vorne zu der Familie schritt. Ja, anders konnte man es nicht beschreiben, die Anwesenden machten Platz, kaum, dass sie ihn sahen und so kam er recht schnell an der vorderen Reihe an. Er nahm Aaron fest in den Arm und legte seine Hand einer Frau mittleren Alters tröstend auf die Schulter, das war wohl Aarons Frau. Neben dieser saß eine junge Frau und weinte bittere Tränen, bestimmt Toms Mutter. Ich erkannte Isaacs dunkle Haare, er hatte seinen Arm um die weinende Frau gelegt. Außerdem saßen dort Dave und Brian und ich erkannte einen Jungen etwa in meinem Alter. Der wies zwar noch nicht Isaacs markante Gesichtszüge auf, aber die Familienähnlichkeit war eindeutig. Es musste der dritte Bruder sein, Silas, den ich bisher noch nicht kennengelernt hatte. Er würde erst nächstes Jahr aufs College wechseln, im Moment war er bei der Army, zumindest hatte Dave das mal erwähnt. Der militärisch

kurze Haarschnitt, der in so krassem Gegensatz zu Isaacs langen Haaren stand, sprach auf jeden Fall dafür. Ich bemerkte, dass Mitch sich suchend umsah, er war wohl davon ausgegangen, dass ich ihm folgen würde. Er sprach kurz mit Aaron, der sich nun auch umsah, doch es war Isaac, dessen Blick mich als erster fand und der Mitch drauf aufmerksam machte, wo ich saß. Wenn ich die Blicke richtig deutete, dann hatte man wohl erwartet, dass ich ebenfalls vorne bei ihnen säße, aber ich hatte nicht das Gefühl, dort hinzugehören. Außerdem war ich mir nicht sicher, ob ich mich und meine Tränen beherrschen konnte, würde ich dort in der ersten Reihe bei der Familie sitzen. Und es kam mir auch falsch vor – ich hatte den Jungen nicht gekannt. Also erwiderte ich Isaacs fragenden Blick und schüttelte leicht den Kopf, wobei ich die Augen schloss und in Richtung seiner Tante nickte. Er verstand mich, denn er nickte mir zu und wendete sich wieder der weinenden Frau zu. Kurz darauf begann der Trauergottesdienst und Mitch blieb vorne bei der Familie – worüber ich nicht unglücklich war. Wenn jemand neben mir gesessen hätte, den ich gekannt hätte und der seine Trauer und sein Mitgefühl so gezeigt hätte, wie Mitch in diesem Moment, dann wäre ich auch zusammengebrochen. Mein Numus trauerte auch mit und das nicht nur wegen unseres Verdachts, dass hier ein Numus gestorben war. *Sie* war völlig still und fast hatte ich das Gefühl, *sie* verloren zu haben. Aber tief in mir spürte ich *ihre* Traurigkeit, *ihr* Zittern, *ihre* Angst. Ich hatte also genug mit mir selber zu tun …
Ehe ich mich versah, war die Zeremonie vorbei und die Gemeinde strömte aus der Kirche, um sich aufzustellen und dann gemeinsam dem kleinen Sarg das letzte Geleit zur Grabstelle zu geben. Ich trat als eine der letzten aus dem Zwielicht der Kirche hinaus ins Sonnenlicht und

musste erstmal gegen die Helligkeit anblinzeln, bis sich meine Augen an die Sonne gewöhnt hatten. Ich sah mich suchend um und stellte fest, dass Mitch immer noch bei der Familie stand, also nahm ich all meinen Mut zusammen und schloss mich der Familie an. Der Reihe nach umarmte ich Aaron, Dave und Brian, schüttelte schüchtern die Hand von Aarons Frau, stellte mich Silas vor, der mich neugierig beobachtet hatte und stand schließlich vor Isaac und Toms Mutter. Ich suchte nach den richtigen Worten, die es nicht zu geben schien. Also nickte ich ihr nur zu, woraufhin sie mich in eine Umarmung zog. Sie atmete tief ein und fing dann ganz leise an zu sprechen, es war wohl nur für meine Ohren bestimmt: „Du warst bei Isaac, als Tom gestorben ist, oder?" – Gott, würde sie mir jetzt Vorwürfe machen? Was sollte ich dazu sagen? – Sie fing wieder an zu weinen: „Ich danke dir dafür. Isaac macht sich immer noch Vorwürfe. Aber ihn trifft keine Schuld, wenn, dann bin ich Schuld, weil ich immer zu viel anderes vorhatte, statt mich um meinen Sohn zu kümmern. Ich bin froh, dass Isaac da nicht alleine durch musste. Er ist ein guter Junge, nur leider viel zu ernst und traurig. Er war nicht immer so …, aber in letzter Zeit ist so viel passiert … und er hat so viel Verantwortung für uns alle übernommen …"

Dann verstummte sie einfach, ließ mich los und wendete sich einem neben ihr stehenden Mann zu, den ich bisher noch nicht gesehen hatte. Dieser legte den Arm um ihre Schulter und führte sie ein bisschen von der Gruppe weg.

So standen Isaac und ich uns gegenüber, sahen uns an und schwiegen. Ich wusste auch ehrlich nicht, was ich ihm sagen sollte und ihm ging es wohl genauso. Wir hätten wohl ewig so dagestanden, wenn Aaron uns nicht gerufen hätte. Im selben Moment drehten wir uns beide zu ihm hin, was dazu führte, dass unsere Arme sich berührten.

„Ich glaube, es sind jetzt alle da. Dann müssen wir uns jetzt wohl an die Spitze des Zuges setzen …., das wird einer der schwersten Gänge meines Lebens, danke, dass ihr ihn alle mit mir geht", dann machte Aaron sich zusammen mit seiner Frau, seiner Schwester und dem Fremden auf den Weg in Richtung Sargwagen. Ich wollte wieder meinen Platz in der hinteren Reihe einnehmen. Doch Isaac hatte andere Pläne. Nur ganz leicht, aber merklich, ergriff er mit seiner linken Hand meine rechte: „Bleib bitte bei mir, Kätzchen, tust du das?"

Mehr hätte er mich nicht schocken können. Nicht nur die Bitte, dass ich bei ihm bleiben sollte, ließ mich zusammenzucken. Es war dieser Spitznamen, einer, den er mir noch nie gegeben hatte, einer, der eindeutig auf meinen Numus anspielte … ich blickte auf, sah ihm in die Augen und erkannte dort eine Emotion, die ich bei ihm noch nie gesehen hatte. Sein Blick war unendlich weich, verletzlich, liebevoll, hatte mich überhaupt schon mal jemand so angesehen? Mit einem Mal hatte ich einen riesigen Kloß im Hals, ich schluckte trocken und nickte ihm zu. Dann beugte er sich zu mir hinunter und flüsterte mir ins Ohr: „Wir beide haben eine Menge zu besprechen. Leider ist das hier weder der Ort noch die Zeit dafür. Aber sei dir gewiss, wir werden reden und wir werden dabei offen und ehrlich sein, okay? Genug der Andeutungen und Halbwahrheiten, genug Spielchen … ich habe dich erkannt."

Und als hätten diese Worte irgendeine Magie, spürte ich zum ersten Mal – wenn auch im Moment nur ganz leicht und wie ein Flattern – die Präsenz seiner doppelten Seele. Ich hatte noch nie eine solche Empfindung gehabt, ich hatte auch noch nie einen

Numus neu kennengelernt. Alle Numa, die ich kannte, waren mir von Geburt an vertraut gewesen. Aber das, was ich in diesem Augenblick fühlte, war anders. Es war wie ein langsames Erwachen eines neuen Lebenslichts, irgendwie unwirklich und schwach, wie durch einen Nebel. Aber unverkennbar ein Numus. Wie lange es wohl dauern würde, bis ich ihn genauso wahrnehmen würde wie jeden anderen aus meiner Sippe? Oder würde es immer anders sein?
Ich kann ihn auch fühlen, er ist da und er ist unendlich traurig und gleichzeitig froh, uns gefunden zu haben.

Er hatte recht, wenn er gemeint hatte, dass hier weder der Ort noch die Zeit für unser Gespräch wären. Also versuchte ich, alle Gedanken, alle Fragen zu verdrängen, um mich auf die Beerdigung konzentrieren zu können. Die Fragen hatten Zeit, würden mir nicht davon laufen. Jetzt ging es erstmal darum, dass ich Isaac und seiner Familie die Kraft gab, die sie brauchten, um Tom zu beerdigen. Sollte es irgendjemanden wundern, dass Isaac noch immer meine Hand hielt und scheinbar nicht bereit war, sie in absehbarer Zeit wieder loszulassen, so sagte zumindest niemand etwas. Ich fing auch keine blöden oder fragenden Blicke auf und bestimmt war jeder der Meinung, dass es sich hier um einen Akt der Freundschaft und Unterstützung handelte – Isaac bestimmt auch, bei mir war ich mir da nicht so sicher.
Isaac ließ tatsächlich meine Hand erst los, als es an ihm war, eine Schaufel voll Sand auf den winzig wirkenden Sarg rieseln zu lassen. Allerdings drückte er die Schaufel anschließend direkt mir in die Hand. Ich sah mich fragend um, aber sowohl Aaron als auch seine Schwester nickten mir zustimmend zu. So ergriff ich die Schaufel und machte es den anderen nach.

Irgendwie kam ich mir dabei komisch vor, denn dieser Akt wurde nur von einem Bruchteil der Anwesenden ausgeführt ... der Familie, wie mir siedend heiß einfiel. Nach mir traten Dave und Brian als Einheit an die Grabstelle, dann Silas. Den Abschluss bildeten Aaron, seine Frau und seine Schwester. Anschließend verließen die meisten der Anwesenden nach ein paar gemurmelten Worten an Aaron den Ort, so dass nach einer Viertelstunde nur noch wenige Personen anwesend waren, darunter Mitch, der mir unbekannte Mann und Brian.
„Ich danke euch allen, dass ihr in dieser schweren Stunde an meiner Seite ward und meinem Sohn die letzte Ehre erwiesen habt. Ich weiß, dass es auch für viele von euch ein harter Gang war, deshalb bin ich euch umso mehr dankbar. Nun würde ich aber gerne alleine sein ..."
„Miriam ...", Aaron ging einen Schritt auf seine Schwester zu, doch die hob abwehrend die Hand: „Nein, Aaron, ich muss und möchte alleine sein, macht euch keine Gedanken um mich. Ich brauch aber wirklich ein paar Stunden für mich. Ich komme später heim, versprochen, ich werde nicht verschwinden ... Fahrt ihr nach Hause, bitte." Dann drehte sie sich weg und beendete so das Gespräch. Wir anderen verließen den Friedhof in Richtung des Parkplatzes. Irgendwann auf dem Weg dorthin schloss Mitch zu mir und Isaac auf. Er sah von mir zu Isaac, sein Blick blieb an unseren Händen hängen. „Kommst du mit nach Hause?" Seine Frage klang, als würde er die Antwort bereits kennen. Eine Antwort, die mir erst dann ganz klar wurde, als ich versuchte, Isaac meine Hand zu entziehen. Er hielt sie fest, ließ sie nicht los, sah mich nicht an und richtete sich direkt an meinen Onkel: „Mitch, ich werde Jo mit zu uns nehmen und

verspreche, ich bringe sie nachher nach Hause, wenn dir das recht ist!"
Wenn ich mit einem Protest gerechnet hatte, so hatte ich mich getäuscht. Statt dessen hielt Mitch Isaac seine Hand hin, die dieser ergriff: „Okay, pass auf sie auf. Ich verlass mich auf dich…"
„Ich werde dich nicht enttäuschen, danke für dein Vertrauen."
Mich küsste Mitch nur schnell auf die Wange und verschwand in Richtung seines Wagen. Ich hingegen folgte Isaac zu seinem Auto und stieg ein. Ohne ein weiteres Wort reihte er sich in die Kolonne der abfahrenden Fahrzeuge ein und folgte seinem Vater und seinen Brüdern eine Zeit lang. Ich ging davon aus, dass wir nun zu einer Art Leichenschmaus unterwegs waren, einem Restaurant oder etwas Ähnlichem, wo wir die anderen wiedertreffen würden. Stattdessen lenkte Isaac den Wagen nach einigen Kilometern auf einen Parkplatz, schnallte sich ab und wendete sich ganz mir zu. Er nahm wieder meine Hand, schnallte mich ab und sah mich lange an. Dann atmete er einmal tief durch und fuhr sich fast nervös durch die Haare: „Jo, bevor wir gleich zu meinen Eltern fahren, müssen wir ein paar Dinge klären. Wobei die Sache echtes Neuland für mich ist … , außer mit Brian ist mir das noch nicht passiert und das kam auf etwas unorthodoxe Weise zustande. Aber das ist eine andere Geschichte. Also …ich denke, ich sag dir nichts Neues, wenn ich feststelle, dass mein Numus deinen endlich erkannt hat. *Er* hat mir schon seit ein paar Tagen erzählt, dass ein neuer, weiblicher Numus in der Gegend wäre und auf seiner Lichtung rumlungern würde … sieh mich nicht so entsetzt an. Ich habe dir ja auch bereits gesagt, dass ich diese Lichtung schon viel länger kenne als du. Warum hast du damals überhaupt geweint? Darüber müssen wir auch

unbedingt sprechen, aber das ist jetzt im Moment unwichtig. Es ist nur so, dass ich mich bei dir entschuldigen möchte für fast alles, was ich zu dir gesagt habe. Weißt du, bisher war jedes Weib, das ich mit Tristan zusammen gesehen hatte, eine echte Zicke, die alles tat und sagte, um diesem Idioten zu gefallen. Das begann schon im Kindergarten, setzte sich in den ersten Jahren in der Grundschule fort und gipfelte darin, dass er und sein Gefolge Dave nach dessen Outing wirklich fertig gemacht haben. Eine Zeit lang hatte ich wirklich Angst, dass mein Bruder sich wegen dieses Arschs etwas antun würde. Und als du dann plötzlich zusammen mit denen aufgetaucht bist und dann Brians und Daves Nähe gesucht hast, da hatte ich die schlimmsten Befürchtungen, was für einen perfiden Plan Tristan sich nun schon wieder ersponnen hatte. Das muss dir für heute als Erklärung reichen, wobei ich natürlich weiß, dass das nicht alles ungeschehen machen kann, was ich mir geleistet habe. Aber wir haben wichtigere Probleme und ich denke, das weißt du auch, oder? Deshalb muss ich eines von dir wissen – deine Tante ... hat sie auch einen Serval?"
Ich hatte mit viel gerechnet, aber damit? Weder mit dieser Art von Geständnis, noch mit der Frage. Also fiel mir nichts Besseres als eine Gegenfrage ein: „Wieso musst du das wissen?"
Isaac lachte fast schon frei auf: „Jetzt, wo ich weiß, was du bist, spürt man die Wildkatze in dir immer öfter, Kätzchen. Aber ich kann verstehen, dass du mir nicht vertraust. Ich will nur eine Antwort, wir werden später mit den anderen diskutieren müssen. Also, lass mich erklären: wir leben ziemlich isoliert und lassen kaum neue Numa in unsere Gruppe, Brian ist da so reingestolpert, aber sonst im Grunde keiner. Allerdings tauchte von Zeit zu Zeit immer mal wieder ein Serval in

unseren Wäldern auf … aber seit einigen Wochen nicht mehr. Und jetzt, wo ich weiß, wer … oder besser was du bist, stellt sich mir die Frage … was ist mit deiner Tante los?"
Er zog an meiner Hand, bis ich ihm in die Augen sah. Dann beugte er sich zu mir hinüber und drückte mir einen sanften Kuss auf die Wange: „Sagst du es mir?"
Ich schaute unsere ineinander verschränkten Finger an und begann, ihm stotternd zu antworten: „Meine Tante hat sich vor über zwölf Jahren in Mitch verliebt, als er bei der Army in Deutschland stationiert war. Allen Befürchtungen und Warnungen zum Trotz ist sie ihm nach Amerika gefolgt und hat sich hier ein Leben mit ihm aufgebaut. Weit weg von ihrer Familie … von uns. Sie meinte, dass sie Mitch genug lieben würde, um auf ihr Erbe zu verzichten …", ich sah auf und ihm direkt in die Augen: „Alles war toll, die beiden waren glücklich so wie es war. Mein Aufenthalt hier wurde geplant, der Platz am College bewilligt … und dann kam vor ungefähr drei Monaten ihr Serval nicht nach Hause … und seit dem liegt sie im Koma ..."
Ich merkte, wie mir die Tränen in die Augen stiegen. Isaac reagierte sofort, er zog mich auf seinen Schoß, schloss seine Arme um mich und wiegte mich sanft hin und her: „Genauso wie bei Tom …, er war mit uns allen im Wald unterwegs. Er war schon immer zu mutig für seine Größe, zu neugierig … und dann war er weg und Tom lag im Koma … bis er gestorben ist."
„Aber wie, … meinst du, dass die Hunter … ich hab immer gedacht, das wäre nur ein Märchen …" – „Alles Spekulieren bringt nicht, Kätzchen. Wir fahren zu den anderen und reden. Heute ist eigentlich nicht der richtige Tag für sowas, aber die Sache ist ernster als wir bisher geglaubt haben."
„Aber, was sagen wir den anderen?" – „Na, die

Wahrheit, denn da werden nur Eingeweihte sein ... Apropos eingeweiht ... wie viel weiß Mitch?" – „Er weiß, dass es Numa gibt, er weiß, dass er und Diana keine Kinder bekommen können, er weiß, dass Dianas Numus ein Serval ist und dass er weg ist…" – „Wenn er schon so viel weiß, vielleicht sollten wir ihn dann einfach mit ins Boot nehmen. Aber das kann ich nicht alleine entscheiden …" Wie selbstverständlich gab er mir noch einen leichten Kuss, diesmal auf die Lippen, dann schob er mich wieder auf meinen Platz, schnallte sich an und fuhr los.

Diesmal fuhren wir tatsächlich zu Isaac nach Hause, das erkannte ich an der Menge an Autos, die vor dem dreistöckigen Haus parkten. Ungläubig starrte ich den riesigen Kasten an und traute mich kaum, auszusteigen: „Wie viele Leute wohnen hier? Das Haus ist ja riesig …" Isaac war mittlerweile um das Auto herumgegangen, hielt mir die Tür auf und die Hand hin, die ich gerne ergriff.

„Es wirkt imposanter, als es tatsächlich ist. Aber hier wohnen ein paar von uns. Meine Eltern, meine Großeltern, meine Tante Miriam …" - er musste schlucken und ich sah, dass seine Augen feucht schimmerten, woraufhin ich ihn wie selbstverständlich in den Arm schloss - „außerdem meine Brüder und ich. Jeder von uns hat seinen eigenen Bereich und bei Dave ist mittlerweile Brian eingezogen. Er hing sowieso die ganze Zeit hier rum. Es gibt ein paar Gemeinschaftsräume, aber sonst kann jeder tun, was er will. Es ist schon ewig in Familienbesitz, ich schätze, hier haben schon immer Numasippen zusammengewohnt. Und nun komm, ich kann die anderen förmlich riechen, wie sie hinter den Fenstern sitzen und neugierig lauern." Er machte Anstalten, mich hinter sich her in Richtung Haustür zu ziehen.

„Ich kann sie nicht spüren, ich kann dich ein bisschen spüren, seit vorhin, nach der Kirche, aber es ist noch wie im Nebel. Weißt du, wie es funktioniert? Wann werde ich sie fühlen können?"
Er zog mich an sich heran, ganz nah, viel zu nah, warum tat er das? Dann streichelte er auch noch mit seinem Zeigefinger über meine Wange und sah mich an, als … als würde ich ihm etwas bedeuten?
„Kätzchen, wir werden das alles rausfinden und wir werden versuchen, Antworten auf alle Fragen zu finden. Aber nun komm bitte mit rein, damit wir den anstrengenden Teil hinter uns bringen können? Bitte, die brennen mir da gerade Löcher in den Rücken. Komm, die werden dich schon nicht fressen – du bist fast größer als die meisten von uns… der einzige, der dir wirklich gefährlich werden könnte, ist Brian, aber der ist harmlos." – „Was soll das heißen? Brian könnte mir gefährlich werden? Was ist sein Numus?" – „Er ist ein Panther, aber wie gesagt, völlig harmlos. Er wird sich freuen, endlich nicht mehr die einzige Katze unter all uns Hunden zu sein … und nun komm, die werden echt unruhig!"
Er beendete die Diskussion und die Umarmung und zog mich an meiner Hand einfach hinter sich her in Richtung Tür. Diese öffnete sich von selbst und kaum waren wir im Haus, prasselten von überall Kommentare auf uns ein: „Du hast sie geküsst?" – „Ich denke, ihr könnt euch nicht leiden?" – „Du wusstest, dass das hier ein Familientreffen werden sollte!" – „Du hast schon viele seltsame Entscheidungen getroffen als Ältester, aber das toppt echt alles …"
Isaac ließ das alles über sich … uns ergehen, hielt aber die ganze Zeit den Mund … und meine Hand, eine Tatsache, die die Stimmung wohl noch mehr anheizte, zusammen mit den Spekulationen. Isaac grinste die

ganze Zeit und schien die Situation fast zu genießen. Je wilder die Anschuldigungen waren, desto entspannter wurde dieser Kerl. Sein Grinsen wurde breiter, er wirkte … glücklich. So hatte ich ihn noch nie gesehen. Nach ein paar Minuten dann hob er seine Hand und – erstaunlich, aber wahr – die Stimmen um uns herum verstummten.
Dann sah er mich an und blickte anschließend in die Runde seiner Familie. Auch der mir nicht bekannte Mann war anwesend. Wenn er im Gegensatz zu mir von allen geduldet wurde, dann musste er auch einen Numus haben. Alle blickten mich mit einer Mischung aus Neugierde, Vorsicht und Unbehagen an.
„So, nachdem nun alle Anwesenden ihre Meinung kund getan haben, auf mich und Jo eingeredet haben, darf ich jetzt auch mal was sagen, oder? Aber könnten wir dafür bitte ins Wohnzimmer gehen, ich brauche was zu trinken und würd mich gerne setzen. Ich bin nur froh, dass Miriam euch nicht mitanhören musste, ehrlich. Kätzchen – magst du auch was trinken?" Toll, ich war gerade aus dem Fokus heraus gewesen. Und nun starrten mich alle wieder an. Ob wegen des Spitznamens oder einfach, weil ihnen wieder einfiel, dass ich da war, das wusste ich nicht. Ich traute mich kaum, aufzusehen und flüsterte ein „Wasser?" – selbst in meinen Ohren klang das eher wie eine Frage. „Also, ihr habt Jo gehört, sie möchte ein Wasser und bringt mir bitte auch eines mit, okay? Komm, Jo, wir gehen vor, dann kannst du dich schon mal ein bisschen umsehen."
Gott, ich wollte wissen was hier vor sich ging, aber noch viel lieber wäre ich nicht hier. Denn Isaac verhielt sich seltsam, aber irgendwie auch, als wäre er zum ersten Mal er selbst. Ich hoffte wirklich, ich würde gleich Antworten erhalten. Er schien meine Unsicherheit zu spüren, er beugte sich zu mir hinunter,

küsste mich zärtlich auf die Lippen (was sollte dieses ganze Rumgeküsse?) und flüsterte: „Ich erklär dir gleich alles. Hab ein bisschen Geduld, bitte, ich möchte nicht alles doppelt besprechen. Vertraust du mir?" Vertraute ich ihm? Ja, ich musste mir selber eingestehen, dass ich ihm vertraute. Ich wusste nicht viel über ihn, aber ich vertraute ihm, also nickte ich ihm zu und ließ mich von ihm zu einem der Sofas führen. Nach und nach folgten uns die anderen ins Wohnzimmer. Als endlich auch der letzte den Raum betreten hatte und uns alle erwartungsvoll ansahen, ergriff Isaac das Wort: „Bevor wir anfangen möchte ich Jo erstmal alle Anwesenden vorstellen, Jo, meinen Vater Aaron kennst du ja, genauso wie Dave und Brian, das sind meine Mutter Sarah, mein kleiner Bruder Silas und Mike, ein Freund der Familie. Die anderen haben wir nach Hause geschickt, das wäre für heute zu viel. Für alle von euch, die es nicht wissen, Jo ist die Nichte, die angeheiratete Nichte, von Mitch. Jos Mutter und Mitchs Frau Diana sind Schwestern. Jo ist seit ein paar Wochen in Purple Beach und geht mit Brian, Dave und mir zum College …" – „Boah, echt Isaac, komm zur Sache, wir haben nicht den ganzen Tag Zeit …", knurrte Silas ihn an.

„Immer mit der Ruhe, Kleiner, ihr habt mich zu eurem Ältesten gewählt, nicht dass ich das wollte. Aber du, Dad, wolltest nicht mehr und so hab ich mich breitschlagen lassen. Du musst wissen, Jo, unsere Sippe wählt immer einen Ältesten, der dann das Sagen über alle Numa hat ..."

Nun begann das Geschrei wieder, alle redeten durcheinander, schimpften mit Isaac, machten ihm Vorhaltungen … und nun grinsten wir uns beide an.

„Nun haltet mal die Klappe und lasst mich ausreden! … Ihr erinnert euch doch an den Serval, der ab und zu bei uns aufgetaucht ist, oder? Wir haben hin und herüberlegt, woher dieser Numus aufgetaucht ist und welcher Mensch wohl dahinterstecken würde." Gott, die Blicke der anderen sprachen für sich. Sie hielten Isaac für komplett gestört, sie hielten ihn für einen Geheimnisverräter oder was auch immer. Ihn schien das nicht weiter zu stören. „Ich weiß, wer der Mensch ist, der dazugehört." Nun waren sie wieder still und hörten ihm zu. „Leider ist das keine gute Neuigkeit. Denn der Serval gehört zu Jos Tante Diana und wie ihr alle wisst, liegt Diana seit über drei Monaten im Koma – seit der Nacht, in der Dianas Numus nicht nach Hause zurückgekehrt ist. Zumindest hat Mitch das gesagt, nicht zu mir, aber zu Jo …. Genauso wie Toms Numus … wir können also davon ausgehen, dass es da draußen jemanden gibt, der Numa entführt – es sein denn, einer von euch hat eine bessere Erklärung?!"

Dann lehnte er sich zurück und nahm wieder meine Hand, während gefühlte 1000 Fragen auf uns einstürmten. „Mitch weiß Bescheid?" – „Jo ist ein Numus?" – „Dianas Numus ist verschwunden?" – „Scheiße Mann, wie lange weißt du das schon?" – „Gott, wir sind alle in Gefahr." – „Wir müssen die Kinder besser schützen!" – „Keiner geht mehr alleine nachts raus." – „Was können wir tun?"…Entsetzen, Erkenntnis, Angst mischten sich mit Fragen und Unsicherheit. Und im Laufe der nächsten Stunden wurde ich immer mehr in die Diskussionen mit eingebunden. Alle, außer vielleicht Silas, legten die anfängliche Scheu mir gegenüber ab. Allerdings merkte ich, wie ich immer müder wurde. Der Tag hatte zu sehr an meinen Nerven gezehrt. Ich saß nun schon seit einer halben Stunde mit untergezogenen Beinen an Isaac gelehnt und mittlerweile merkte ich, wie meine Augen immer schwerer wurden.

„Hey", Isaac legte seine Hand sanft auf mein Bein, „so gerne ich dich heute Nacht hier bei mir hätte, ich habe deinem Onkel versprochen, dass ich dich nach Hause bringen würde. Also werde ich dich jetzt heim fahren. Komm …"
Ich verabschiedete mich von allen Anwesenden. Brian zog mich in eine dicke Umarmung: „Hey, Zwerg, ich wusste ja schon immer, dass viel in dir steckt, aber gleich eine Wildkatze? Ich freu mich auf unser erstes Zusammentreffen, endlich bin ich hier nicht mehr die einzige Katze. Aber eines musst du mir mal erklären – wie bist du bei Tristan und seinen Leuten gelandet?"
Isaac antwortete an meiner Stelle: „Auch das ist eine lange Geschichte und wir werden sie dir mit Sicherheit erzählen, aber nicht jetzt! Jo muss ins Bett und ich werde dafür sorgen, dass sie da auch sicher landet." Dann führte er mich zur Haustür, wo wir von Aaron aufgehalten wurden: „Jo, hast du mal eine Minute … wenn du erlaubst, Isaac?" Wieder einmal wunderte ich mich über die Rolle, die Isaac in der Familie zu spielen schien. Er drückte mich kurz an sich und verschwand die Treppe hinauf.
„Jo, entschuldige bitte, dass ich vorhin so abweisend reagiert habe, aber unser aller Nerven liegen heute wohl ein bisschen blank. Ich bin dir wohl eine kurze Erklärung schuldig, oder? Ich habe beim Tod meines Vaters das Amt des Ältesten unserer Gruppe, du kannst es auch das Alphatier nennen, quasi geerbt. Aber ich war nie besonders glücklich damit. Isaac war von Anfang an der geborene Führer, ich nie. Ich wollte an Autos schrauben und ansonsten meine Ruhe haben. So habe ich meinen ältesten Sohn vor fast zwei Jahren mit gerade mal 21 Jahren dazu gezwungen, mir diese Last abzunehmen, mit allem, was dazugehört. Das Verschwinden von Toms Numus war die erste Krise,

die wir seit langem in unserer Gruppe hatten und Isaac fühlte sich als neuer Ältester direkt verantwortlich ... und ich war froh, dass ich keine Verantwortung mehr für die Gruppe hatte. Mit Sicherheit keine Meisterleistung als Vater, das gebe ich zu. Aber ich bin, wie ich bin. Isaac wurde durch seine Rolle immer verschlossener, härter, abweisender ... Deshalb bin ich froh, dass er in dir einen Freund gefunden hat, der ihm helfen kann, etwas ruhiger und geerdeter zu werden ..."
In diesem Moment hörten wir Isaac die Treppe wieder runterkommen und Aaron verstummte. Er hatte mir noch mehr zum Nachdenken gegeben. Vielleicht lag es ja daran, dass in meiner Familie nur Wildkatzen als Numa existierten. Ein Alphatier oder einen Anführer hatten wir jedenfalls nicht. Aber bei Hundeartigen machte das durchaus Sinn. Isaac und ich würden auf jeden Fall noch eine Menge zu besprechen haben! Für heute hatte ich aber genug gehört, gesehen und erfahren und ich wollte nur noch in mein Bett! So ließ ich mich widerstandslos von Isaac zu seinem Auto bringen und nach Hause fahren.
„Ich werde, wenn du nichts dagegen hast, noch schnell mit reinkommen und mit Mitch reden, okay, Jo?"
„Klar, aber ich werde nur schnell unter die Dusche springen und mich dann ins Bett verziehen, wenn du nichts dagegen hast, oder soll ich bei dem Gespräch dabei sein?"
„Nein, leg dich nur hin, wir sehen uns morgen!"
Ich zog den Schlüssel aus meiner Tasche und öffnete die Haustür. „Jo, bist du das? Ich hab mir schon Sorgen gemacht ... oh, hallo Isaac, ich wusste nicht, dass du noch mit reinkommen würdest. Nochmal mein herzlichstes Beileid und danke, dass du dich um Jo gekümmert hast." Die beiden reichten sich die Hände und Isaac meinte: „Danke, dass du mir Jo anvertraust"

– hallo, nicht anvertraut hast …? Gegenwart? Was meinte er damit? – „Hast du einen Moment Zeit für mich, Mitch, ich würde gerne noch mit dir reden. Jo ist todmüde und wollte direkt ins Bett. Aber wenn ich noch bleiben darf…?"

„Klar, was kann ich für dich tun?" Doch statt Mitch zu antworten, stellte er einen Rucksack ab, von dem ich gar nicht mitbekommen hatte, dass er ihn dabei hatte. Dann legte er mir seine Hände an die Wangen, streichelte mich mit seinen Daumen, hauchte mir einen Kuss auf die Lippen und flüsterte: „Wir sehen uns gleich, okay?" Dann schob er mich in Richtung meines Zimmers und folgte Mitch, dem die Situation wohl etwas unangenehm gewesen war, in Richtung Küche.

Kapitel 9

Das muss doch jetzt eine Halluzination gewesen sein, oder? Ich hab doch gerade nicht wirklich einen Fuchs aus meinem Schlafzimmer gehen sehen, oder?
Glaub ruhig, was du gesehen hast, Jo, ich kann dir nur sagen, was ich weiß, nämlich, dass er gestern Abend im Haus an der Hintertür auf mich gewartet hat und wir zusammen zu den anderen Numa gelaufen sind. Dann hat er mich wieder hierher begleitet und ob du es glaubst oder nicht, dein Freund lag im Wohnzimmer auf dem Sofa und schlief. Sein Fuchs ist so lange bei mir geblieben, wie ich von dir getrennt war, dann erst hat er sich zurückgezogen.
Soll das heißen, dass er, also der Fuchs, hier in meinem Schlafzimmer war? Wieso tut er das? Wie kommt er dazu und warum erlaubt Mitch ihm sowas?
Das musst du die Kerle wohl selber fragen...
Und das werd ich auch, verlass dich drauf!

Schnell schwang ich mich aus dem Bett, warf mir etwas Wasser ins Gesicht, zog mir eine Jacke über und machte mich auf den Weg ins Wohnzimmer. Was dachte dieser Kerl sich überhaupt? Zuerst machte er mich bei jeder Gelegenheit fertig und nun küsste er mich ständig – okay, das mochte ich! – und fasste mich an – ja, das mochte ich auch – und nun schlief er auch noch im Haus meines Onkels und überwachte mich? Das ging nun wirklich zu weit. Ich …
Doch als ich um die Ecke des Wohnzimmers kam, entglitt mir mein letzter Gedanke. Denn auf dem Sofa lag ein vollkommen friedlich schlafender Isaac. Die Haare waren ihm ins Gesicht gefallen, er hatte ein leichtes Lächeln im Gesicht. Sein sonst oft so grimmiges Gesicht wirkte entspannt, ein leichter

Bartschatten nahm ihm alles jungenhafte. Die Decke war ihm bis zu den Hüften gerutscht und verbarg nichts von seinem Oberkörper. Und was für ein Oberkörper – wow, Muskeln, wohin das Auge auch blickte … und meines blickte weit, so weit es ging … Und vor Isaac saß sein Fuchs, der mich abwartend ansah … und mich beim Starren erwischt hatte. Gott, hoffentlich war der nicht so eine Plaudertasche wie mein Serval.
Ich muss doch sehr bitten …

Ich ging in die Hocke und hielt meine Hand ausgestreckt vor mich und Isaacs Numus kam sofort auf mich zu und rieb seinen Kopf an meiner Hand, suchte meine Nähe, meine Berührung und sah mir dabei genau in die Augen. Dann zog er sich zurück, lief zu Isaac und verschwand. Genau in diesem Moment rührte Isaac sich und öffnete die Augen. Sein Blick fand sofort meinen, er blickte mich stumm an, so als würde er einer inneren Stimme lauschen und ich befürchtete, ich wusste genau, wem diese Stimme gehörte. Am liebsten wäre ich wieder in meinem Zimmer verschwunden, denn wer weiß, was Isaac sich gerade anhören konnte …
Aber es schien ihm zu gefallen, denn sein Grinsen wurde immer breiter. Dabei legte er seinen Kopf schief und sah mich so intensiv an, dass ich merkte, wie ich rot wurde. „Komm her, Kätzchen." – „Was hat *er* dir erzählt?" – „Nichts, was dich beunruhigen müsste, nichts, was ich nicht genauso getan hätte. Und nichts, worauf ich mich nicht freue, wenn ich es einmal mit dir erleben darf. Komm her, Jo." – „Du weißt schon, dass du so ein wenig einen Befehlston am Leib hast?" – „Das macht wohl der Alpha in mir …, ich versuch es abzustellen. Kommst du – bitte – zu mir?" Wenn ich ehrlich war, dann hatte ich mich nur aus Prinzip geweigert, zu ihm zu gehen. Also stieß ich mich vom

Türpfosten ab, an den ich mich gelehnt hatte und schlenderte möglichst lässig zu ihm rüber. Er rutschte ein Stück zur Seite, so dass ich mich auf die Sofakante setzen konnte. Ziemlich nah neben ihn … und seinen halbnackten Körper …. Und kaum, dass ich neben ihm saß, ergriff er wieder meine Hand. Ich blickte auf unsere Hände und sah ihm dann in die Augen: „Kannst du mir mal sagen, warum du immer meine Hand hältst … und mich küsst …"
„Weil ich es will … weil ich es von Anfang an wollte und weil ich sauer auf dich und mich war, weil ich es wollte. Ich sah dich täglich mit diesem Arsch rumhängen und konnte mir nichts Schöneres vorstellen, als dich zu küssen. Und als wir dann zusammen geklettert sind, da war es endgültig um mich geschehen. Aber Tristan ließ keine Gelegenheit aus, mir eure Beziehung unter die Nase zu reiben …"
„Ich war nie …", begann ich zu protestieren, doch Isaac legte mir den Zeigefinger auf die Lippen, um mich am Weiterreden zu hindern.
„Ich weiß das jetzt, ich habe mit Mitch darüber geredet und du hast es mir auch gesagt. Aber es sah für alle so aus, dafür hat Tristan gesorgt."
„Tristan ist ein Arsch, er hat mich übelst beschimpft, nachdem ich mit dir geklettert bin. Er hat mir auf meiner Mailbox gedroht und …"
„Kätzchen, das höre ich mir nachher an und dann kümmern wir uns darum, aber jetzt komm erstmal her", er winkte mich mit seinem Zeigefinger näher zu sich heran und hob mir gleichzeitig sein Gesicht entgegen.
„Ich bin doch schon da …", erwiderte ich, kam ihm aber mit meinem Gesicht ebenfalls näher. „Aber nicht nah genug für meinen Geschmack!" – „Meinst du wirklich?" – „Jo, halt den Mund …" – „Okay!" – „Musst du immer das letzte Wort haben?" – „Ich glaube

schon …". Mittlerweile flüsterten wir nur noch, denn unsere Lippen waren nur Millimeter voneinander entfernt und wenn einer von uns redete, dann berührten sie sich und jede einzelne Berührung schickte Schockwellen durch meinen Körper. Ich ahnte, dass dieser Kuss so ganz anders sein würde als unser erster Kuss. Der war aus Wut und Trauer geboren worden, dieser würde anders sein. Er begann vorsichtig, leise, tastend, zärtlich und nur langsam, ganz langsam vertieften wir ihn. Ich spürte, wie er mit seiner Zunge über meine Lippen fuhr, wie er mit seiner Zunge an meine Lippen stupste und mich dazu aufforderte, sie für ihn zu öffnen. Als ich ihm nicht sofort gehorchte, hörte ich, wie er ein leises Knurren ausstieß (bisschen bossy, der Gute, das musste ich ihm wohl noch abgewöhnen, oder? Ich war immerhin ´ne Wildkatze…). Aber da ich es auch wollte, bewegte ich meine Lippen und tauchte ganz in den Kuss ein. Seine Arme schlossen sich um meinen Körper und zogen mich an seine Brust, meine Hände fanden seine Haare und ich versuchte, ihn noch näher an mich heranzuziehen, noch näher, noch …

„Isaac, du wolltest hier schlafen, um auf Jo aufpassen zu können und nicht, um sie aufzuessen!" Ich konnte förmlich hören, wie Mitch uns auslachte. Wenn mein Onkel gedacht hatte, dass mein Alpha mich bei seiner Stimme sofort loslassen würde, dann hatte er sich geirrt. Isaac ließ unseren Kuss langsam ausklingen und beendete ihn mit mehreren kleinen, unschuldigen Küssen auf meine Lippen und legte dann seine Stirn an meine: „Guten Morgen, Mitch. Danke, dass ich hier schlafen durfte, es war auch gut, denn diese kleine Wildkatze ließ sich natürlich trotz der lauernden Gefahr nicht davon abhalten, draußen rumzulaufen."

„Wir reden gleich darüber, zieht euch bitte etwas an und kommt in die Küche, ich mache Kaffee, dann gibt's

Frühstück und ihr habt, glaube ich, Vorlesungen!" Damit verließ er das Wohnzimmer und Isaac zog mich wieder in seine Arme, sodass mein Kopf auf seiner Brust lag. So lagen wir eine Weile lang ruhig da und ich lauschte dem Schlagen seines Herzens. Und noch etwas bemerkte ich, ich spürte seine Präsenz, seine doppelte Seele. Und es war anders als bisher, die Seele seines Numus schien zu … leuchten? Ich konnte es nicht in Worte fassen, sie fühlte sich so ganz anders an als die Seelen meiner Familie, sie war mächtiger, heller, größer, intensiver …
Vielleicht liegt es daran, dass du mit ihm rumgemacht hast?
Immer diese hilfreichen Kommentare …

„Worüber denkst du nach?" Ich hob leicht den Kopf, um ihm in die Augen zu sehen und er fuhr fort: „Ich kann dich bis hierhin denken hören, deine Seele ändert sich und wechselt die Farbe, so, als würde sie sich schämen oder so." Er streichelte mit seinem Daumen unterhalb meines Auges entlang: „Jo, nichts, was hier passiert, soll dich dazu bringen, dass du dich unwohl fühlst. Im Gegenteil, du kannst mir glauben, dass ich wirklich nur das Allerbeste für dich will. Und nun lass uns aufstehen … oder steh du einfach schon auf, ich komme gleich nach, sobald ich deinem Onkel begegnen kann, ohne, dass er mich kastrieren will." Er blickte bedeutungsschwanger an sich herunter und ich sah selbst durch die Decke, was er meinte. Ich konnte mir ein Lachen nicht verkneifen und legte meine Hand knapp unterhalb seines Bauchnabels, einfach, weil ich es konnte. Dabei beugte ich mich zu ihm hinunter, flüsterte „nein, das wollen wir auf gar keinen Fall riskieren" an seine Lippen, bevor ich sanft mit meiner Zungenspitze darüber fuhr, um danach so schnell wie

möglich zu verschwinden. Ich hörte, wie er irgendetwas murmelte, es klang wie „Biest", also warf ich ihm über die Schulter einen Blick zu und sah, dass er sich – wenn auch glücklich lächelnd – zurück auf das Sofa hatte sinken lassen. Ich ging in die Küche, wo mein Onkel sich an der Kaffeemaschine zu schaffen machte. Ich ging zu ihm und schloss von hinten die Arme um ihn: „Danke, Mitch, dass du uns nicht die Hölle heiß machst."
Er drehte sich in meinen Armen um und erwiderte meine Umarmung, dabei legte er seinen Kopf auf meinen Scheitel: „Wieso sollte ich euch die Hölle heiß machen? Dein Freund und ich hatten gestern Abend noch ein langes und interessantes Gespräch und es war die einzig logische Schlussfolgerung, dass ich ihm erlaube, hier zu schlafen, wenn ich dich in Sicherheit wissen will. Zwar habe ich nicht alles verstanden, aber doch so viel, dass ich mir nun noch mehr Sorgen um dich mache und dass wir uns gleich über Tristan unterhalten müssen. Von welchen Nachrichten hast du Isaac erzählt und mir nicht?"
„Das hat sie mir auch noch nicht so genau erzählt, nur, dass es sie gibt", schaltete sich Isaac von der Tür aus in unser Gespräch ein. „Holst du mal dein Handy, dann sehen Mitch und ich uns das an." – „Jungs, macht da nicht so ein Drama draus. Wahrscheinlich hatte er nur einen schlechten Tag. Er hat sich seit dem auch nicht mehr gemeldet … er konnte sich nicht melden, denn ich habe seine Nummer blockiert. Er ging mir auf die Nerven und im College habe ich ihn seit dem nicht mehr gesehen. Macht mal nicht aus einer Mücke einen Elefanten…" – „Ob und was wir daraus machen, darfst du gerne uns überlassen und nun hol dein Handy …" Mitch schob mich mit sanftem Druck in Richtung Tür und mir blieb nichts anderes übrig als vor dieser

geballten Macht an Testosteron zu kapitulieren. Noch nie hatte sich mein animalisches Erbe so sehr gemeldet wie in den letzten Stunden – aber es hatte auch bisher noch nie jemand versucht, mich so oft rumzukommandieren wie in den letzten Stunden. Die Katze in mir wollte sich gegen diese Befehle wehren, der Mensch dagegen sah ein, dass die momentane Situation durchaus Vorsicht anriet. Ich musste unbedingt mit Tante Diana reden, wenn (ja, wenn, nicht falls, ich glaubte fest daran, dass wir ihr helfen konnten) sie wieder da war, wie ihr Numus mit einem so dominanten Kerl wie Mitch klar kam. Und dabei hatte der noch nicht mal einen Numus und schon gar keinen Alpha, wie mein … Freund … vorsichtig überprüfte ich den Klang dieses Wortes … ja, es klang richtig … Isaac war wohl mein Freund, auch wenn ich das vor ein paar Tagen … Quatsch, Stunden noch nicht für möglich gehalten hätte.

„Jo, verdammt, hör auf! Ich kann dich denken hören! Das ist nicht lustig, hol dein Handy und schwing deinen Hintern wieder in die Küche!" Ich hörte Mitch ein Lachen unterdrücken und fragte mich nicht zum ersten Mal, was das mit diesem ganzen „Seele erkennen" auf sich hatte. Aber das würden wir später ausdiskutieren. Wenn wir noch reden wollten, mussten wir uns beeilen, um pünktlich ins College zu kommen.

Während ich mir dann einen Kaffee gönnte, sahen die beiden Männer die Nachrichten durch und hörten meine Mailbox ab. Und je mehr Boshaftigkeiten erklangen, desto mehr verfinsterten sich die Mienen der Männer. Ich versuchte ziemlich unbeteiligt zu wirken, aber so geballt hintereinander weg klang das Ganze schon furchteinflößend. Ich hatte mir ja gar nicht alle Nachrichten angehört und irgendwann einfach alles weggedrückt.

„Jo, Kind, das ist alles andere als harmlos, das klingt in meinen Ohren eher vollkommen irre und beängstigend. Ich werde mir diesen Kerl vorknöpfen, ich werde ihn noch heute auf die Wache bestellen, so geht das nicht…". Ich versuchte, ihn zu besänftigen: „Mitch, das wird nicht nötig sein, er war sauer und frustriert. Vielleicht hat er ja wirklich gedacht, wir wären ein Paar und dann hat er überreagiert … er hat es mit Sicherheit nicht so gemeint …"

„Nein, Kätzchen, dein Onkel hat recht, mit sowas scherzt man nicht. Ich traue dem Arsch nicht über den Weg, er hat so eine Art, die echt unheimlich ist. Glaub mir, ich kenne ihn schon mein ganzes Leben lang. Ich werde dich auf jeden Fall aus mehreren Gründen in Zukunft nicht aus den Augen lassen. Mitch, wenn du nichts dagegen hast, dann werde ich nicht mehr von Jos Seite weichen." Ich sah, wie sich Mitchs Gesicht, trotz seiner offensichtlichen Sorge und Wut, zu einem wissenden Lächeln verzog: „Und lass mich raten, mein Junge, das beinhaltet auch einen Umzug in ihr Zimmer?"

Isaac hatte wenigstens den Anstand ein bisschen ertappt dreinzublicken: „Wenn du es gerade ansprichst …, das wäre natürlich die einfachste Lösung." – „Hallo, ihr Machos, werd ich vielleicht auch mal gefragt? Immerhin geht es hier um mich, mein Leben und mein Bett …". Die beiden drehten sich gleichzeitig zu mir um, schüttelten den Kopf und sagten wie aus einem Mund „Nein!" Frustriert warf ich die Arme in die Luft und machte mich auf den Weg in mein Zimmer, um meinen Rucksack fürs College zusammenzupacken. Noch bevor ich mein Zimmer erreichen konnte, schlossen sich starke Arme von hinten um meine Mitte: „Kätzchen, Jo, bitte, versteh mich doch, ich hab dich gerade erst gefunden und möchte dich nicht direkt

wieder verlieren. Außerdem lässt mich mein Numus Dinge fühlen und denken, wenn es um dich geht, die ich bisher noch nie gefühlt habe. Da ist ein Beschützerinstinkt in mir, den ich einfach nicht unterdrücken kann. Ich kann es nicht beschreiben, aber alles in mir brüllt danach, dass ich dich nicht aus den Augen lassen darf." Er vergrub sein Gesicht an meinem Hals und ich spürte, wie sein Körper leicht zitterte, so, als würde ihn diese Situation wirklich belasten. Vertrauensvoll ließ ich mich gegen ihn sinken: „Isaac, du hast selber festgestellt, dass ich eine Katze bin, ich brauche auch ein bisschen Freiheit. Mein Numus kommt mit Befehlen und Bevormundung nicht gut klar, da fährt *sie*, da fahre ich meine Krallen aus. Das musst du auch verstehen."
„Ich weiß, und ich versuche auch, mich zu beherrschen, aber im Augenblick ist das alles so frisch und die Bedrohung zu real, als dass ich dich wirklich in Ruhe lassen könnte. Und sei ehrlich, ganz kalt lassen dich Tristans Nachrichten auch nicht, oder?"
Ich musste ihm recht geben, vor allem, wenn ich mich an das Gespräch mit Monica erinnerte, die mich ja selbst vor Tristans Reaktion gewarnt hatte. Dabei war sie doch seine Freundin. Wozu musste er in der Lage sein, wenn sein Freundeskreis Angst oder zumindest einen Heidenrespekt vor ihm hatte? Ich drehte mich in seinen Armen und legte ihm meine Hände an die Hüften. „Ich glaube, wir beide müssen noch eine Menge lernen, oder? Aber alleine aufs Klo darf ich noch, oder?"
„Und wieder hatte sie das letzte Wort ... Jo, wir müssen echt an unserer Kommunikation arbeiten ... aber jetzt mach dich fertig, wir müssen los." – „Lass mich raten, ich darf nicht mit meinem eigenen Auto fahren?" – „Also doch ein bisschen lernfähig, was?" Damit küsste

er mich auf die Nasenspitze und schob mich in mein Zimmer.

Ungefähr eine halbe Stunde später betraten wir das Collegegebäude und Isaac hatte seine Drohung, mich nicht aus den Augen zu lassen, wohl tatsächlich ernst gemeint. Er begleitete mich bis zum Matheseminarraum, wo Dave und Brian auf mich warteten. Sie begrüßten Isaac mit Handschlag und nahmen mich in den Arm. „Zwerg, mit dir wird es nie langweilig, oder? Nicht nur, dass da eine Wildkatze in dir steckt, nein, du machst dir innerhalb weniger Tage einen der unsympathischsten Typen der gesamten Stadt zum Feind. Reife Leistung, echt. Aber wir passen schon auf dich auf … und bevor du protestierst, Isaac ist mein Alpha und hat es mir befohlen. Ich kann mich diesem Befehl nicht entziehen", dabei guckte Dave mich so gespielt-gequält an und zwinkerte mir zu, dass ich lachen musste. Manchmal ist Lachen wirklich die beste Medizin. Isaac gab mir noch einen Kuss zum Abschied und schlenderte dann in Richtung seiner Veranstaltung davon, während ich mit den beiden anderen den Matheseminarraum betrat. Nach der Vorlesung gingen wir gemeinsam zur Mensa. Es wäre in diesem Moment so einfach gewesen, alles Schlechte zu verdrängen, zu vergessen, einfach nur diese neuen Freundschaften zu genießen, aber immer, wenn ich an Toms Tod, Dianas Schicksal und Tristans komische Nachrichten dachte, wurde mir ganz anders. Und als uns dann auf dem Weg auch noch Gwendolyn über den Weg lief, war meine Laune vollends getrübt. Sie sah aus, als hätte sie seit Tagen nicht geschlafen. Sie war für ihre Verhältnisse kaum gestylt und funkelte mich böse an: „Du bist an allem schuld, wie konntest du Tristan und uns das antun? Mein Bruder hat dir echt vertraut und nun läufst

du hier mit diesen ... Schwuchteln rum, als sei nichts passiert. Glaub mir, das wird dir noch leidtun!" Und dann rauschte sie an uns vorbei in die entgegengesetzte Richtung der Mensa.
„Wow, was war denn das? Da hast du wohl doch ein paar mehr Leuten auf die Zehen getreten, als wir gedacht haben, was?" Brian legte seinen Arm um mich und drückte mich an sich. Ich musste zugeben, dass mich dieser Auftritt doch mehr mitgenommen hatte, denn ich spürte erst jetzt, dass ich am ganzen Körper zitterte. Was sollte ich getan haben? Ich hatte Tristan nicht ein einziges Mal wirklich Hoffnungen gemacht oder zu irgendetwas ermutigt. Wir waren ein paar Mal miteinander ausgegangen, aber nur einmal alleine, sonst immer in Begleitung der anderen. Wir hatten uns nie geküsst, geschweige denn irgendetwas anderes getan. Woher nahm er dieses Anspruchsdenken und vor allem, woher nahmen seine Freunde dieses Anspruchsdenken? Wenn Tristan sich tatsächlich unglücklich in mich verliebt hatte, was ich bei der Kürze der Zeit für eher unwahrscheinlich hielt, dann ging das doch auch höchstens ihn und mich was an. Wieso machten mich Monica und auch Gwendolyn für diese Sache alleine verantwortlich und warum drohten mir beide Weiber? War das nicht ein bisschen melodramatisch?
„Jungs, glaubt mir, ich habe nicht die geringste Ahnung, was das bedeuten soll. Aber so, wie Gwen und Monica sich aufführen, bin ich echt froh, dass da nie viel war und mit Sicherheit nichts mehr sein wird. Die spinnen doch total. Tristan wird sich doch nicht wegen Liebeskummer in einen Hulk oder so verwandeln. Lasst uns in die Mensa gehen und einen Kaffee trinken, was Stärkeres gibt es ja leider nicht!"

Kapitel 10

Das Wochenende war wie im Fluge vergangen. Isaac und ich waren zwischen Mitchs und dem Haus seiner Eltern hin- und hergependelt. Mein Fuchs hatte sein Versprechen erfüllt und mich so gut wie nie aus den Augen gelassen. Wir waren am Samstag zusammen klettern gegangen und hatten dabei viel geredet. Er hatte unser erstes Zusammentreffen auf der Lichtung immer noch nicht vergessen und hatte so lange nachgehakt, bis ich ihm erzählt hatte, warum ich so traurig gewesen war. Also hatte ich ihm erzählt, wie einsam ich mich gefühlt hatte, wie sehr mir seine abweisende Art zugesetzt hatte und wie ich unter der Hilflosigkeit in Bezug auf Diana litt. Er hatte mir geduldig zugehört, hatte mich in seine Arme genommen, hatte mich unendlich sanft geküsst und mir in die Augen gesehen: „Und, geht es dir jetzt besser? Oder willst du immer noch zurück nach Deutschland? Ich hoffe, du entscheidest dich dafür, hier zu bleiben, hier in Purple Beach und bei mir. Denn auch, wenn wir uns erst kurz kennen und wir bestimmt alles andere als einen guten Start hatten, so spüre ich doch, dass du mir wichtig bist und ich dich gerne um mich habe und …" – „Hey, großer, starker Macho, du wirst doch nicht etwa gefühlsduselig werden? Das könnte deinem Image schaden." Ich versuchte, die Situation ins Lächerliche zu ziehen, denn ich hatte ein bisschen Angst, dass mir vor lauter Gefühlen die Tränen in die Augen steigen könnten. Ja, ich hatte Beziehungen gehabt, aber noch nie hatte einer dieser Kerle mein Herz erreicht. Anders verhielt es sich mit Isaac, ich fühlte genau das, was Isaac beschrieb und das machte mir ein bisschen Angst. Ich war immer davon ausgegangen, dass ich nach einem Semester nach Deutschland zurückkehren würde.

Wahrscheinlich mit ein bisschen Wehmut, weil ich den Aufenthalt genossen haben würde, aber ich war ein Familienmensch und hatte mir nie vorstellen können, ein Leben weit weg von meiner Familie zu führen. Bis jetzt ... Isaac und seine Familie gaben mir das Gefühl, voll und ganz akzeptiert und willkommen zu sein. Ich wurde nach dem ersten Abend in alle Entscheidungen mit eingebunden. Isaacs und mein Numus schlossen sich Nacht für Nacht den anderen an und wir liefen gemeinsam durch den Wald – wenn unsere Numa nicht gerade anderes im Sinn hatten und sich von den anderen trennten. Wieder einmal fand ich es unfair, dass unsere Numa zwar jeden unserer menschlichen Schritte mitbekamen und kommentieren konnten, aber was diese Viecher nachts trieben, erfuhren wir nur, wenn sie es uns erzählten. Und ich war mir ziemlich sicher, dass *sie* mir nicht alles erzählte, was *sie* nachts so trieb oder besser trieben. Das hatte ich in den letzten Tagen immer wieder festgestellt, wenn Isaac mit mir über die Geschehnisse der letzten Nacht reden und lachen wollte und wir feststellten, dass er weitaus mehr wusste als ich...

Hey, ich brauche auch ab und zu meine Geheimnisse. Aber jetzt konzentrier dich besser mal auf deinen Freund. Der sieht so aus, was würde er auf eine Antwort von dir warten!

„Sorry, hast du was gesagt? Ich war in Gedanken." – „Jo, wann bist du das nicht? Ich habe manchmal das Gefühl, dass ihr Katzen tatsächlich Einzelgänger seid. Du bist viel öfter mit dir und deinen Gedanken alleine, als jeder andere Numus, den ich jemals kennengelernt habe. Znsere Frauen denken und grübeln nicht halb so viel wie du. Aber vielleicht liegt das auch daran, dass mich bisher noch nie eine Frau so interessiert hat wie du …"

Gott, er fing schon wieder an, über Gefühle zu sprechen, ist das nicht eigentlich eine eher weibliche Eigenschaft? Ich zog mich ein bisschen von ihm zurück, stellte die Beine auf, legte meinen Kopf auf meine Knie und betrachtete ihn.

„Sag mal, ist es dir eigentlich unangenehm, wenn ich dir von meinen Gefühlen erzähle? Jedes Mal, wenn ich über uns reden will, dann ziehst du dich zurück, machst einen Witz oder wechselst das Thema. Soll ich es lassen? Stört es dich? Sieh mich nicht so entsetzt an! Hast du gedacht, ich merke das nicht?" Was sollte ich darauf antworten? Ich war es tatsächlich nicht gewohnt, über meine Gefühle zu sprechen. Ich schloss die Augen und atmete tief durch, aber bevor ich antworten konnte, spürte ich Isaacs Hand an meiner Wange.

„Sieh mich an, bitte. Jo? Ich möchte dich nicht drängen, wenn du nicht mit mir reden willst, dann lassen wir es. Ich kann warten, sag mir nur, dass du dich wohlfühlst, wenn wir zusammen sind, wenn ich dich anfasse, wenn ich dich küsse. Sag mir, dass du gerne Zeit mit mir verbringen willst." – „Isaac, bitte, du musst nicht zweifeln. Natürlich bedeutest du mir etwas, ich bin gerne mit dir zusammen, ich bin glücklich, wenn wir Zeit miteinander verbringen … und ich liebe es, wenn du mich küsst. Aber ich bin es wirklich nicht gewohnt, über meine Gefühle zu reden - und ja, meine Gefühle machen mir Angst und dieses Reden darüber auch." Ich stand auf und brachte Abstand zwischen uns. Ich lehnte mich an einen Baum in der Nähe und blickte in den Himmel. Ich musste mich sammeln, denn ich merkte, wie mir Tränen in die Augen stiegen. Wie, um mich zusammen zu halten, schlang ich meine Arme um mich selber. „Du willst wissen, was ich über uns denke? Okay, ich werde es dir sagen. Oh Gott, ich kann nur hoffen, dass du hinterher nicht böse oder enttäuscht oder traurig bist, denn ich weiß nicht, ob ich es richtig erklären kann. Hör mir bitte bis zum Ende zu, lass mich ausreden und stell Fragen, wenn du irgendetwas nicht verstanden hast. Also – ich bin hier her gekommen, um neue Erfahrungen zu machen, um ein bisschen was zu lernen, um aus meinem selbstgewählten Schneckenhaus herauszukommen. Ich bin ein totaler Familienmensch und hatte immer, wirklich immer, vor, nach einem halben Jahr wieder nach Deutschland zurückzukehren, um dort mit meiner Schwester zusammen zuwohnen und zu studieren. Vielleicht wollte ich hier auch ein paar Partys erleben, wild rumknutschen, mich ein bisschen verlieben …ich sehe, du wirst sauer, das will ich nicht, ehrlich, hör weiter zu, bitte … . Also, soweit mein Plan. Anfangs lief ja auch alles prima. Ich lernte am ersten Abend Tristan und seine Clique kennen und sie wollten Zeit mit mir verbringen. Dann lernte ich Dave und Brian kennen und die waren auch total nett. Doch dann bist du aufgetaucht und hast mich bei jeder passenden und unpassenden Situation fertig gemacht. Monica machte mich an, weil ich mit ´den Schwulen´ rumhing, dann deine Einstellung zu mir. Ich wollte deinen Bruder nicht dazu zwingen, sich zwischen dir und mir zu entscheiden. Als du mich auf der Lichtung getroffen hast, war ich soweit, mir ein Rückflugticket zu besorgen. Dann haben wir uns im Krankenhaus getroffen und dein Cousin ist gestorben … und alles hat sich seit dem so unendlich schnell verändert. Du hast dich geändert … du hast mich verändert. Und ich weiß nicht, ob mir das gefällt. … Nein, falsch, es gefällt mir, sogar sehr, vielleicht zu viel sogar. Aber durch dich fange ich an, alles zu hinterfragen, was ich bisher wollte. Du lässt mich Dinge fühlen und denken, die ich noch nie gedacht oder gefühlt habe. Ich fange an,

darüber nachzudenken, ob ich nicht hier bleiben kann, ob ich eine Zukunft in Purple Beach haben kann ... und das, wo ich dich gerade mal ein paar Tage kenne. Und das macht mir Angst ... und weißt du, was mir noch Angst macht?" Ich machte eine Pause und öffnete die Augen. Isaac war aufgestanden und kam auf mich zu. Er blieb wenige Zentimeter vor mir stehen und legte seine Hände auf meine Arme: „Erzähl es mir, ich will es wissen, wirklich."
„Wenn ich dich ansehe, dann sehe oder fühle ich deine Seele, ich fühle deinen Numus und zwar auf einer Ebene, auf der ich noch nie einen Numus wahrgenommen habe. Es fühlt sich ... wichtig oder mächtig an. Ich kann es leider nicht besser erklären. Aber ... du bist 23 und ich bin 19 und ich glaube nicht an Seelenverwandtschaft oder irgendeine Form von Numusverbindung. Gott, das ist so frustrierend. Ich kann es gar nicht beschreiben."
Isaac sah mich fragend an. „Bist du fertig? Darf ich jetzt reden? ... Gut, also, was diese Numussache angeht – ich sehe und fühle dich genauso. Wir kennen Geschichten über dieses Phänomen, nichts Handfestes, nur Gerüchte. Aber es kommt wohl immer mal wieder vor. Und zwar dann, wenn die Herzen von Tier und Mensch genauso empfinden. Wenn die Numa sich wirklich und richtig verlieben und die Menschen auch, dann entsteht ein besonderes Band. Normalerweise verstehen sich die Numa zweier Menschen einfach nur gut oder eben nicht, aber in den seltensten Fällen sind tiefe Gefühle involviert. Bei meinem Bruder und Brian war es so ... und bei uns wohl auch. Es ist nichts, gegen das man sich nicht wehren könnte, wenn man es will oder eben nicht will. Ich kann verstehen, dass es dir Angst macht, mir macht es auch Angst. Aber ich wäre mehr als bereit, mit dir zusammen rauszufinden, wohin

das mit uns gehen kann. Und auch, wenn du das jetzt wahrscheinlich nicht hören willst, weil wir uns erst so kurz kennen und es sowas in deinem Leben nicht geben darf: Jo, ich habe wirklich das Gefühl, dass ich auf dem besten Weg bin, mich in dich zu verlieben. Du bist mir wichtig und ich möchte dich glücklich sehen."
Plötzlich fiel mir eine Buchreihe über glitzernde Vampire ein … oh Gott, da gab es doch auch so eine komische Art von Seelenverwandtschaft, eine, bei der der eine gar nicht anders konnte, als den anderen glücklich zu machen. Ob das jetzt bei Isaac und mir auch so sein würde? Oder wie bei diesen Gänsen, von denen ich in der Schule in Biologie gehört hatte. Die, die sich auf das erste Lebewesen prägen, das ihnen nach ihrem Schlüpfen über den Weg läuft und dem sie dann immer folgen müssen. In meiner Fantasie sah ich Isaac mir auf Schritt und Tritt folgen und dabei Piepslaute ausstoßen und ich musste lachen. Ich konnte nichts dagegen tun. Das Lachen stieg mir den Hals hoch und die Tatsache, dass wir im Grunde gerade bei einem ziemlich ernsten Thema waren, machte die Sache nicht besser. Denn ich versuchte das Lachen zu unterdrücken, aber das gelang mir so gar nicht, im Gegenteil, es machte die Sache nur schlimmer.
Isaac sah mich durch halb geschlossene Lider fragend, aber nicht sauer, an. „Was genau findest du an meiner Liebeserklärung so witzig, Kätzchen?" Auch seine Stimme klang nicht wütend, eher ein bisschen lauernd. Er war mir auch mit seinem Gesicht näher gekommen und fuhr mir mit seiner Nasenspitze über die Wange.
„Nichts, wirklich, ich hatte nur eben eine Art Vision, wie unser Zusammenleben in Zukunft aussehen könnte, wenn du auf mich geprägt wärst." Nun konnte ich mein Lachen nicht länger unterdrücken und prustete los. Isaac wartete geduldig, bis ich mich wieder beruhigt

hatte und beobachtete mich mit einer Mischung aus Neugierde und Belustigung. So, als würde er sich gerade fragen, unter welcher Art von Geisteskrankheit seine Freundin wohl litt und was man dagegen tun könnte. Als ich mich beruhigt hatte – und das hatte bestimmt ein paar Minuten gedauert – legte ich meine Arme um Isaacs Hals und zog sein Gesicht wieder nahe an meines heran, so nah, dass sich unsere Lippen berührten, dann flüsterte ich: „Deine Liebeserklärung macht mich glücklich, wirklich glücklich, aber gib mir bitte etwas Zeit, mich daran zu gewöhnen, dass du innerhalb weniger Tage mein Leben komplett auf den Kopf gestellt hast. Wenn ich an morgen denke, dann sehe ich dich in meinem Leben und all meine wohldurchdachten Pläne sind dahin und das macht mir wirklich Angst. Du weißt ja, dass Katzen sich eher an einen Ort und weniger an einen Menschen binden. Vielleicht werden wir doch mehr von unserer animalischen Seite bestimmt, als wir es bisher wussten. … Aber jetzt fordert der Mensch in mir sein Recht." Und mit diesen Worten schloss ich die winzige Lücke, die unsere Lippen noch voneinander trennte und küsste ihn. Isaac ließ sich nicht lange bitten und vertiefte unseren Kuss ganz nach seinen (und auch meinen) Wünschen. Und je länger unser Kuss dauerte, desto mehr verblassten alle negativen und zweifelnden Gedanken, es fühlte sich einfach nur gut, richtig und wundervoll an. Mann, dieser Kerl konnte küssen! Und Hände hatte er … wenn wir jetzt nicht mitten im Kletterwald, sondern irgendwo in der Nähe eines Bettes oder zumindest eines geschlossenen Raums oder wenigstens eines uneinsehbaren Gebüsches wären, dann wäre das hier mit Sicherheit ausgeartet. Aber von außen betrachtet, boten wir wohl auch so schon ein nettes Bild, zumindest, wenn man nach den Pfiffen und

Anfeuerungsrufen ging, die jetzt erschollen.
„Hey, ihr beiden, wenn ihr so weiter macht, dann werdet ihr die größte Attraktion in diesem Park. Aber vielleicht kümmert ihr euch einfach mal um eure Klettergruppe, die wartet nämlich auf euch und die haben mit Sicherheit kein Geld bezahlt, nur um euch beim Rummachen zu beobachten! Schwingt eure verliebten Ärsche hier rüber und arbeitet für euer Geld!"
Lachend lösten wir uns voneinander. Isaac sah mir fragend in die Augen: „Sind wir gut? Alles klar, Kätzchen?" Ich drückte ihm noch einen schnellen Kuss auf die Lippen: „Ja, Füchschen, alles gut, wirklich. Lass uns arbeiten und dann heute Abend Pizza essen mit deinem Bruder und Brian und dann … wird uns mit Sicherheit noch etwas einfallen!"

Er musste sich besser unter Kontrolle bekommen. Aber dieses Weib zu schlagen, hatte so gut getan. Warum musste sie ihm auch unter die Nase reiben, dass seine Freundin mit diesem Niemand rummachte? Aber er musste sich besser in den Griff bekommen.
So konnte er schlecht unter Leute gehen, ohne aufzufallen und auffallen war gar nicht gut. Gar nicht.
Aber es war so frustrierend. Er hatte sich vergewissern wollen, dass das Weib log. Doch stattdessen musste er feststellen, dass dieser Niemand bei ihr zu Hause wohnt. Sie fuhr mit dem zusammen zum College – mit dem! Dabei sollte sie an seiner Seite sein!
Und die, die sich im Chat die Hunter genannt hatten, machten sich über ihn lustig. Er wäre erst würdig, wenn er Beweise bringen könnte. Aber er konnte nichts beweisen, er hatte zu wenig Informationen. Er wusste nicht genau, wonach er suchen musste und statt ihm zu helfen, wiesen sie seine Anfragen immer öfter ab. Er hatte diesen Fuchs getötet, es hatte nichts gebracht, er hatte einen weiblichen Luchs gefoltert, ihm ein Bein gebrochen, es hatte nichts gebracht.
Er war so frustriert ...
Aber heute würde er sich um seine Freundin kümmern, er musste sich nur mehr im Griff haben. Er würde mit ihr

reden und sie würde ihn verstehen,
sie würde mit ihm kommen.
Sie liebte ihn doch!

Kapitel 11

Der Montag und damit der Alltag kamen viel zu früh wieder. Ich war Tristan seit über einer Woche nicht mehr begegnet und wenn es nach mir gegangen wäre, dann wäre es auch so geblieben. Aber da es sich um ein kleines College handelte, waren die Chancen dafür sehr gering. Wie die letzten Tage auch, fuhren Isaac und ich mit einem Auto dorthin und er begleitete mich zu meinem ersten Seminar, bevor wir uns verabschiedeten. Die Kaffeepause verbrachten wir wieder gemeinsam mit Isaacs Freunden. Wie sich herausgestellt hatte, handelte es sich ausnahmslos um Numa – was auch erklärte, warum Isaac immer einen Sitzplatz bekam, egal, wie spät er sich den anderen anschloss. Diese ganze Alphanummer würde ich wohl erst so nach und nach verstehen, zumal die sich jetzt auch auf mich ausdehnte. Und dabei hasste ich es, im Mittelpunkt zu stehen.
Wenige Tische trennten uns von Gwendolyn und ihren Freundinnen, wobei ich Tristan nicht dabei sah und Xander zusammen mit Stefanie an einem anderen Tisch saß – Stress in der Clique? Aber was ging es mich an? Monica war dick geschminkt und ihre Haut unterhalb des Auges schimmerte leicht bläulich durch die Schminke hindurch. Was war mit ihr passiert, hatte sie einen Unfall gehabt? Und wieso ermordeten mich diese Weiber immer noch mit Blicken? Sie steckten die Köpfe zusammen, flüsterten und sahen sich immer wieder zu mir um. Woher ich das wusste? Ich hatte mich unaufmerksamerweise genau so gesetzt, dass ich gar nicht anders konnte, als immer wieder in ihre Richtung zu sehen. Darauf würde ich in Zukunft achten müssen, denn es nervte tierisch. Um ihren Blicken zu entgehen und weil ich einfach auch musste, verließ ich

den Tisch und machte mich auf den Weg in Richtung Toilette. Isaac war so ins Gespräch mit seinem Bruder vertieft, dass er meine Abwesenheit wahrscheinlich gar nicht bemerken würde.
Die Toiletten lagen etwas abseits der Mensa. Im Grunde musste man das Gebäude verlassen und um eine Ecke gehen, denn es gab in diesem Trakt nur Toiletten, die vom Hof aus zu erreichen waren. Das lag wohl daran, dass das Gebäude schon älter war und man früher vielleicht Bedenken wegen der möglichen Geruchsbelästigung gehabt hatte. In Deutschland wäre das eher undenkbar. Aber an einem Ort, wo Regen oder niedrige Temperaturen die Ausnahme waren, störte es wohl keinen. Und auch ich hatte mich relativ schnell an die örtlichen Gegebenheiten gewöhnt. Es war ja auch kein langer Weg, eher ein bisschen nervig, dass man um einen Teil des Gebäudes herumlaufen musste. Ich war schon fast am Eingang der Damentoilette angekommen, als ich hinter mir eine Stimme hörte, die meinen Namen rief. Sie wirkte ein wenig verzerrt, gepresst, so dass ich mich umdrehen musste, um festzustellen, zu wem sie gehörte – es war Tristan. Den hatte ich ja fast erfolgreich verdrängt.
„Tristan, was kann ich für dich tun? Willst du dich für deine Nachrichten entschuldigen, oder warum bist du hier?"
„Ich soll mich bei dir entschuldigen? Kannst du mir bitte sagen, warum ICH mich bei DIR entschuldigen sollte? Immerhin machst du hinter meinem Rücken mit diesem … Kletterer rum."
„Was soll das heißen, hinter deinem Rücken? Was geht es dich an, mit wem ich rummache? Und überhaupt, ich mache nicht mit Isaac rum, wie du es so schön ausdrückst. Er ist mein Freund, da werde ich ihn doch wohl küssen dürfen."

Tristan sah mit einem Mal fast traurig aus, er ballte seine Hände zu Fäusten und öffnete sie wieder. Er sah mich an und kam zwei Schritte auf mich zu: „Ach Jo", sagte er mit leiser Stimme, „du irrst dich. Er ist nicht dein Freund, du und ich, wir gehören zusammen. Das habe ich schon am ersten Abend gemerkt, als ich dich mit deinem Onkel zusammen im Diner getroffen habe. Wir hatten eine so schöne Zeit, bis … bis dieser Wichser dich beim Klettern dazu gebracht hat, nicht mit mir, sondern mit ihm zu gehen. Er hat alles kaputt gemacht, was wir hatten, er hat dich verändert."
Da musste ich ihm recht geben, Isaac hatte mich verändert, aber mit Sicherheit nicht so, wie Tristan es meinte. Aber dann musste ich an seine Nachrichten denken und beschloss, ihn besser nicht zu reizen. Er war wohl doch etwas durchgeknallt.
„Tristan, hör mir zu, es tut mir leid, wenn du da irgendwas falsch verstanden hast. Du und ich, wir sind und wir waren nie ein Paar. Isaac hat nichts damit zu tun, dass es zwischen uns nicht geklappt hat. Wir sind einfach zu verschieden …" – „Nein, Jo, das meinst du nicht wirklich. Das kannst du nicht wirklich so meinen …", bei diesen Worten war er noch einen Schritt näher an mich herangetreten, so nah, dass uns nur noch eine Armlänge trennte. Ich sah ihm in die Augen. Ich versuchte darin zu erkennen, was er dachte und ob er das tatsächlich alles ernst meinte. Stattdessen sah ich ein Flattern in seinem linken Augenlid, das ich noch nie gesehen hatte. Es war ein klares Zeichen für eine innere Anspannung, die er zu unterdrücken versuchte. Außerdem wirkte sein Blick unnatürlich starr und in die Ferne gerichtet. Ehrlich gesagt, sein Blick machte mir Angst. Er wirkte nicht wie er selber, eher so, als würde er … Mit einer blitzschnellen Bewegung griff er mir an den Hals, drückte mich gegen die Wand und verstärkte

den Griff um meinen Hals, während er sein Gesicht ganz nah an meines brachte. Dann flüsterte er mir mit gepresster Stimme zu: „Sag mir, dass du das nicht so meinst. Du bist meine Freundin und du wirst mir nicht wegen dieses armen Schluckers den Laufpass geben. Das kannst du nicht tun. Keine Fotze hat mich jemals wegen eines Niemands verlassen. Wenn ich genug von dir habe, dann darfst du die Beine breit machen für wen du willst, aber im Moment, GEHÖRT DAS MIR." Und mit mehr Kraft, als ich ihm zugetraut hätte, griff er mir mit seiner freien Hand in den Schritt und kniff mich dort unsanft, während er gleichzeitig den Druck auf meinen Hals noch erhöhte. Bisher hatte mich die Angst gelähmt, doch nun versuchte ich, meine Hände unter seine Finger zu bekommen, um so seinen Griff etwas zu lockern. „Tristan, du tust mir weh … ich bekomme keine Luft …bitte" – „Das geschieht dir recht. Glaubst du, dein Verrat tut mir nicht weh und die Tatsache, dass du diesen Pisser küsst, nimmt mir nicht die Luft zum Atmen? Jetzt bittest du um Verzeihung? Wieso hast du das nicht vorher getan? Bevor du mich so wütend gemacht hast. Ihr Fotzen seid doch alle gleich. Hinterher wisst ihr immer, wie ihr euch zu verhalten habt, aber erstmal müsst ihr mich provozieren. Wieso steht ihr nur immer auf die harte Tour?"

Durch meinen Tränenschleier sah ich, dass er die Hand zum Schlag erhoben hatte …

Hatte er schon immer diesen irren Ausdruck in den Augen gehabt?

Ich versuchte, seinen Griff zu lockern, indem ich seinen Arm zerkratzte. Ich trat nach ihm und dann traf mich die Ohrfeige, die meinen Kopf zur Seite gegen die Wand krachen ließ. Kurz bevor mir schwarz vor Augen wurde, glaubte ich einen Schrei zu hören …

Isaac

Irgendetwas stimmte nicht, das spürte ich. Ich konnte es nicht genau beschreiben, aber ich spürte etwas, das wie ein Schrei klang in meinem Innersten. Suchend sah ich mich um. Jo hatte doch eben noch neben mir gesessen, wo war sie hin?
„Isaac, hörst du mir zu? Was ist los?"
„Dave, hast du Jo gesehen?"
„Mann, du bist ja regelrecht besessen von deiner Katze. Wo wird sie schon hin sein? Vielleicht aufs Klo? Sie wird schon auf dem kurzen Stück nicht unter die Räder kommen."
„Du verstehst das nicht, irgendetwas stimmt nicht, ich kann es spüren. Komm mit …" Ich wartete seine Reaktion gar nicht erst ab und sprang auf. Der Weg zu den Toiletten war nicht weit, nur umständlich und nie hatte ich ihn mehr verflucht als heute. Als ich um die Ecke bog, brauchte mein Verstand einen Moment, um die Situation zu erfassen, die sich mir da bot. Tristan hielt Jo mit der linken Hand am Hals gegen die Wand gedrückt und mit der rechten holte er gerade zu einer Ohrfeige aus. Ich startete sofort, aber in diesem Moment traf seine Hand Jos Kopf, der von der Wucht gegen die Hauswand geschleudert wurde. „NEIN…."
Ich erreichte die Beiden Sekunden zu spät und riss Tristan von Jo weg, die leblos an der Wand entlang nach unten rutschte. Ich warf Tristan auf den Boden und prügelte in blinder Wut auf ihn ein. Statt sich zu wehren, ließ er nur ein irres Lachen hören. Ich hätte ihn in diesem Moment wohl totgeschlagen, hätten Dave und Brian mich nicht von ihm weggezogen.
Wie durch einen Nebel hörte ich meinen Bruder auf mich einreden: „Isaac, hör auf, er ist es nicht wert, kümmere dich lieber um Jo, los, Bruder, komm zu dir

… hör auf …"
Jo, richtig, Tristan hatte Jo geschlagen. Oh Gott, wo war sie, wie ging es ihr? Ich ließ mich von Dave - oder war es Brian? – von Tristan runterziehen und sah mich suchend nach Jo um. Die saß mit tränenverschmiertem Gesicht an die Wand gelehnt. Ein mir unbekanntes Mädchen kniete neben ihr. Sie schien wieder bei Bewusstsein zu sein. Aber sie hielt sich ihren Hals und ich konnte zwischen ihren Fingern die roten Würgemale sehen, die Tristans Finger hinterlassen hatten. Ich warf Dave mein Handy zu: „Ruf Mitch an und einen Krankenwagen, sie sollen sich beeilen!" Ich war mit drei großen Schritten neben Jo. Kaum, dass ich mich neben sie gekniet hatte, warf sie sich in meine Arme. „Isaac, es tut mir leid, es tut mir so leid, ich wollte nur schnell auf die Toilette und plötzlich war er hinter mir. Ich war nicht stark genug … ich war einfach nicht stark genug…"
Ich drückte sie an mich, hielt ihre linke Wange vorsichtig in meiner Hand. Man sah nicht nur am Hals die Fingerabdrücke dieses Arschs, nein, auch auf ihrer Wange hatte er so stark getroffen, dass man den Handabdruck erkennen konnte, ihre Lippe war aufgeplatzt und sie zitterte am ganzen Körper. „Alles wird gut, Kätzchen, ich bin jetzt da, er kann dir nichts mehr tun. Dein Onkel ist gleich da, dann landet er im Gefängnis und dich bringen wir ins Krankenhaus und ich bleibe die ganze Zeit bei dir."
„Es tut mir so leid, Isaac, ich bin so müde und mir tut alles weh …"
„Dir muss nichts leidtun, Jo, ruh dich aus, ich passe auf dich auf."
„Bleibst du bei mir, bitte?"
„Immer, Kätzchen, immer…", antwortete ich, aber ich war mir nicht sicher, ob sie das noch gehört hatte, denn

sie schien wirklich ohnmächtig zu sein. Ich konnte nur hoffen, dass ihr Numus genug Verstand hatte, um jetzt nicht aufzutauchen. Und während wir auf Mitch und den Krankenwagen warteten, versuchte ich etwas, was ich noch nie getan hatte. Ich suchte in meinem Inneren nach der Verbindung, die zwischen meinem und ihrem Numus zu herrschen schien und tatsächlich fand ich ihre doppelte Seele. Es fühlte sich an, als würde *sie* verängstigt ganz tief in Jo sitzen und hin- und hergerissen sein, ob *sie* Jos Körper verlassen sollte oder nicht. Ich versuchte, *sie* zu erreichen, mit *ihr* zu kommunizieren. Ich versuchte, *sie* zu beruhigen und davon zu überzeugen, dass *sie* in Jos Körper bleiben musste. Ich kam mir ein bisschen vor, als würde ich Selbstgespräche führen, aber nicht mit meinem, sondern mit ihrem Numus.

Isaac, lass mich das machen, ich weiß, wie ich sie erreiche, ich hab das zwar noch nie getan, aber es scheint eine Art Instinkt zu sein ...

Selten war ich so froh, dass mein Numus mit mir redete. Und dann fühlte sich mein ganzer Körper an, als würde er innerlich vibrieren oder summen. Es war ein komisches Gefühl, aber es erfüllte seinen Zweck, denn ich konnte fühlen, wie sich Jos Numus immer mehr beruhigte und *ihre* Verwirrung nachließ.

Kapitel 12

Ich kämpfte gegen eine bleierne Müdigkeit, ich wollte wach werden. Langsam tastete ich um mich herum. Ich lag eindeutig nicht in meinem Bett. Vorsichtig öffnete ich ein Auge und sah mich um. Himmel, ich hatte Kopfschmerzen, mein Gesicht und mein Hals taten weh, als hätte ich stundenlang geschrien. Die Vorhänge vor dem Fenster waren leicht geöffnet und anhand der Helligkeit, die von draußen herein schien, musste es früher Abend sein. Ich versuchte, mir mit der Hand über das Gesicht zu fahren. Da bemerkte ich, dass eine Infusionsnadel in meinem Arm steckte. Und dann fiel mir alles wieder ein! Mein Gang zur Toilette, Tristan, der mir aufgelauert hatte, die Kraft, mit der er mich gehalten, gewürgt, geschlagen hatte. Seine irre Rede und sein noch irrerer Blick, der Schrei, den ich gehört hatte, kurz bevor mir schwarz vor Augen geworden war. Dann Isaac, der mich gehalten hatte, der meinen Numus beruhigt hatte, der …

„Isaac …", Gott, das Sprechen tat weh und meine Stimme klang nicht wie meine Stimme. Mir stiegen die Tränen in die Augen. Und nur einen Augenblick später spürte ich, wie jemand meine Hand nahm. „Jo? Du bist wieder wach? Gott sei Dank. Die Ärzte wussten nicht, wie lange es dauern würde. Du hast uns allen einen riesigen Schreck eingejagt …"

„Ich …", aber Isaac ließ mich nicht weitersprechen.

„Psst, mein Schatz, Tristans Würgen hat deine Stimmbänder leider so stark gereizt, dass sie für ein paar Tage geschont werden müssen."

„Was … Mitch…"

„Mitch war bis eben auch hier, aber er musste weg, Tristan ist in Haft und dein Onkel wollte selber dabei sein, wenn der seine Aussage macht. Leider hat das

etwas gedauert, denn die Familie hat so einen teuren Anwalt für ihren goldenen Sohn einfliegen lassen. Als könnte er irgendetwas an den Tatsachen ändern…", ich spürte, wie Isaac sich vor lauter Wut und Frust versteifte, so, als wollte er nochmal auf Tristan einschlagen. Ich fuhr ihm mit dem Daumen sanft über seine Hand, aber auch diese Bewegung tat mir weh.
„Wie lange …", krächzte ich. Gott, tat der Hals weh, im Grunde tat mir alles weh. Aber warum eigentlich? Tristan hatte mich doch nur gewürgt und mir eine Ohrfeige verpasst. „Warum … Schmerzen?"
„Du bist kurz bevor der Krankenwagen kam, ohnmächtig geworden, das war vor fast fünf Stunden. Der Arzt meinte, dass diese Ohnmacht mehr mit einer Schutzfunktion deines Körpers als mit der Gehirnerschütterung zu tun hatte. Aber als ich Tristan von dir weggezogen habe, bist du leider ziemlich unsanft auf den Boden gefallen und hast dir zusätzlich zu den Verletzungen, die du schon durch Tristan hattest, noch ein paar blaue Flecken zugezogen und das Handgelenk geprellt. Es tut mir so leid, dass ich zu spät war …"
Isaac legte seinen Kopf leicht auf meine Brust und ich spürte, wie sein Körper zitterte. Ich glaubte sogar, dass er weinte. Mühsam legte ich meine Hand auf seinen Hinterkopf und streichelte ihn. „Ist … nicht … deine Schuld … ich …"
„Nein, es ist auch nicht deine Schuld. Es war einzig und alleine Tristan. Wir haben ihn alle unterschätzt, keiner hat ihm sowas zugetraut. Gott, Kätzchen, tu mir sowas nie wieder an. Bitte! Dich hier im Krankenhaus zu sehen, ist das Schlimmste, was ich je erleben musste. Nichts hat sich jemals so fürchterlich angefühlt!"
„Wann … heim?"
„Wann du nach Hause darfst? Du musst auf jeden Fall

diese Nacht zur Beobachtung hier bleiben, denn durch die lange Ohnmacht wollen sie dich nicht unbeaufsichtigt lassen." Ich riss vor lauter Angst die Augen auf. Was, wenn mein Numus auftauchte, sobald ich einschlief?

Also bitte, ich bin ja nicht ganz verblödet, ich weiß, dass ich nicht auftauchen darf. Außerdem hat dein Freund vorhin für eine Stunde die Tür abgeschlossen und mich rausgelockt. Frag mich nicht, wie er und sein Numus das hinbekommen haben. Auf jeden Fall haben sie mich dazu gebracht, dich zu verlassen und Isaac hat dann die ganze Zeit mit mir gekuschelt, mich beruhigt, bevor er mich in dich zurückgeschickt hat. Ist der jetzt auch irgendwie mein Alpha? Ich weiß nicht, ob mir das gefällt ...

Das war auch so ziemlich das Letzte, was ich noch mitbekam, dann schlief ich wieder ein.

Einige Zeit später wurde ich durch Stimmen geweckt. Allerdings fühlte ich mich so müde und kaputt, dass ich der Unterhaltung zwar folgen, mich aber nicht bemerkbar machen konnte. Ob die mir irgendein Zeug in die Infusion gemacht hatten, damit ich schlief?

„Wie geht es Jo?" – eindeutig die besorgte Stimme meines Onkels. – „Sie war vor einer Stunde kurz wach und schien sich an alles zu erinnern. Sie hat nicht viel gesagt, denn das Sprechen tat ihr wohl tatsächlich weh, das hatten ja die Ärzte schon befürchtet. Gott, ich würde diesen Kerl gerne nochmal in die Finger bekommen für das, was er Jo angetan hat ..." – „Junge, glaub mir, das würde ich auch gerne, aber so funktioniert das Rechtssystem nun mal nicht. Er sitzt im Gefängnis ..." – „Was hat er denn ausgesagt?" – „Im Grunde leider nicht viel, sein Anwalt hat ihm den Mund verboten. Aber was er gesagt hat, klang ziemlich irre. Es ging um Jo und dass sie ihm gehöre, dass du alles kaputt gemacht hättest. Ich glaube, der kommt so schnell nirgendwo mehr hin. Allerdings hat er gedroht, dich wegen Körperverletzung anzuzeigen und ich muss sagen, du hast ihn wirklich ziemlich zugerichtet. Nicht, dass er es nicht verdient hätte, aber …" – „Und ich würde es jederzeit wieder so machen, wenn jemand Hand an Jo legt!" – „Junge, beruhig dich, Jo braucht Ruhe und keinen Freund, der in Schwierigkeiten gerät, weil er eine Dummheit macht. Lass das die Justiz machen! Zurück zu Jo – war schon mal ein Arzt hier, was sagt er?" – „Jo wird wieder, alles kommt in Ordnung und wenn sie die Nacht ruhig schläft und morgen bei der Untersuchung wach und ansprechbar ist, dann entlassen sie sie am Nachmittag. Ich … ich würde Jo dann gerne mit zu mir nehmen, da sind mehr Leute, die sich um sie kümmern können. Du kannst sie dann gerne besuchen, wann immer du Zeit hast, aber ich will sie nicht aus den Augen lassen. Ich kann nicht, mein Numus lässt mich nicht. Es ist …" – „Mach dir keine Sorgen, Isaac, ich würde dasselbe tun, wenn es Diana wäre. Ich versteh diesen ganzen Numuskram zwar nicht, aber wenn du für Jo ähnlich empfindest, wie ich damals und heute immer noch für Diana, dann kann ich dich verstehen. Nach allem, was ich in den letzten Tagen und Wochen über dich und deine Familie gelernt habe, dann glaube ich, dass ich mir keinen besseren Mann für Jo wünschen könnte. Auch, wenn ihr beide so verdammt jung seid und euch erst so kurz kennt!"

Bevor die Beiden jetzt völlig gefühlsduselig wurden, machte ich lieber auf mich aufmerksam. Vorsichtig probierte ich meine Stimme aus. Ob sie immer noch so rau und kratzig klang? Ob der Hals immer noch so weh tun würde? Scheiße, es fühlte sich sogar ein bisschen so an, als würden Tristans Finger immer noch zudrücken.

Wann würde diese Enge wohl nachlassen?
„Mitch…, Isaac …", jupp, es kratzte und piekste immer noch. Ich musste was trinken: „Durst!" Ich spürte, dass beide Männer sofort an meiner Seite waren. Mitch ergriff meine Hand und Isaacc hielt mir einen Becher mit einem Strohhalm an den Mund: „Der Arzt hat gesagt, du musst in ganz kleinen Schlucken trinken, sie wissen nämlich noch nicht, ob auch deine Speiseröhre gequetscht ist. Gott, ich …", er verstummte und ich hob den Blick, um ihm in die Augen zu sehen. Ich las darin so viele verschiedene Emotionen, Wut und Furcht, Liebe und Hass. Und ich spürte diese Emotionen auch durch unser … Band, okay, geben wir dem Ding einen Namen, nennen wir es Band. Seine Seele wirkte wie zerrissen, so sehr belastete ihn die Situation. Er gab sich tatsächlich die Schuld an dem, was passiert war, genauso, wie ich mir die Schuld gab. Eigentlich wussten wir beide, dass keiner von uns Schuld war. Wenn Tristan mich heute nicht erwischt hätte, dann hätte er eine andere Möglichkeit gefunden, das war mir mittlerweile klar geworden. Aber da half alles Reden nicht. Wir würden es beide nicht ändern können, wir mussten mit der Situation klar kommen und das würde Zeit brauchen. Immerhin wurde man nicht jeden Tag von einem Irren bedroht und geschlagen, der fest davon überzeugt war, dass man sein Eigentum wäre. Mir fielen in diesem Moment auch Monicas und Gwendolyns Reaktionen ein – wie viel seiner wahren Persönlichkeit hatte er ihnen gezeigt, dass sie Angst vor ihm gehabt hatten? Denn ich konnte mir nicht vorstellen, dass er diese beiden auch so lange getäuscht hatte. Nicht, wenn man die Aussagen der beiden betrachtete. Aber all das konnte ich Isaac jetzt nicht sagen, zum einen konnte ich wirklich nur schwer sprechen und zum anderen war ich immer noch müde.

So beließ ich es dabei, dass ich ihm in die Augen sah, während ich etwas trank. Das tat zum Glück fast gar nicht weh, außerdem legte ich ihm wie zur Beruhigung meine Hand auf den Unterarm und streichelte ihn sanft mit dem Daumen.

„Na, da ist ja jemand wach und lässt sich verwöhnen. Wie geht es uns denn? Sie haben mir eine Zeit lang wirklich Sorgen gemacht, junge Frau." Lernten Ärzte eigentlich auf der Uni, wie man sich möglichst seltsam ausdrückte? Dieser hier hatte es auf jeden Fall besonders gut drauf. Er begrüßte Mitch mit Handschlag und einem knappen Nicken, bevor er sich Isaac zuwendete: „Ich muss Jo untersuchen, so lange muss ich dich bitten, draußen zu warten." Bei diesen Worten versteifte sich mein ganzer Körper, nein, das ging nicht, Isaac musste bei mir bleiben. Erst, als Isaac vorsichtig einen meiner Finger nach dem anderen von seinem Arm löste, spürte ich, dass ich wohl ziemlich fest zugedrückt haben musste. „Schon gut, Kätzchen, ich bin gleich vor der Tür und komme wieder rein, sobald der Arzt es erlaubt. Ich muss sowieso mal kurz telefonieren. Ich muss ein bisschen was organisieren, denn dein Onkel und ich haben beschlossen, dass du morgen mit zu mir kommst. Da sind mehr Leute, die sich um dich kümmern können." Er drückte mir einen sanften Kuss auf die Stirn und sagte im Hinausgehen zum Arzt: „Jo ist gerade zum zweiten Mal aufgewacht und hat ein bisschen getrunken." – „Danke, mein Junge, ich sag dir Bescheid, wenn du wieder rein kommen darfst."
Mitch durfte natürlich bleiben, obwohl er kein Blutsverwandter war. Ob das nun daran lag, dass er ein Cop war oder weil er irgendwie – wenn auch nur angeheiratet – mit mir verwandt war, war mir egal, ich war froh, nicht alleine zu sein.

„So, dann wollen wir mal schauen. Der Kerl hat dir

ordentlich was angetan. Ich frag mich ja immer, wie ein Mensch so etwas einem anderen Menschen antun kann, und wenn ich das richtig verstanden habe, dann ging es hier um eine Art von Eifersucht?! Man soll es nicht für möglich halten, dass es sowas gibt. Also, fangen wir mit den Dingen an, die dieser Kerl dir zugefügt hat. Deine Stimmbänder wurden gequetscht und die Würgemale werden hässliche, blaue Flecken hinterlassen. Aber nichts, was die Zeit nicht heilen würde. Isaac sagt, du hättest gerade etwas getrunken, hat das weh getan? … Nein? Gut, das heißt, dass deine Speiseröhre sich schon erholt. Deine Wange wird sich noch eine Weile geschwollen anfühlen, aber zum Glück scheint der Schlag keine Zähne gelockert zu haben, oder schmeckst du Blut im Mund, hast du Zahnschmerzen? Du hast eine leichte Gehirnerschütterung und wir haben dir neben Schmerzmitteln auch ein leichtes Schlafmittel gegeben, damit dein Körper zur Ruhe gekommen ist. Leider bist du, nachdem du frei warst, etwas unsanft auf dem Boden gelandet. Dabei hast du dir das Handgelenk verstaucht und ein paar Abschürfungen zugezogen.…"
Scheiße, als er das alles so nüchtern aufzählte, merkte ich erst, was mir noch alles weh tat. Und ich war froh, dass er Isaac rausgeschickt hatte, wer konnte sagen, wie er auf diese Aufzählung reagiert hätte?
„So, und nun musst du mir zwei Gefallen tun, zum einen musst du mal selbst in dich hineinspüren und dir überlegen, ob und wo dir noch etwas weh tut und dann werde ich dir gleich eine Schwester und eine Polizistin schicken, denn – und das wird dir dein Onkel bestätigen – wir werden leider ein paar Fotos von dir machen müssen. Die Polizei braucht eine Dokumentation deiner Verletzungen."
Ich machte mich also an eine Bestandsaufnahme

meines Körpers. Zwar zwickte es überall ein bisschen, so als hätte ich am ganzen Körper einen Muskelkater, aber nichts wirklich Schlimmes. Ich fuhr mir mit der Zunge über die Zähne, da fühlte sich auch nichts locker an. „Außer dicken Kopfschmerzen und vielen blauen Flecken spüre ich nichts weiter, … das Sprechen tut weh und mein Hals fühlt sich so an, als würde er immer noch zugedrückt, aber sonst geht es." Ich formulierte die Antwort langsam, merkte aber selbst, dass jedes Wort flüssiger klang.

„Das klingt gut und das mit deinem Hals ist normal. Du musst ein wenig mit dem Sprechen aufpassen, es wird dich und deine Stimmbänder anfangs etwas anstrengen, aber du musst aufpassen, dass du nicht in eine `Schonhaltung` verfällst und nur noch vorsichtig artikulierst, das wäre auch nicht gut. Wenn morgen deine Kopfschmerzen besser sind, dann darfst du nach Hause. Ich weiß dich da ja in den besten Händen. Und nun – was meinst du? Soll Isaac bei den Fotos dabei sein, oder willst du da lieber alleine mit der Schwester und einer weiblichen Polizistin sein?"

Was wollte ich? Würde es zu viel für Isaac werden, wenn er all die Male auf meinem Körper nochmal sehen würde? Auf der anderen Seite, wenn ich ab morgen bei ihm wohnte, würde er sowieso alles von mir sehen und er hatte mir ja auch schon alle Verletzungen selber aufgezählt. Er wusste Bescheid und vielleicht würde es ihn ja auch beruhigen, wenn er sah, dass alles ohne körperliche Folgen für mich sein würde?

„Schicken Sie ihn bitte mit der Schwester und der Polizistin zusammen rein."

Der Arzt lachte kurz: „Das habe ich mir gedacht. Und du, Mitch, kommst bitte mit mir in mein Büro, dann mache ich den Arztbericht fürs Protokoll für dich fertig.

Ich hoffe, dass ihr den Mistkerl einsperrt und den Schlüssel wegwerft. Ich wüsste wirklich zu gerne, wer deiner Nichte das angetan hat. In den Medien war davon nicht die Rede und aus dir bekomme ich erfahrungsgemäß auch nichts heraus."
Sieh da – Familie Collister schien schon den Daumen auf die Sache zu halten. Ich war gespannt, wie lange man Tristans Beteiligung geheim halten konnte. Irgendwer würde mit Sicherheit reden – ich würde aber mit Sicherheit nicht derjenige sein!

Sie hatten ihn eingesperrt.
Wie diese Kreaturen, die er betäubt und gefangen hatte. Das einzige, was ihn störte, war, dass man ihm keinen Internetzugang zugestand. Dabei musste er sich in dem Chat melden, er musste mit den Huntern reden. Er hatte sie über eines seiner Spiele kennengelernt, sie waren an ihn herangetreten, sie hatten ihm versprochen, er dürfe in ihren inneren Kreis, wenn er Beweise für diese Kreaturen finden würde. Aber trotz all seiner Bemühungen gab es keine Hinweise.
Er musste mit ihnen reden, er musste ihnen sagen, dass er nicht aufgeben würde, er musste nur hier raus und dann …
Aber vorher würde er sich um diese Schlampe und ihren Versagerfreund kümmern.
Wenn er nur hier rauskäme …

Kapitel 13

„Was glaubst du, wo du hinwillst?"
Mist, ich hatte gehofft, dass ich mich heute Morgen aus seinem Bett und seiner Umarmung stehlen konnte.
Mittlerweile war Freitag und Tristans Überfall lag vier Tage zurück und seit Dienstag schlief ich bei Isaac im Bett. Aber man beachte bitte meine Formulierung – ich schlief BEI Isaac im Bett, ich schlief nicht MIT Isaac oder besser – er schlief nicht mit mir. Und das war frustrierend. Zuerst schliefen wir in Mitchs Haus und der hatte dann doch darauf bestanden, dass Isaac bei und nicht MIT mir schlief. Und seit dem Überfall? Nun, … sagen wir so, mein Alpha schonte mich in allen Belangen, was leider auch das Rummachen oder auch nur Küssen betraf. Wie gesagt – frustrierend!
„Was glaubst du, wo ich hingehe? Ich geh ins Bad, dusche und dann fahr ich mit deinem Bruder und Brian ins College. Ich war jetzt lange genug zu Hause, im Bett und untätig, mir geht es gut. Der Arzt hat grünes Licht gegeben, meinem Hals geht es gut, die blauen Flecken verblassen und ich muss hier raus!"
„Ich glaube nicht, dass du heute schon wieder ins College gehen wirst. Der Arzt hat gesagt, dass du dich schonen sollst." Isaac hielt mich am Arm fest und versuchte, mich zurück ins Bett zu ziehen.
„Wenn du mich an dieses Bett fesseln willst, dann solltest du das vielleicht mit etwas mehr Körpereinsatz probieren und nicht, indem du mir verbietest ins College zu gehen." Ich machte mich los und stiefelte in Richtung Badezimmer. Wenn ich bis eben noch relativ gute Laune gehabt hatte, so war ich jetzt ein bisschen angenervt von der Situation. Zwar hatten wir bisher nie über Sex gesprochen und wir waren auch noch nicht lange zusammen, aber - Himmel, es war ja nicht so, als

wären wir beide völlig unerfahren. Und dieses Machogehabe, was meine Gesundheit anging, das konnte er sich irgendwo hinschieben. Mir ging es gut, im Grunde war es mir bereits am Dienstag Abend wieder gut gegangen. Abgesehen von einem rauen Hals, den blauen Flecken, leichten Kopfschmerzen und einer riesigen Wut auf Tristan war von dem Unfall nichts mehr übrig. Mitch hatte mich gestern nochmal besucht – der Kerl sagte nichts. Er brütete in seiner Zelle, führte seltsame Selbstgespräche und verlangte permanent nach einem internetfähigen Computer, er müsste nämlich dringend jemanden erreichen. Natürlich kam man seiner Bitte nicht nach und dann reagierte er stets übertrieben aggressiv. Mittlerweile war durchgesickert, dass er schon seit einer längeren Zeit in psychologischer Behandlung war, das hatte man seinem beschlagnahmten Handy entnommen. Leider verweigerten bisher seine Familie und sein Anwalt eine Befragung des Psychologen. Doch es war hoffentlich nur eine Frage der Zeit, bis ein Richter dies erwirken würde. Leider reichte der Arm der Collisters ziemlich weit in die Politik hinein.

Und so stand ich also im Badezimmer meines Freundes, sexuell frustriert (okay, ich übertrieb … ein bisschen), betrachtete meine blauen Flecken an Hals und Wange, sauer auf Gott und die Welt, unleidlich, gelangweilt und mit einem riesigen Hass auf einen reichen Schnösel und mich selbst, weil ich ihn nicht durchschaut hatte.

Kein Grund, sauer auf dich zu sein, Jo, er hat ja wohl die meisten in seinem Umfeld getäuscht. Aber es ist auch kein Grund, auf Isaac sauer zu sein. Er will nur alles richtig machen. Wenn du bis jetzt noch nicht erkannt hast, dass er dich liebt, dann bist du dümmer, als ich gedacht habe. Er tut alles für dich und glaubst

du, es ist einfach für ihn, die Finger von dir zu lassen? Dann lass dir das mal von mir sagen, ich kann nämlich seine animalische Seite spüren, im wahrsten Sinne des Wortes und die ist alles andere als entspannt. Du machst es ihm wirklich nicht leicht!
Ich weiß …, aber er bringt mich immer wieder dazu, meine Krallen auszufahren. Isaac macht mich verrückt, er …

Ich beendete das Selbstgespräch, zog mich aus und stellte mich unter die Dusche. Ich stellte den Strahl so heiß ein, wie ich es gerade noch ertragen konnte und versuchte, einen klaren Kopf zu bekommen. Natürlich hatte *sie* recht. Isaac verhielt sich wie der absolute Gentleman. Er kümmerte sich um mich, er half mir bei allem, er hielt mich nachts, wenn die Erinnerungen kamen und ich einen Alptraum hatte. Er … war einfach süß zu mir. Und ich? Ich war eine blöde Kuh und ließ allen Frust an ihm aus. Wenn unsere Geschichte anders begonnen hätte und wir nicht zusammenwohnen würden, dann hätten wir in diesem Stadium unserer Beziehung vielleicht auch noch keinen Sex. Denn erst vor etwa vier Wochen war ich in Purple Beach angekommen und noch vor drei Wochen haben Isaac und ich kaum ein normales Wort miteinander gewechselt. Vor gut zwei Wochen war sein Cousin gestorben und kaum, dass wir ein „Wir" waren, war ich überfallen, gewürgt und ohnmächtig geschlagen worden. Ich stöhnte laut und lehnte mich mit geschlossenen Augen gegen die Wand und ließ mir das Wasser über den Rücken laufen. Wieso war ich nur so blöd? Ich musste mich dringend bei Isaac entschuldigen …
„Soll ich dir den Rücken einseifen, Kätzchen?"
Gott, hatte der mich erschreckt, wie hatte er es nur

geschafft, sich so leise anzuschleichen?
„Isaac, was machst du hier?"
„Ich würde sagen, ich dusche mit meiner Freundin, damit wir nachher zusammen zum College fahren können. Außerdem wollte ich mich bei dir entschuldigen, dass ich zum Kontrollfreak geworden bin. Aber nach dem, was passiert ist, kann ich im Moment nicht anders." Mittlerweile war er so dicht an mich herangetreten, dass er mir ins Ohr flüsterte, je näher er mir gekommen war, desto leiser hatte er gesprochen.
„Nein, ich muss mich entschuldigen, ich …"
„Du musst wohl wirklich immer das letzte Wort haben, was, Kätzchen? Wollen doch mal sehen, ob wir dich dazu bringen können, zu schnurren, statt zu reden!" Und dann ließ er seinen Worten Taten folgen. Er legte seine Hände von hinten um mich, die eine oberhalb und die andere unterhalb meines Bauchnabels. Ich hielt die Luft an. Dann fuhr er mit seinen Lippen meinen Hals entlang. Ich wollte etwas sagen, wirklich, ich wollte etwas erwidern, irgendwas, was Sinn machte und ihm zeigte, dass er mich nicht so schnell zum Gehorchen und Schweigen bringen konnte. Doch alles, was aus meinem Mund kam, als ich ihn öffnete, war tatsächlich eine Stöhnen – oder Schnurren. Verdammter Mistkerl, er hatte es geschafft! Und als er mich dann spüren ließ, wie erregt er selbst war, wurden meine Knie weich. „Jo, wenn du wüsstest, wie gerne ich das hier jetzt weiterführen würde, wie gerne ich meine Hand jetzt tiefer wandern lassen würde, wie gerne ich jetzt fühlen würde, ob du genauso erregt bist, wie ich … Aber meine Freundin hat vorhin gesagt, dass ich ein Macho wäre, der sie nur im Haus einsperren würde. Also müssen wir das hier leider beenden und später darauf zurückkommen." Ich spürte, wie er – während er immer

weiter Küsse auf meinen Hals verteilte – lächelte. Und wieder entwich mir ein Laut, diesmal war er eher frustriert und genervt. Aber dieses Spiel konnten auch zwei spielen! Wenn er vorhatte, mich mehr als willig und bereit unter der Dusche stehen zu lassen, so wollte ich auch etwas von der Sache haben. Also drehte ich meinen Kopf so weit, dass sein nächster Kuss nicht meine Kinnlinie, sondern meinen Mund traf. Ich fuhr ihm mit der Zunge über seine halbgeöffneten Lippen – nun war es an ihm zu knurren und schon nach wenigen Sekunden hatten wir beide wohl vergessen, dass wir eigentlich unter der Dusche standen und wir uns eigentlich fürs College fertig machen wollten und Isaac eigentlich nicht hatte weiter gehen wollen und …
„Hey, Jo, bist du wach? Du wolltest doch, dass wir dich zum College mitnehmen, weil mein Bruder … Ups … ähmm, macht ruhig weiter, wir fahren dann ohne euch …" und dann hörten wir nur noch lautes Gelächter von Dave und Brian.
Ich ließ meinen Kopf nach hinten an Isaacs Schulter sinken. Gott, war mir das peinlich. Zwar hatte mich meine Schwester auch schon mal beim Sex erwischt (und Isaac und ich hatten ja noch nicht mal richtig Sex gehabt …). Aber damals hatten sie und ich uns ein Zimmer geteilt und mein Freund und ich hatten unter der Decke gelegen und nicht in einer gläsernen Dusche gestanden. Und wie gesagt, es war meine Schwester gewesen und nicht der Bruder meines Freundes zusammen mit seinem Freund. Aber, verdammt nochmal, wieso waren die beiden überhaupt bis in Isaacs Badezimmer gekommen? Das war doch wirklich der Gipfel, die hatten wohl nicht mehr alle Tassen im Schrank? Ich spürte, wie Isaacs Schultern bebten und kurz darauf fing er lauthals an zu lachen. „Ich glaube, ich muss mit den beiden ein paar neue Regeln

besprechen, was? Tut mir leid, dass sie dich so gesehen haben. Bisher war das kein Thema, denn du bist die erste, die hier bei mir schläft. Ich glaube, die haben einfach nicht nachgedacht. Und da die beiden jetzt mit Sicherheit in der Küche jedem erzählen, was sie gesehen haben, sollten wir uns beeilen, damit wir aus dem Haus kommen. Was meinst du?"
Ich war die erste, die hier übernachtet hat? Das war ja schon fast wieder so süß, dass es mich mit der ganzen Situation versöhnte. Ich drehte mich also in seinen Armen, legte ihm die Arme um den Hals und zog ihn zu einem letzten Kuss an meine Lippen, bevor wir uns in aller Eile und ohne weiteres Gefummel duschten und anzogen. In der Küche angekommen, standen Dave und Brian alleine und knutschend an der Theke: „Boah hey, Jungs, habt ihr kein Zuhause?"
Die zwei ließen langsam voneinander ab und sahen uns dann breit grinsend an: „Und das von dem Kerl, der vor nicht mal 15 Minuten wirklich ÜBERALL nachgefühlt hat, ob seine Freundin noch irgendwo Seifenreste vom Duschen hat? Und überhaupt, wieso seid ihr hier? Ihr beiden habt eben nicht so gewirkt, als würdet ihr in den nächsten 100 Jahren die Finger voneinander lassen? Wir wollten euch heute Abend mal etwas zum Essen vor die Tür stellen für den Fall, dass ihr dann überhaupt noch gelebt hättet!"
Himmel, hatten wir es wirklich so wild in der Dusche getrieben? Okay, ich konnte nicht verleugnen, dass ich bereits zum zweiten Mal mit diesem Typen kurz vor einem Orgasmus gestanden hatte. Ich hoffte nur, dass ich tatsächlich in absehbarer Zeit mal das volle Programm bekommen würde. So war es auf Dauer etwas frustrierend.
„Wenn ihr zwei Idioten nicht einfach so in mein Bad gestürmt wärt, dann vielleicht. Aber so habt ihr die

Stimmung echt getötet. Es wäre also genial, wenn ihr es in Zukunft mal mit Klopfen oder so probieren könntet!" „Wir haben noch nie bei dir klopfen müssen. Seit du diesen Alphamist übernommen hast, war die Regel, dass deine Tür immer offen ist …", Dave wurde von Brian unterbrochen, der ihn näher an sich heranzog und ihm etwas ins Ohr flüsterte. Dave hatte den Anstand, dabei rot zu werden und fügte dann leicht stotternd hinzu: „Aber du hast natürlich recht, mit Jo im Haus … wir hätten wirklich daran denken können. Es war nur bisher nie nötig …" Das versöhnte mich endgültig mit der Situation und ich traute mich, Daves Blick zu begegnen: „Das ist lieb, Dave. Und es muss dir auch nicht unangenehm sein, zumindest nicht unangenehmer als es mir ist. Könnten wir das Thema jetzt bitte lassen? Ich brauch nen Kaffee, immerhin habt ihr mich um meinen Orgasmus gebracht und irgendwie muss ein Mädchen ja wach werden!"

Nun brachen alle in ein befreiendes Lachen aus und die etwas peinliche Sache war schnell vergessen. Dave schlug vor, dass wir zusammen fahren könnten. Doch Isaac hatte mir versprochen, dass wir in der Mittagspause bei Diana im Krankenhaus vorbeifahren würden. Da war ich in der letzten Woche nicht ein einziges Mal gewesen, deshalb kam ich mir schon ganz schlecht vor. Aber bei dem, was in den letzten Tagen vorgefallen war, war ich einfach nicht dazu gekommen. Sie hatte bestimmt Verständnis dafür, wenn sie überhaupt etwas mitbekam.

Nach der ersten Vorlesung trafen wir uns wie immer in der Mensa und aus Gewohnheit sah ich mich nach bekannten Gesichtern um. Immerhin war ich fast eine Woche weg gewesen. Aber alles war wie immer, nur, dass Monica alleine an ihrem Tisch saß. Keiner der anderen war bei ihr, selbst Gwendolyn nicht. Xander und Stefanie winkten mir vom Nachbartisch zu und als ich fragend zu Monica blickte, kamen die beiden zu mir rüber.

„Hi, Jo, wie geht es dir? Du hast uns einen riesigen Schrecken eingejagt, keiner hat so richtig mitbekommen, was mit dir passiert ist und die, die es mitbekommen haben, reden nicht. Stimmt es, dass dich ein Obdachloser angegriffen hat, als du auf die Toilette wolltest? Wo war die Campuspolizei und wie hat der es aufs Gelände geschafft? Geht es dir wieder gut? Scheiße, man sieht die Würgemale ja immer noch …" Die beiden redeten auf mich ein, ohne mir auch nur die Chance für eine Antwort zu lassen. Also hielt ich meinen Mund, denn wenn Tristans Name nicht in die Öffentlichkeit gelangt war, dann würde ich es auch so lassen. Es musste dafür ja einen Grund geben, aber spätestens, wenn es zu einer Verhandlung und Verurteilung kam, würden alle Bescheid wissen. Sie redeten einfach weiter: „Das Neuste hast du dann ja noch gar nicht mitbekommen. Wegen des Überfalls haben die Collisters ihre Kinder von diesem College abgemeldet und sie auf ein privates College in der Nähe von LA geschickt. Monica ist am Boden zerstört und redet mit keinem mehr, denn ohne die beiden hat sie keine echten Freunde mehr. Ich glaube ja, dass sie heimlich in Tristan verliebt ist und der hat die ganze Zeit nur mit ihr gespielt." Mittlerweile flüsterte Stefanie nur noch verschwörerisch: „Mir hat sie mal erzählt, dass sie und Tristan schon seit Jahren zusammen Sex haben und nicht nur Blümchensex, wie sie sich ausdrückte. Und egal, welche Freundin Tristan gehabt hätte, keine hätte ihn so befriedigt wie sie und deshalb wäre er immer wieder zu ihr zurückgekehrt. Wenn du mich fragst, dann ist das nur ihrer Fantasie entsprungen… Auf jeden Fall ist sie jetzt alleine!"

Ich war neugierig: „Aber ihr seid doch auch mit ihr befreundet? Warum haltet ihr jetzt nicht zu ihr?" – „Na, wirklich befreundet kann man das nicht nennen. Es war ganz nett mit ihnen rumzuhängen. Aber dann haben Monica und Gwendolyn angefangen, Trish fertig zu machen und permanent mit Xander zu flirten, darauf hatte ich dann keine Lust mehr. Und jetzt, wo die Collisters weg sind, wird Monica mit ihrer Art sich noch umschauen."
Das waren mehr Informationen, als ich auf die Schnelle verarbeiten konnte. Was versprachen sich die Collisters mit dieser Lüge? Gut, wahrscheinlich hatten sie Gwendolyn tatsächlich von hier weggeschafft auf ein anderes College, aber Tristan mit Sicherheit nicht. Ich wusste von meinem Onkel, dass der noch immer in seiner Zelle brütete und sein Anwalt alle Möglichkeiten auslotete, wie man eine drohende Verurteilung abwenden konnte. Irgendwie hatte die Familie es auch geschafft, die wenigen Zeugen stumm zu bekommen. Gut; wir hatten bisher ja auch nichts gesagt, aber das würde sich vor Gericht ändern. Mitch hatte uns geraten, tatsächlich über den Vorfall Schweigen zu bewahren. Jede Äußerung könnte zu meinen Ungunsten ausgelegt werden und zu einer Verzögerung der Ermittlungen führen. Also sagte ich auch jetzt nichts, um die beiden aufzuklären. Außerdem hatten sie ja gerade deutlich gemacht, dass sie nicht wirklich an der Geschichte an sich, sondern eher an Klatsch und Tratsch interessiert waren. Zum Glück begannen gleich die nächsten Veranstaltungen und so verabschiedete ich mich von den beiden und wurde von Isaac zu meinem Seminarraum gebracht. Wir verabredeten, dass wir uns später direkt an seinem Auto treffen würden. Nach den vier Tagen Aufregung, Krankenhaus und Betthüten tat es mir richtig gut, endlich wieder in einer Vorlesung zu

sitzen. Es war eine Ablenkung, die ich gut gebrauchen konnte. Und das Ganze lenkte mich so ab, dass ich ohne darüber nachzudenken zuerst die Toilette aufsuchte, bevor ich mich mit Isaac traf. Leider hatte auch Monica dieselbe Idee – oder war sie mir gefolgt? Auf jeden Fall tauchte sie kaum zwei Minuten nach mir dort auf, als ich gerade meine Hände wusch.
„Sieh da, die kleine Schlampe traut sich nochmal ins College!"
„Monica, was willst du von mir?"
„Was ich von dir will? Du bist schuld daran, dass Tristan und Gwendolyn weg sind. Du ..."
„Halt, stopp, wieso bin ich schuld? Tristan hat mich überfallen!"
„Gott, sei doch nicht so melodramatisch. Er hat dich nicht überfallen, er hat mit dir gespielt! Er mag Spiele, du hast nur keine Ahnung, wie man richtig mit ihm spielt. Das wird auch jeder Richter so sehen! Aber du hast damit angefangen, du hast ihn angemacht und nun wurde dir die Nummer einfach zu groß. Typisch! Immer dasselbe mit euch Weibern. Zuerst fühlt ihr euch von Tristan geschmeichelt, aber wenn er dann alles von euch will, dann zieht ihr den Schwanz ein. Das ist wohl der Grund, warum er immer wieder zu mir zurückkommen wird. Also, lass die Finger von meinem Freund!"
„Sag mal, Monica, was hast du geraucht? Ich will nichts von Tristan und wollte nie etwas von ihm! Ich bin mit Isaac zusammen und habe nicht vor, das zu ändern! Und du kannst es leugnen oder auch nicht, aber Tristan hat mich angegriffen, gewürgt und geschlagen und dafür wird er bestraft werden. Wenn du auf sowas stehst, dann tust du mir leid. Tristan ist ein Arschloch, das ich noch nicht mal geschenkt haben wollte ... und jetzt lass mich durch, ich bin verabredet." Sie versuchte

mich am Arm festzuhalten, aber ich riss mich los, drehte mich und funkelte sie böse an: „FASS MICH NICHT AN!" Dann verließ ich die Toilette und machte mich auf den Weg zum Parkplatz. Ich rannte zwar nicht, aber ich war schon verdammt schnell unterwegs und Isaac merkte sofort, dass etwas nicht stimmte. Kaum, dass ich neben ihm war, zog er mich in seine Arme: „Kätzchen, was ist los, wer oder was regt dich so auf?"
Ich wusste, dass leugnen nichts helfen würde: „Ich bin Monica in die Arme gelaufen und die hat Dinge gesagt, die mich echt etwas beunruhigt haben. Sie meinte nämlich, dass Tristan nur mit mir hätte spielen wollen und ich den Überfall frei erfunden hätte. Tristan wäre eben so, würde auf sowas stehen und ich hätte einfach kalte Füße bekommen. Was, wenn die ihre Verteidigung darauf aufbauen? Das Ganze als falsch verstandenes Sexspielchen darstellen und Tristan so frei kommt? Ich glaube sogar, dass das, was Stefanie vorhin über Tristan und Monica gesagt hat, wahr ist. Gott, wenn ich nur daran denke, wird mir übel. Was, wenn der Arsch frei kommt, zum Beispiel, weil Monica zu seinen Gunsten aussagt und bestätigt, dass das Tristans normale Art von Spielchen ist?" Ich hatte so viele dieser Wörter in imaginäre Gänsefüßchen gesetzt, dass ich meine Finger noch immer in der Luft schweben ließ. Isaac nahm meine Hände in seine viel größeren und sah mir in die Augen: „Ich verspreche dir, dass er damit nie durchkommen wird. Aber wir werden auf jeden Fall mit deinem Onkel darüber reden. Er wird vielleicht wissen, wie wir damit umgehen sollen. Aber nun lass uns zu deiner Tante fahren, auf dem Weg kannst du mir alles erzählen, was Monica zu dir gesagt hat, okay?"

Der Besuch bei meiner Tante brachte mir wieder ein

bisschen Ruhe. Nicht, dass ihr Zustand irgendwelchen Grund zur Hoffnung gab. Aber, wenn ich sie so in ihrem Bett liegen sah, mit geschlossenen Augen, an Monitore und Infusionen angeschlossen, dann merkte ich, dass meine Probleme so klein und unwichtig waren, dass ich fast ein schlechtes Gewissen bekam. Tante Diana sah so friedlich aus, so vollkommen entspannt. Wenn ich nicht dieses Gefühl der Leere und Abwesenheit in mir spüren würde, dann würde ich nie auf die Idee kommen, dass sie nicht nur schlief. Aber ich spürte, dass ein Teil ihrer Seele weg war. Ein normaler Zustand, wenn wir schliefen und unser Numus auf Wanderschaft war. Leider dauerte bei Diana der Zustand schon mehrere Monate und es gab (wie so oft) keinerlei Erfahrungen mit solchen Situationen. Wie würde es ihr gehen, wenn wir ihren Numus fanden und wieder zu ihr bringen konnten? Wie würden Tier und Mensch aufeinander reagieren, wenn sie wieder vereint wären. Wäre das problemlos und wie vorher auch oder mussten wir uns Sorgen machen über die Zeit danach? Rein menschliche Entführungsopfer litten ja häufig Jahre später noch unter der Belastung, unter einem posttraumatischen Stresssyndrom. Bei Diana käme die lange Trennung von ihrem Numus hinzu. Und neben all diesen Gedanken verblasste meine Erinnerung an Monicas giftige Worte immer mehr. Das hier waren Probleme und alles andere war egal. Ich würde mich um die Geschichte mit Tristan kümmern, wenn es soweit war, ich würde mich nicht unterkriegen oder mundtot machen lassen und Mitch und Isaac bestimmt auch nicht. Egal, wie einflussreich und manipulativ die Familie Collister auch war, ich würde die Wahrheit sagen und dafür sorgen, dass Tristan eine Strafe dafür erhalten würde. Er würde damit nicht durchkommen. Wer wusste, wie viele Frauen und Mädchen ihm noch zum Opfer gefallen waren? Und wie hoch die Zahl derer war, die sich einfach nicht trauten, etwas gegen Tristan zu unternehmen? Wenn Monica eben nicht gelogen hatte (und so hatte sie nicht geklungen), dann gab es noch andere, die mit Tristans „Spielchen" nicht klar gekommen waren. Ob man die wohl finden konnte? Ob sie nur auf jemanden warteten, der mal gegen ihn aufstand? Aber auch das später. Jetzt verabschiedete ich mich erstmal von Tante Diana. Ich nahm ihre Hand, die, in der keine Kanüle steckte und rieb sanft mit meinem Daumen darüber. „Tante Diana, du wirkst so unendlich ruhig und entspannt, auf jeden Fall wirkst du heute entspannter als in den letzten Wochen. Halt durch, wir werden dir helfen! Wir werden deinen Numus finden, wir bringen euch wieder zusammen. Ich verspreche es dir!" Dann gab ich ihr noch einen Kuss auf die Stirn, drückte ihre Hand ein letztes Mal und machte mich zusammen mit Isaac, der sich die ganze Zeit ruhig im Hintergrund gehalten hatte, auf den Weg zum Auto und zurück zum College.

Nach der letzten Veranstaltung vor dem Wochenende ohne weitere Vorkommnisse fuhren wir bei Mitch vorbei und ich erzählte ihm nun auch, was Monica mir an den Kopf geworfen hatte. Er hörte mir gerade mal fünf Minuten zu, bevor er mich mit einer Handbewegung zum Schweigen brachte und mit seinem Diensthandy bewaffnet den Raum verließ. Als ich Isaac fragend ansah, schüttelte der auch nur mit dem Kopf. Er setzte sich neben mich und legte den Arm um meine Schulter: „Er wird uns schon gleich aufklären. Ruh dich solange aus, du siehst wirklich fertig aus, Jo."

Er hatte recht, ich konnte zwar nicht beurteilen, ob ich fertig aussah, aber ich fühlte mich erschlagen, müde und kaputt. Ob das jetzt allerdings daran lag, dass mich

der ganze Tag einfach nur geschlaucht hatte oder ob ich nun die Nachwirkungen des Überfalls spürte und mir tatsächlich zu früh zu viel zugemutet hatte, das konnte ich nicht sagen. Sicher war nur, als Mitch ungefähr eine halbe Stunde später wieder ins Wohnzimmer zurück kam, war er nicht alleine und ich musste geweckt werden.
Mitch guckte mich entschuldigend und auch ein bisschen schuldbewusst an: „Entschuldige bitte, Kiddo, aber was du eben erzählen wolltest, war nicht für die Ohren des betroffenen Polizei Chiefs, also nicht für meine und für die deines Onkels auch nicht, denn trotz allen Umständen muss ich neutral an die Sache rangehen. Statt dessen habe ich den stellvertretenden Staatsanwalt angerufen. Richard ist nicht von hier und absolut vertrauenswürdig, wenn du verstehst, was ich meine. Und so leid es mir auch tut, Isaac, wir Beide werden Jo und Richard alleine lassen müssen. Komm, wir werfen schon mal den Grill an. Dann kann Jo gleich was essen. Die Kleine sieht aus, als könnte sie etwas vertragen."
Und so fand ich mich von einem Moment auf den anderen mit einem mir unbekannten Mann in Mitchs Alter alleine am Tisch sitzend wieder.
„Hallo Jo, wie dein Onkel schon sagte, mein Name ist Richard, Richard Freeman und ich bin der stellvertretende Staatsanwalt. Als solcher bin ich für alle größeren und kleineren Strafanzeigen hier in der Gegend zuständig. Und was dein Onkel wohl auch noch zum Ausdruck bringen wollte – mich verbindet nichts mit der Familie Collister, was man von den meisten anderen hier nicht behaupten kann. Ich will nicht wiedergewählt werden, ich bin nicht finanziell von ihnen abhängig. Ich bin nicht im Country Club, ich habe weder Frau noch Kinder. Außerdem bin ich auch

derjenige, der sich seit Tagen die Zähne daran ausbeißt, einen Richter zu finden, der die Eier in der Hose hat, dafür zu sorgen, dass ich Tristans Patientendatei einsehen darf. Aber dein Onkel deutete an, dass du heute eine etwas unschöne Begegnung hattest, die mir weiterhelfen könnte?"
Ich räusperte mich: „Ob die Ihnen weiterhilft, kann ich nicht sagen, aber ich kann Ihnen gerne erzählen, was mir heute passiert ist." Und so wiederholte ich alles, was Monica mir heute an den Kopf geworfen hatte: dass sie eine Beziehung mit Tristan hätte, dass er auf härtere Spielchen stünde, dass sie ich nur kalte Füße bekommen hätte, wie all die anderen auch und vor allem, dass man dem Richter schon klar machen würde, dass Tristan mir nicht wirklich hätte wehtun wollen, sondern dass es sich um ein aus dem Ruder gelaufenes Sexspiel zwischen uns gehandelt hätte. Richard machte sich eifrig Notizen, fragte hier und da mal etwas nach und wollte vor allem wissen, ob Monica den Fehler gemacht hätte, Namen zu nennen. Leider konnte ich ihm in dieser Hinsicht gar nicht helfen, aber ich erzählte auch von dem Gerücht, dass Tristan und Gwendolyn wegen der Vorfälle auf ein anderes College gehen würden und riet ihm, er sollte mit Xander und Stefanie reden, da diese beiden mit Sicherheit mehr über Tristans Exfreundinnen wussten als ich. Gefühlt gingen wir die ganze Situation tausend Mal durch und er nutzte auch die Gelegenheit, mich zu dem Überfall selber und meiner Beziehung mit Tristan zu befragen. Ich war zwar auch direkt nach dem Überfall befragt worden und später im Krankenhaus nochmal, aber ein Teil dieser Aussagen waren wie durch ein Wunder nicht bei der Staatsanwaltschaft angekommen. Gott, wie ich solche Situationen hasste. Man hörte und las so viel von Korruption in der Justiz, aber wenn man dann selber

betroffen war, dann sah die Sache schon anders aus. Es schien noch nicht mal zu helfen, dass der eigene Onkel bei der Polizei war. Ich konnte nur hoffen, dass es Richard, meinem Onkel und wer auch immer auf unserer Seite sein würde, gelingen würde, Tristan und anscheinend auch seiner Familie das Handwerk zu legen. Ich verstand auch nicht, wie Eltern solche Machenschaften des Sohnes einfach decken konnten.
Kurz darauf verabschiedete sich Richard und sofort war Isaac an meiner Seite und reichte mir etwas zu trinken. „Dein Onkel und ich haben noch eine Kleinigkeit zu essen vorbereitet. Was hältst du davon, wenn wir noch solange bleiben und dann nach Hause fahren?"
In jeder anderen Situation hätte ich mir einen blöden Spruch nicht verkneifen können, seit wann sein Elternhaus mein Zuhause wäre. Aber in meiner augenblicklichen Stimmung klang die Aussicht auf ein Bett mit meinem Freund darin einfach nur himmlisch. Und auch alle Gedanken an heute Morgen, unsere gemeinsame Dusche, das unausgesprochene Versprechen auf Sex ... all das war ganz weit weg. Und wenn ich den besorgten Blick meines Freundes richtig interpretierte, dann ging es ihm nicht anders.
Wir aßen in einer eher müden und trüben Stille, aber keiner von uns schien die richtigen Worte zu finden, um gegen die Stimmung anzukommen, die uns ergriffen hatte. Kurz bevor wir uns auf den Weg zu Isaacs Auto und damit nach Hause machten, nahm Mitch mich in den Arm: „Jo, es tut mir leid, dass du das alles durchmachen musst. Auch, dass ich eben nicht bei dir sein konnte, als du mit Richard geredet hast, aber du hast mitbekommen oder du bekommst gerade mit, wie weit die Arme der Familie Collister reichen. Da darf uns bei der Sammlung der Beweise kein Fehler unterlaufen. Dazu gehört leider auch, dass ich als

ermittelnder Polizist nicht bei deiner Aussage bei der Staatsanwaltschaft anwesend bin. Allein die Tatsache, dass du meine angeheiratete Nichte bist, ist nicht ganz problemlos. Und ich geh auch davon aus, dass Isaac und die anderen beiden noch ihre Aussagen werden machen müssen. Ich bin froh, dass du mit deiner eigenen Wahl deiner Freunde und deines Freunds eine bessere Menschenkenntnis bewiesen hast als ich. Ich könnte mich immer noch dafür treten, dass ich dir an unserem ersten Abend gut zugeredet habe, etwas mit Tristan und seiner Clique zu unternehmen. Ich hätte damals nie geahnt, dass er einen so miesen Charakter hat. Man hatte noch nie ein schlechtes Wort über ihn gehört. Aber das wird sich ändern. Wir werden ihn wegen allem, was er dir angetan hat, belangen und er wird seine gerechte Strafe erhalten!" Ich sah meinem Onkel an, dass er wirklich ein schlechtes Gewissen deswegen hatte und sich die Schuld an der Situation gab. „Mitch, mach dir keine Vorwürfe, es ist ja alles gut ausgegangen. Und dich trifft keine Schuld. Keiner wusste, was Tristan für einen komischen Charakter hat. Und sieh es auch mal positiv – wenn er sich nicht mich, sondern jemand anderen als Opfer ausgesucht hätte, der sich von der Familie, von Monica oder Tristan selber wieder hätte einschüchtern lassen, dann wäre Tristan jetzt nicht da, wo er ist, oder?"
„Typisch für dich, Kätzchen, selbst in dieser Situation findest du einen Aspekt, der die Sache in einem guten Licht stehen lässt." Isaac war zu uns getreten und schloss mich in seine Arme. Mitch ließ mich im gleichen Augenblick los und drückte mir einen Kuss auf die Stirn. An Isaac gewandt fügte er hinzu: „Junge, pass gut auf Jo auf, ich vertrau dir!" Dann verabschiedeten wir uns und fuhren nach Hause – und es klang in meinen Ohren überhaupt nicht komisch!

Wir sahen nur kurz in der Küche, die auch als eine Art Gemeinschaftsraum diente, vorbei. Dort trafen wir auf Isaacs Eltern, die zusammen mit Dave und Brian etwas aßen. „Hi, ihr beiden, wollt ihr euch zu uns setzen?"
„Nein, wir haben bei Mitch gegessen und Jo ist ziemlich müde, ich seh zu, dass ich sie ins Bett bekomme…"
„Botschaft verstanden, großer Bruder, wir werden nicht stören und auf jeden Fall klopfen!", kam sofort ein eindeutig zweideutiger Kommentar von Dave, den Isaac aber nur mit dem international bekannten Mittelfinger beantwortete, bevor wir allen eine gute Nacht wünschten und in Richtung Isaacs Bereich verschwanden.
„Na, wonach steht dir der Sinn heute Abend, Jo? Du siehst müde aus."
„Am allerliebsten würde ich mich mit dir zusammen im Bett verkriechen, kuscheln, was knabbern und einen Film angucken …, also im Grunde nichts, denn ich bin wirklich fertig. Der ganze Tag hat mich geschlaucht. Ob ich mir zu viel zugemutet habe und Monica und Richard mir dann den Rest gegeben haben oder ob es an etwas anderem liegt, kann ich dir nicht sagen. Ich glaube auf jeden Fall nicht, dass ich lange wach bleiben werde … Ich hoffe, das macht dir nichts aus?" Ich sah ihm in die Augen und versuchte, darin zu lesen, was er dachte. War er sauer, weil ich ihm durch die Blume mitteilte, dass ich heute Abend nun doch keine Lust mehr auf Sex hatte? Heute Morgen hatte ich ihn angemotzt und war frustriert, weil er nicht mit mir schlief und nun war ich müde, traurig und im wahrsten Sinne des Wortes lustlos … Wie er darauf wohl reagieren würde?
„Warum siehst du mich so an, Kätzchen?"
„Wie seh ich dich denn an?" Ich versuchte so

unschuldig und unwissend wie möglich zu klingen. Aber Isaac durchschaute mich natürlich und wenn ich ehrlich zu mir selber war, dann spürte ich durch unser Band, dass er wusste, dass ich wusste, dass er mich durchschaut hatte – selbst sein Numus schien mich auszulachen.
„Das weißt du ganz genau …, oder?" Er nahm mich in den Arm, legte seinen Kopf auf meinen Scheitel und streichelte sanft über meinen Rücken. „Wir werden es genau so machen, wie du es willst. Wir haben alle Zeit der Welt und wenn du heute Abend nur kuscheln und einen Film gucken willst, dann machen wir es so." Dann ließ er mich los und schickte mich mit einem leichten Klaps auf meinen Hintern in Richtung Badezimmer. „Mach dich fertig, ich besorg was zu trinken und zu knabbern, aber nichts, was krümmelt, okay?"
Als ich zehn Minuten später zurück ins Schlafzimmer kam, stand neben dem Bett ein Tablett mit Wasser, Saft, Rohkost, Dip, Kräckern und Oliven.
„Wie hast du das in so kurzer Zeit zustande bekommen?"
Er grinste mich breit an: „Manchmal hat es so seine Vorteile, der Alpha im Haus zu sein…, mehr sag ich dazu nicht. Nun mach ich mich auch fertig und du kannst den Film aussuchen, okay?"

Kapitel 14

Ich wurde am nächsten Morgen völlig entspannt und ausgeruht wach. Diesen Zustand hatte mein Körper seit ein paar Tagen nicht mehr gefühlt. Aber heute fühlte ich mich zum ersten Mal seit über einer Woche tatsächlich ganz so, als hätte ich das Tal hinter mir gelassen und als würde jetzt alles besser werden.
Guten Morgen, Jo, schön, dass du dich wieder besser fühlst. Ich muss sagen, auch ich habe irgendwie ein gutes Gefühl, was unser Leben angeht. So, als würde man am Horizont einen Silberstreifen sehen oder als würde die Sonne nach einer langen Regenphase wieder scheinen oder als könnte man den Regenbogen berühren oder als würden alle Einhörner dieser Welt gleichzeitig ....
Komm zum Punkt, Süße, was willst du mir sagen?
Jo, ich bin zum ersten Mal in meinem Leben wirklich und tatsächlich glücklich ... und ich will hier nicht weg, nie wieder! Mein Fuchs liebt und versteht mich, wir funktionieren wie eine Einheit. Dieses Zusammengehörigkeitsgefühl hatte ich noch nie. Himmel, ich bin eine Katze, ich hätte nicht gedacht, dass ich sowas brauchen würde. Aber dieser arrogante kleine Fuchs – hey, er ist wirklich ein bisschen kleiner als ich – gibt mir das Gefühl, absolut einzigartig zu sein. Das ist mehr, als ich jemals zu hoffen gewagt habe. Bitte, überleg es dir, ob du nicht hier bleiben willst.
Du meinst für immer hier in Purple Beach, bei Isaac? Und all meine Pläne über den Haufen werfen?
Genau das meine ich, denn was hast du davon, wenn du nach Deutschland zurückgehst, aber dein Herz hier lassen musst?

Ich öffnete die Augen und sah Isaac neben mir liegen. Wir waren wohl irgendwann eingeschlafen und er eindeutig nach mir, denn der Fernseher war aus und das Tablett mit unseren Resten war auch nirgendwo zu sehen. Er lag mit dem Gesicht zu mir, auf der rechten Seite, seine rechte Hand ruhte unter seiner Wange und seine linke lag locker auf meiner Hüfte. Im Schlaf wirkte er viel jünger und weicher als im wachen Zustand. Seine langen, schwarzen Wimpern gaben ihm eine Weichheit, die er sonst selten zeigte. Vorsichtig strich ich ihm eine Haarsträhne aus der Stirn und betrachtete ihn. War ich bereit, für diesen Mann all meine Pläne über den Haufen zu werfen? Wie würde meine Schwester reagieren, wenn sie davon erfuhr? Immerhin war es immer unser gemeinsamer Traum gewesen. Oder war es eher so, dass wir es uns bis vor kurzem nie hatten vorstellen können, ohne die andere, ohne den Rückhalt unserer Sippe leben zu können? Sie schrieb in den letzten Tagen so viel von ihrem neuen Freund, wie verliebt sie wäre und wie gut es ihr mit ihm ginge. Er kam aus einem kleinen Dorf im Harz und war als Student in unsere kleine Stadt gekommen. Viel mehr hatte sie mir nicht von ihm erzählt – ob er auch ein Numus war? Sie hatte davon nichts geschrieben, aber ein bisschen geheimnisvoll hatte sie schon geantwortet, als ich sie gefragt hatte, ob sie sich sicher wäre, was ihn beträfe. Hielt am Ende nur ich an diesem Traum fest? Ich hätte so gerne Antworten. Aber zum Erwachsenwerden gehörte wohl auch, eigene Entscheidungen zu treffen und zu diesen dann zu stehen. Es konnte doch nicht sein, dass ich mit fast 20 Jahren darauf wartete, dass meine jüngere Schwester mir sagte, wie wir weitermachen würden. Ich musste diese Entscheidung selber treffen – war ich bereit, meine Lebensplanung über den Haufen zu werfen und hier neu anzufangen? Wobei neu anfangen musste ich ja nicht wirklich, denn ich hatte hier Freunde, Familie, ein Sippe, meinen Onkel und hoffentlich auch bald wieder meine Tante. Ich hatte einen Platz am College, ein Dach überm Kopf und Bessi, wenn auch Isaac mich so gut wie nie alleine fahren ließ. Und vor allem hatte ich Isaac, einen Mann, der mein Herz im Sturm erobert hatte. Einer, der so ganz anders war, als ich jemals gedacht hätte und der mir nach so kurzer Zeit so viel bedeutete, wie kein anderer Mensch, mit dem mich ein Band verband, das ich selber noch kaum verstand. Aber bedeutete er mir genug, um Deutschland hinter mir zu lassen?

Vorsichtig, um ihn nicht zu wecken, nahm ich seine Hand von meiner Hüfte und schob mich rückwärts aus dem Bett. Ich war eindeutig nicht wach genug, um über solche Dinge nachzudenken. Aber an Schlaf war auch nicht mehr zu denken. Also warf ich mir schnell ein T-Shirt von Isaac über (nein, wir hatten nicht nackt geschlafen, aber nur in Top und Shorts war es dann doch ein bisschen kalt und mein Ziel war die Küche, da wollte ich ein bisschen mehr anhaben, wer wusste, wem man auf dem Weg so begegnete?) und verließ unser Zimmer in Richtung Küche.

In der Küche traf ich auf Aaron, der mich freundlich begrüßte: „Guten Morgen, Jo. Warum bist du schon so früh auf den Beinen?"

„Guten Morgen, ich bin gestern Abend ziemlich früh eingeschlafen, deshalb bin ich jetzt wohl schon auf den Beinen ... was machst du, kann ich dir helfen?" Ich ging um ihn herum, um zu sehen, womit er beschäftigt war. Ich musste feststellen, dass er gerade dabei war, meine und Isaacs Reste von gestern Abend wegzuräumen und zu spülen. Das widersprach so ziemlich allem, wozu man mich erzogen hatte. Ehrlich

gesagt, war mir das mächtig peinlich. Ich ging also zu ihm, um die Arbeit zu übernehmen.
„Aaron, das musst du nicht tun, lass mich das machen. Immerhin haben Isaac und ich …"
„Nein, Jo, du musst gar nichts machen, das ist schon gut so. Isaac hatte die Sachen vor eure Tür gestellt und ich war der erste, der daran vorbeigekommen ist …"
„Ja, aber das heißt doch nicht, dass du unsere Sachen aufräumen musst. Ich meine, wenn wir was dreckig machen, dann räumen wir es auch auf. Immerhin …"
„Jo, bitte, es ist meine Aufgabe, denn Isaac hat eine Aufgabe übernommen, die eigentlich meine gewesen wäre. Und so sind die Rollen nun mal vertauscht. Versteh mich nicht falsch, versteh uns nicht falsch. Es ist nicht so, als würde Isaac sich irgendetwas aus seiner Rolle als unserem Ältesten machen und bisher hat er auch noch keine Vorteile daraus gezogen. Er hat die ganze Verantwortung. Er managt nicht nur den Kletterwald und kümmert sich um die Dynamik der Gruppe, nein, er verwaltet unsere Finanzen, schlichtet Streitigkeiten, er hat Toms Behandlung und später seine Beerdigung organisiert. Er hat die Verantwortung für uns alle übernommen und das alles neben seinem menschlichen Leben, neben dem College und seiner Liebe zum Klettern. Er hat sich so gut wie nie eine Auszeit gegönnt oder besser genommen. Was meinst du, warum er mit 23 Jahren noch keinen Collegeabschluss hat? Nicht, weil er zu dumm oder zu faul wäre, sondern weil er zu wenig Zeit dafür hat. Sein Leben stand ganz im Zeichen seiner Aufgabe, die eigentlich meine Aufgabe gewesen wäre. Dein Freund, mein Sohn, war immer ein sehr pflichtbewusster Ältester und Alpha, aber er war zu ernst, zu distanziert. Durch dich wurde er … ruhiger und mitfühlender …"
„Oh Gott … und ich hab ihn am Tag von Toms Tod

nicht zu euch gebracht, an einem Tag, an dem ihr ihn gebraucht hättet, ... aber ich wusste nicht, dass er euer Alpha ist und ich hab ihn davon abgehalten, bei euch zu sein ..." Ich fühlte mich mit einem Mal schuldig und schlecht. Ich hatte ihn einfach zur Lichtung gefahren, dabei hatte seine Familie ihn gebraucht!
„Mach dir keine Vorwürfe, Jo! Er war genau da, wo er sein wollte, um mit seiner Trauer umzugehen, er war bei dir. Und ob du es glaubst oder nicht, wir haben gespürt, dass es ihm geholfen hat, mit der Situation umzugehen. Die Kraft, die du ihm gegeben hast, haben wir bei ihm gespürt und das hat uns auch geholfen."
„Aber einer von euch hat ihn angerufen und sofort hat er reagiert und ist zu euch gefahren."
„Das stimmt, meine Schwester stand kurz vor einem Zusammenbruch und wir brauchten Isaacs Anwesenheit, um sie zu beruhigen, deshalb und nur deshalb haben wir ihn angerufen. Sonst hätten wir das nie getan, denn wir verlangen im Grunde viel zu viel von ihm. Also, wenn er hier jetzt das eine oder andere Mal sein Recht einfordert – und das tut er im Grunde nie, gestern Abend zum ersten Mal – dann ist das nichts, was dir unangenehm sein muss. Isaac würde seine Macht und Autorität uns gegenüber nie ausnutzen. Und auch gestern kam er und bat alle Anwesenden, ihm zu helfen, denn er wollte dich verwöhnen und nach den Anstrengungen der letzten Tage nicht zu lange warten lassen. So, wie es ist, ist es in Ordnung, Jo, glaub mir! Und noch eines: wir sind dir hier alle zu großem Dank verpflichtet, denn du gibst Isaac etwas, was er vorher nicht hatte und das ist eine innere Ruhe und Kraft, die wir alle zu spüren bekommen."
Mir waren bei Aarons Rede fast die Tränen gekommen. Nie hätte ich gedacht, dass Isaacs Position innerhalb seiner Familie so viele Pflichten beinhaltete. Wie

schaffte er das nur alles? Nun hatte ich noch mehr, über das ich mir Gedanken machen würde. Ich hatte in wenigen Minuten mehr über den Charakter meines Freundes aus der Sicht seines eigenen Vaters gehört, als ich in Wochen hätte lernen können. Nun musste ich diese Informationen nur noch verarbeiten. Aber zuerst brauchte ich einen Kaffee und für Isaac nahm ich auch einen mit, denn wenn er schon wach war, würde er sich mit Sicherheit darüber freuen und wenn nicht … vielleicht würde ich dann einfach zwei trinken. Als ich kurz darauf mit den beiden Tassen zurück in Isaacs Zimmer kam, lag er noch genauso da, wie ich ihn vorhin verlassen hatte. Vorsichtig setzte ich mich neben ihn, lehnte mich an das Kopfteil, nahm mir mein Handy und sah meine Nachrichten durch, während ich meinen Kaffee genoss. Mal wieder ein Update meiner kleinen Schwester, mit lauter Selfies von ihr und ihrem Freund, die beiden sahen echt glücklich aus. Gewürzt waren ihre Bilder mit Tratsch aus der Heimat und ein paar echten Neuigkeiten aus der Familie. Es klang jetzt nicht so, als würde man mich ernsthaft vermissen … oder war der Gedanke unfair? Ich vermisste sie ja auch von Tag zu Tag weniger …
Du hattest auch kaum Zeit, sie zu vermissen, immerhin haben sich die Ereignisse hier in den letzten Tagen so ziemlich überschlagen. So viel, wie du in den letzten vier Wochen hier erlebt hast, hast du in deinem gesamten Leben bisher nicht durchgemacht. Und außerdem hast du Isaac, der dich hervorragend ablenkt... wenn dich nicht gerade irgendein arroganter Schleimer versucht, zusammenzuschlagen...
Du hast ja recht, aber …

Meine Gedanken wurden unterbrochen, weil ein gewisser anderer, und viel netterer, arroganter Kerl

anfing, mir über das nackte Bein zu streicheln. Zuerst nur vom Knöchel zur Kniekehle, doch da stoppte er nicht, stattdessen ließ er seine Hand weiter wandern. Ich blickte auf ihn hinunter: er hatte die Augen zwar geschlossen, aber um seine Mundwinkel spielte ein kleines, wissendes, ja, auch arrogantes Lächeln. Er wusste genau, was er tat. Und ich auch … Ich spreizte meine Beine ein kleines bisschen weiter, um seiner Hand mehr Freiheit zu geben. Dieser Einladung kam er nur zu gerne und ohne zu zögern nach.
„Wo warst du eben?" Noch immer hatte er die Augen geschlossen, noch immer fuhr seine Hand an meinem Oberschenkel hinauf.
„Ich war in der Küche, habe mich mit deinem Vater unterhalten und uns beiden einen Kaffee mitgebracht."
„Hmmmm, ich glaube, der wird wohl kalt werden … oder was meinst du? Warum hast du überhaupt mein T-Shirt an? Nicht, dass ich dich nicht gerne in meinen Sachen sehe, aber im Moment ist das ein bisschen viel, findest du nicht?" Allerdings schien ihn das Shirt nicht daran zu hindern, seine Hand noch weiter wandern zu lassen. Er spielte kurz, ganz kurz, zu kurz mit den Bündchen an meiner Shorts, dann nahm er seine Hand von meinem Bein und wartete darauf, dass ich ihn ansah. Als sich unsere Blicke trafen, fragte er mich: „Jo, ist das okay für dich? Ich meine, gestern Abend, da …Ich will nichts tun, was du nicht willst …Also …"
Gott, konnte dieser Kerl noch süßer sein? Gestern früh hatte ich ihn angemacht, weil er mich nicht anfasste, abends dann wies ich ihn ziemlich eindeutig ab und jetzt fragte er mich um Erlaubnis?
„Isaac … du quatschst manchmal echt zu viel!"
Ich stellte meine Kaffeetasse ab, legte mein Handy weg, zog mir sein Shirt über den Kopf und beugte mich zu ihm hinunter, um ihn zu küssen. Er ließ sich nicht

lange bitten und zog mich in seine Arme. Binnen weniger Minuten waren wir beide nackt und begannen, mal langsam und vorsichtig, mal schnell und intensiv, den Körper des anderen zu küssen, zu streicheln, zu erkunden. Und es fühlte sich so an, als wollte *sie* auch mitmachen. Noch nie hatte *sie* sich so in mir angefühlt, als würde *sie* sich überall dort hinbewegen, wo Isaacs Hand, sein Mund, sein Körper mich berührte. Wir küssten uns, berührten uns und vergaßen alles andere um uns herum. Alles, bis auf eines, denn irgendwo in den hintersten Windungen meines Hirns tauchte dann doch die Frage nach der Verhütung auf. Und zwischen zwei heißen Küssen fand ich den Atem, um ihn daran zu erinnern: „Wenn du mir jetzt sagst, dass du kein Kondom hast …". Statt einer Antwort rollte er uns herum, so dass ich unter ihm lag und mit der freien Hand fischte er ein Kondom aus der Nachttischschublade. Ich wagte einen fragenden Blick und typisch Frau regten sich Zweifel in meinem Hinterkopf… wieso hatte er einen Kondomvorrat im Nachttisch, wenn er doch gesagt hatte, dass bisher ein Anklopfen nicht nötig gewesen wäre? Hatte er mich angelogen? Natürlich hatte er schon mit Frauen geschlafen, aber wie oft? Und meinte er es überhaupt ernst und…

„Stop!", er brachte mich mit seinem Ausruf wieder ins Hier und Jetzt zurück und ich merkte, dass er nicht mehr auf, sondern neben mir lag und auf mich hinunterblickte. „Jo, hör auf, ich kann dich mal wieder bis hier her denken hören und ich weiß genau, was in deinem süßen Köpfchen vorgeht. Du bist dabei, alles, was wir haben und tun, zu analysieren. Ja, ich besitze Kondome und ja, ich habe sie im Nachttisch, aber erst, seit du bei mir eingezogen bist. Nein, ich habe es nicht geplant, aber ja, ich wollte vorbereitet sein. Beantwortet

das deine Fragen oder müssen wir es ausdiskutieren?"
Ich merkte, wie ich rot wurde, denn jetzt, wo ich die Stimmung quasi kaputt gemacht und ihn dazu gebracht hatte, alles zu erklären, waren mir meine Zweifel peinlich. Woher kam auf einmal dieses mangelnde Selbstbewusstsein? Ich konnte es mir kaum erklären, denn normalerweise war ich gar nicht so …, normalerweise war ich aber auch nicht so besitzergreifend wie bei Isaac. Normalerweise war mein Herz nicht involviert, gestand ich mir selber ein. Und das machte mir Angst, machte mich unsicher, ließ mich zweifeln, warum er mich wollte …
Ich öffnete die Augen und bemerkte, dass Isaac mich immer noch ansah. Aber sein Blick war so weich, so liebevoll und sein Lächeln so wenig arrogant, dass mit einem Mal all meine Fragen verblassten. Ich griff mit zwei Händen in seine Haare und zog ihn zu mir hinunter. Bevor unsere Lippen sich trafen, stoppte er kurz und sah mir in die Augen: „Bist du sicher, Kätzchen? Wirklich sicher? Denn, wenn wir jetzt diesen Weg gehen, dann lass ich dich nicht mehr los. Das musst du wissen …"
Diesmal wies ich ihn nicht darauf hin, dass er zu viel redete, ich schloss einfach nur die Lücke zwischen unseren Lippen und küsste ihn. Und schon nach kurzer Zeit waren alle Gedanken und Zweifel wie weggeblasen oder sollte ich besser sagen, wie weggeküsst? Unsere Körper schienen sich besser zu kennen als wir uns kannten, denn innerhalb kürzester Zeit waren wir an einem Punkt angekommen, an dem uns nichts mehr trennte, Haut an Haut, Herz an Herz und Seele an Seele, wenn ich die Augen schloss, dann konnte ich vor meinem inneren Auge sogar unser Band erkennen. Und je weiter wir uns ineinander verloren und je näher wir einem Orgasmus kamen, desto mehr

schien das Band zu leuchten und zu pulsieren. ….

Und um bei Klischees zu bleiben … wenn mir jemand gesagt hätte, dass Sex so sein könnte, einen Einklang von Körper, Geist und Seele beinhalten könnte, ich hätte ihn für verrückt gehalten. Aber vielleicht gab es das auch nur bei uns Numa und auch nur dann, wenn wir wirklich den Einen gefunden hatten, der auch für unsere animalische Seele das fehlende Gegenstück war. Was wusste ich denn? Ich kannte zu wenig Numapaare in meinem Alter und was Sexgespräche mit meinen Eltern anging, so hielt ich es bestimmt wie jeder andere halbwegs normale Teenager auch – wir redeten nicht darüber und wenn, dann höchstens über Verhütung. Nach dem, was ich heute mit Isaac erlebt hatte, konnte ich mir beim besten Willen nicht vorstellen, dass meine Eltern jemals diese Art von Verbindung hatten. Das natürlich nur unter der Voraussetzung, dass man sich überhaupt vorstellen wollte, dass die eigenen Eltern Sex hatten!

Isaac und ich verbrachten den Rest des Tages in seinem Zimmer, in seinem Bett und wir reduzierten seinen Kondomvorrat auch noch ein bisschen. Zwischendrin schlich er sich einmal in Richtung Küche, um warmen Kaffee und eine Kleinigkeit zu essen zu holen. Wenn er unterwegs jemanden getroffen hatte, so erzählte er zumindest nichts davon. Wir aßen, schliefen, sahen fern, redeten, erzählten, lachten, hatten Sex, trieben uns gegenseitig zum Wahnsinn und duschten am späten Nachmittag, damit wir pünktlich zum gemeinsamen Abendessen in der Küche waren. Es widerstrebte mir zwar, dass ich mich an den gedeckten Tisch setzen konnte, ohne beim Vorbereiten oder Decken oder Kochen geholfen zu haben (da kam ich nicht aus meiner anerzogenen Haut heraus), aber die anderen ließen nicht zu, dass ich half.

Isaacs Mutter nahm mich kurz beiseite, als ich wieder versuchte, mitzuhelfen: „Jo, bitte, entspann dich und setz dich hin. Lass dich heute und in den nächsten Tagen und Wochen ein bisschen von uns verwöhnen. Du hast so viel durchgemacht und uns allen trotzdem so viel gegeben und geholfen, da ist es das Mindeste, was wir jetzt für dich tun können. Allein das Lächeln im Gesicht meines ältesten Sohnes ist mir mehr wert als aller Küchendienst dieser Welt. Du weißt gar nicht, wie oft ich gehofft habe, dass er jemanden findet, der ihn glücklich und ganz macht. Seit Dave Brian mitgebracht hat und Silas nicht mehr hier wohnt, war er immer so alleine. Also lass mich, lass uns dich ein bisschen verwöhnen. Wenn du ein bisschen länger hier bist, dann wirst du auch bestimmt mithelfen dürfen und müssen – aber im Augenblick gilt: setz dich hin und lass dich verwöhnen. Und das hat nicht nur etwas damit zu tun, dass Isaac unser Alpha ist, es hat auch damit zu tun, dass ich es genieße, endlich eine Tochter im Haus zu haben."

Kapitel 15

„Sagst du mir jetzt, was genau dich den ganzen Abend beschäftigt?"
Wir hatten nach dem gemeinsamen Abendessen noch eine Stunde mit Isaacs Familie zusammengesessen und geredet. Ich hatte viel über die Dynamik der Familie, der Sippe gelernt. Wir hatten alle Informationen zusammengetragen, die wir über die verschwundenen Numa hatten. Es waren nicht viele, denn außer dem kleinen Tom und meiner Tante wusste oder besser vermutete Mitch nur einen weiteren Fall. Aber das war es nicht, worauf Isaac anspielte. Denn das war es nicht, worüber ich nachgedacht hatte.
Es waren viel mehr die vielen kleinen Dinge, die ich heute von Isaacs Eltern zu hören bekommen hatte – dieser Kerl, dieser arrogante Fuchs war wohl der vielschichtigste Mensch, den ich jemals kennengelernt hatte. Und ich war drauf und dran, meine Pläne, meinen so wohlüberlegten, durchdachten Lebensweg für ihn über den Haufen zu werfen. Ich konnte nicht mehr genau sagen, was genau es gewesen war, was mich dazu gebracht hatte, heute jede Menge Alternativen durchzuspielen. Vielleicht die Leidenschaft, die ich heute mit Isaac erlebt hatte, oder Aarons Rede, vielleicht auch die Tatsache, dass Isaacs Mutter mich als ihre Tochter bezeichnet hatte. Möglicherweise auch eine Mischung aus all diesen Dingen. Auf jeden Fall erweckte der Gedanke, auf Dauer hier in Purple Beach zu bleiben, keinerlei Schweißausbrüche mehr bei mir. Natürlich war es noch zu früh, um über ein „für immer" nachzudenken, aber ein „ich kehre in fünf Monaten nicht nach Deutschland zurück" war schon ziemlich viel.

„Ich habe heute so viel über dich und deine Familie, deine Rolle hier, dein Leben gelernt, dass ich wohl einige Zeit brauchen werde, um das alles zu verarbeiten. Auf jeden Fall werde ich länger als nur ein Semester brauchen … deshalb würde ich nächste Woche gerne mit meiner Collegeberaterin reden, was ich tun muss …"
Weiter kam ich nicht, denn Isaac riss mich in seine Arme und küsste mich, er küsste mich zuerst hart und wild und wenig nachgiebig. Doch je länger der Kuss dauerte, desto weicher wurden seine Lippen, desto zärtlicher wurden seine Hände und desto langsamer wurde dieser Kuss. Erst nach einer gefühlten Ewigkeit ließ er von mir ab und legte seine Stirn an meine.
„Heißt das, dass du bei mir bleiben willst? Heißt das, dass du dir wirklich Gedanken darüber machst, deine Pläne über den Haufen zu werfen? Kätzchen, du machst mich gerade zu einem sehr, sehr glücklichen Mensch … und nun komm mit ins Bett. Ich will dich die ganze Nacht halten und wenn du mich lässt, dann auch lieben. Und morgen werden wir uns verdrücken. Ich entführe dich in einen Teil des Kletterparks, der für die Öffentlichkeit unzugänglich ist. Dort gibt es nur einige, wenige Kletterrouten, die meine Brüder und ich für uns alleine gesteckt haben. Wir werden uns was zu essen einpacken und ohne Ablenkung den Tag genießen. Und dann werden wir nächste Woche überlegen, was wir alles organisieren müssen, damit du hier bei mir bleiben kannst."

Wir starteten am Sonntag nicht ganz so früh, wie wir vorgehabt hatten. Drücken wir es mal so aus, mein Freund hatte ziemlich standfeste Argumente, die uns ein wenig länger im Bett hielten als anfänglich geplant. So machten wir uns erst am späten Vormittag bewaffnet mit einer Kühltasche voller Essen auf den Weg zum Kletterwald. Wir parkten auf dem normalen öffentlichen Parkplatz. Allerdings führte Isaac mich bald über einen Trampelpfad, der neben dem Parkplatz begann, in einen Bereich des Parks, den ich bisher noch nicht gesehen hatte. Dieser Bereich des Parks war ursprünglicher, weitläufiger und bei weitem weniger erschlossen als der Rest des Parks.

„Der komplette Wald ist schon seit Ewigkeiten im Besitz meiner Familie. Wir bewirtschaften ihn, er dient als Nutzwald für die umliegenden holzverarbeitenden Betriebe, allerdings sehr nachhaltig und wenig gewinnorientiert. Aber das liegt ja auch daran, dass wir als Numa einen geschützten Lebensraum brauchen. Da wären wir schon ziemlich dumm, wenn wir uns unsere eigenen Rückzugsmöglichkeiten nehmen würden. Und hier kommt die Familie Collister wieder ins Spiel, denn wenn es nach denen ginge, dann hätten wir ihnen diesen Wald schon lange verkauft. Sie haben es geschafft, dass dieser Bereich als Bauland deklariert werden kann. Ich hatte gerade die Position des Ältesten von meinem Vater übernommen, als Tristans Vater in die Offensive ging. War auch gut so, denn wer weiß, ob mein Vater sich nicht doch darauf eingelassen hätte, einfach nur, um Ruhe zu haben. Man darf ihm das nicht übel nehmen, mein Dad hat keine aggressive oder harte Faser in sich. Wieso er jemals in diese Position gewählt worden ist, weiß nur der Himmel, es gab wohl einfach überhaupt keine Alternativen. Zumindest keine männliche und wenn meine Sippe eines ist, oder war, dann patriarchalisch. Allein die Vorstellung, einer Frau diese Rolle zuzugestehen, war ein totales No-Go. Wie dem auch sei. Die Collisters tauchten bei uns zu Hause auf, direkt zusammen mit einem Anwalt und zwei, drei anderen Anzugträgern und wollten mit meinem Vater

über den Bau eines Hotels mit Anschluss an den – dann völlig umzubauenden – Kletterpark reden. Das sollte wohl der Köder sein, denn es hätte tatsächlich mehr Besucher für uns bedeutet. Sie staunten nicht schlecht, als sie statt mit meinem sanften Vater mit mir vorlieb nehmen mussten. Ich hab denen bereits nach wenigen Minuten Präsentation klar gemacht, wohin sie sich ihre Entwürfe schieben könnten. Sie forderten immer wieder, mit meinem Vater reden zu können, angeblich hätten bereits Vorgespräche stattgefunden – eine glatte Lüge, denn sowas wäre auf den Familiensitzungen besprochen worden. So hatten sie sich unverrichteter Dinge wieder verziehen müssen. Doch es vergeht seitdem kaum ein Monat, in dem sie ihr Angebot nicht wiederholen und nachfragen, ob wir nicht doch verkaufen wollen. Das ist mit ein Grund, warum das Verhältnis zwischen Tristan und mir … drücken wir es mal vorsichtig aus …schon vor dir schwierig war. Tristan war damals bei dem ersten Besuch dabei, sollte wohl von Papa lernen, wie man als Geschäftsmann auftritt … Nur leider ging das voll nach hinten los."
„Und dann kam ich und machte euer Verhältnis noch schlimmer."
„Sowas darfst du nicht mal denken, Jo. Schlimmer kann unser Verhältnis gar nicht werden und nach allem, was Tristan sich dir gegenüber geleistet hat, wird er für lange Zeit im Gefängnis verschwinden, da ist es egal, was und wer er ist. Auch ohne dich hätte ich niemals an diese Familie verkauft. Wir Füchse haben ja eher kleine Reviere, aber Brian braucht schon mehr Platz. Zerbrich dir nicht meinen Kopf, Kätzchen. Ich habe dir das nicht erzählt, um dir ein schlechtes Gewissen zu machen. Es war meine freie Entscheidung, diese Rolle zu übernehmen. Die Tatsache, dass meine Familie schon länger eine Privatfehde mit den Collisters hatte, ändert

nichts an Tristans Verhalten dir gegenüber. Er hat dich ja auch schon wie sein Eigentum behandelt bevor wir uns kannten. Natürlich war ich als Person ihm ein besonderer Dorn im Auge, aber nach dem, was du von Monica zu hören bekommen hast, bist du ja nicht die erste, die seinen Zorn abbekommen hat. Und ich schwöre feierlich, dass ich vor dir keine andere Freundin hatte, die vorher was mit Tristan hatte. Und auch um dich wollte ich ja von Anfang an einen riesigen Bogen machen ...."
„Und ich bin froh, dass du den dann doch nicht gemacht hast!"
„Und ich erst, mein Kätzchen ... und ich erst! Aber ich hab dir ja schon mal gesagt, dass ich dich von Anfang an ..., sagen wir mal ... wollte. Und die Tatsache, dass du mit Tristan rumgehangen hast, hat mir mächtig zugesetzt, das kann ich dir sagen."
„Aber zum Glück konnten wir das ja klären, oder?"
Isaac nahm mich in den Arm und wirbelte mich durch die Luft: „Ja, das konnten wir und nun lass uns weitergehen, sonst kommen wir vor lauter Reden gar nicht zum Klettern und deshalb sind wir ja schließlich da! Nicht, dass ich nicht gerne mit dir rede, aber das können wir nachher auch noch. Jetzt will ich erstmal sehen, ob du dich wirklich von allem erholt hast und wieder mit mir mithalten kannst." Und dann zog er mich tiefer in den Wald hinein, bis zu einer natürlichen Felswand, in die in sehr unregelmäßigen Abständen Haken getrieben waren. Die Felswand war nicht allzu hoch, auf jeden Fall nicht höher als acht Meter, dafür gab es einen größeren Überhang bevor man ganz oben war. Ich nahm mir Zeit und betrachtete die angebrachten Haken und natürlichen Möglichkeiten genau – einfach war es auf jeden Fall nicht.
„Na, meinst du, die schaffst du? Wir haben für alle

Fälle Geschirr da und ich werde dich diese Wand beim ersten Mal nicht ohne Sicherung klettern lassen. Die Wand ist vielleicht nicht hoch, aber der Boden darunter ist auch nicht so weich wie in einer Boulderhalle. Deshalb brauchst du gar nicht mit mir zu diskutieren. Wenn du die Wand nicht ein paar Mal problemlos gemeistert hast, werde ich dich nicht ungesichert da rauf lassen!"

Sollte ich mit Isaac streiten oder argumentieren, wenn er sowieso recht hatte? Einfach nur, um ihn zu ärgern? Niemals hätte ich diese Wand ungesichert probiert, aber die Tatsache, dass er mir diesen Wagemut oder Leichtsinn zutraute, reizte mich, ihm zu widersprechen. Als ich aber die Besorgnis in seinen Augen sah, verzichtete ich darauf. Ich hatte ein Einsehen mit ihm, er hatte sich in den letzten Tagen oft genug Sorgen um mich machen müssen. Dieser Tag sollte uns gehören und perfekt werden, da musste ich keinen Streit vom Zaun brechen, nur um ihn zu ärgern. Also folgte ich ihm, als er in der Nähe des Felsens an einem alten Baum in die Hocke ging. Jetzt sah ich, dass der Baum im unteren Bereich hohl war. Das Loch war nicht groß genug für einen Menschen, aber ein Fuchs oder in diesem Fall eine Tasche passte bequem hinein.

„Meine Brüder und ich sind von Natur aus eher faul, deshalb haben wir in diesem alten Baum immer ein bisschen Kletterausrüstung. Wenn also einer von uns Lust hat, einen neuen Weg zu probieren oder neue Haken einzuschlagen, dann muss er nicht erst den ganzen Weg zurück gehen. Manchmal hat es eben auch Vorteile, wenn einem der Laden gehört." Dann fischte er einen wasserdichten Rucksack hervor und öffnete ihn. Er holte einen kleinen Hammer, ein paar Karabiner, Felshaken, zwei ältere, aber offensichtlich gut gepflegte Gurte und ein Kletterseil heraus. Nach wenigen

Minuten waren wir beide fertig gesichert und standen wieder vor der Wand. Er ließ mir den Vortritt, denn da es ein von ihm gesteckter Weg war, kannte er jeden Handgriff. Er wollte mir nicht den Spaß verderben … und sich auch nicht, denn „immerhin hab ich so einen ungehinderten Blick auf deinen Hintern in dieser absolut sexy Hose …" Na, wenn das mal kein Kompliment war. Im Grunde ihres Herzens waren wohl alle Kerle gerne ab und zu ein bisschen Macho. Aber solange er dabei mein Macho blieb, konnte er ruhig auch mal einen blöden Kommentar ablassen.
Nach ungefähr einer Stunde war ich wirklich nassgeschwitzt, aber glücklich, oben angekommen. Nicht, dass wir für den kompletten Aufstieg eine Stunde gebraucht hätten. Im Grunde war das wohl in zehn oder fünfzehn Minuten zu schaffen, aber wo bliebe denn da der Spaß? Wir hatten lange an dem Überhang probiert und verschiedene Wege gesucht, um nur über die natürlichen Gegebenheiten eine Möglichkeit des Aufstiegs zu finden. Es hatte gut getan, endlich mal wieder die eigenen Grenzen zu testen, sich nur auf den Instinkt, die antrainierten Fähigkeiten und den Partner zu verlassen. Beim Klettern war die Wahl des Partners ausschlaggebend für den Erfolg. Man brauchte jemanden, auf den man sich absolut verlassen konnte, dem man vertraute und den man quasi ohne Worte verstand. Zuhause in Deutschland waren das meine Schwester und ein entfernter Cousin gewesen und hier war es nun Isaac. Aber das wunderte mich gar nicht. So vertraut, wie unsere Numa miteinander waren und durch die Verbindung, die wir zueinander hatten, schien es mir wirklich schon manchmal so, als könnte ich seine Gedanken lesen oder hören.
Aber unabhängig von dem guten Gefühl, das mir der Erfolg des „Besiegens" der Wand gab … als ich mich

oben aufrichtete und ich den Blick sah, der sich mir bot, verschlug es mir den Atem. Der Felsen musste – bezogen auf den Rest der Gegend – selber auf einer kleinen Anhöhe stehen. Man hatte von hier einen Blick über die gesamte Umgebung. Isaac, der hinter mich getreten war, legte seine Arme um mich, zog mich an seine Brust und stützte sein Kinn sanft auf meinem Scheitel ab.
„Darf ich dir vorstellen, Jo – das, was du hier siehst, soweit das Auge reicht, ist mein Wald, unser Wald, der Wald der Familie Craven. Jetzt ist alles grün und sieht fast eintönig aus, aber im Herbst zeigen sich die Bäume in den herrlichsten Farben. Rot, gelb, braun ... in den unterschiedlichsten Schattierungen. Und wenn dann die Sonne über dieser Gegend untergeht, dann sieht es fast so aus, als würde der Wald in Flammen stehen. Es ist ein wunderschönes Schauspiel, das ich nie müde werde zu beobachten. Und siehst du da hinten ... wo die beiden hohen Tannen stehen ... da ist unsere Lichtung. Sie bildet fast den tiefsten Punkt der Gegend und ist damit sowas wie der Gegenpol zu diesem Berg. Während ich hier her komme, um über den Dingen zu stehen und die Welt von oben zu betrachten, um mich wie ein Gewinner, ein Sieger zu fühlen, ziehe ich mich aus genau dem anderen Grund auf die Lichtung zurück. Dort bin ich, wenn ich nachdenken muss, wenn ich schlecht drauf bin, wenn ich mich daran erinnern muss, warum ich all diese Aufgaben für meine Familie übernommen habe, wenn ich im wahrsten Sinne des Wortes geerdet werden muss."
Wir blieben eine Zeit lang so stehen und lauschten den Klängen der Natur und der Welt – vom öffentlichen Bereich des Kletterwalds her hörte man Gelächter und Geschrei. Wahrscheinlich war eine Gruppe Kinder auf der großen Schaukel. Von der Straße – wir waren gar

nicht so weit weg vom Parkplatz, wie ich dachte, vielmehr hatte Isaac mich in einem Bogen hierher geführt – hörte man die wenigen Autos, die am Sonntagnachmittag hier entlang fuhren. Und dann waren da noch die Vögel, Insekten und anderen Tiere, die durch Geraschel, Summen oder andere Geräusche auf sich aufmerksam machten. Ich lehnte mich vertrauensvoll gegen Isaac, verschränkte meine Finger mit seinen und schloss die Augen, um den Moment der Ruhe ganz in mir aufzunehmen. Langsam, ganz langsam begannen unsere Hände einen Tanz um- und miteinander, dessen Choreographie nur sie zu kennen schienen. Mal fuhr er mit seiner Hand über meinen Unterarm, mal über meine Handfläche, dann ließ ich meine Finger über seine Handinnenflächen gleiten, bis sich nur noch unsere Fingerspitzen berührten, um anschließend über die Außenseite zurück bis zu seinen Unterarmen den zum Teil deutlich hervortretenden Adern zu folgen. Irgendwann begann er meinen Hals und meine Wange zu küssen und ich legte meinen Kopf zur Seite, um ihm einen besseren Zugang zu geben. Wir standen oben auf dem Hügel, für alle deutlich sichtbar, wenn auch wohl zu weit weg, um Genaueres zu erkennen. Wieder reagierte *sie* auf jede seiner Berührungen, was meinen Körper zusätzlich erregte. Ob meine Berührungen in seinem Inneren ähnliche Reaktionen auslösten? Seine Erregung konnte ich auf jeden Fall deutlich spüren, aber ob sie durch seinen Numus gesteigert wurde? Ich würde ihn danach fragen – irgendwann, aber nicht jetzt, denn jetzt war ich viel zu sehr damit beschäftigt, ihn zu spüren, seine Berührungen zu genießen, um Fragen zu stellen. Reden wurde manchmal sowas von überbewertet … Stattdessen drehte ich mich in seinen Armen und zog ihm mit der einen Hand das Shirt aus der Hose, während ich die andere dazu benutzte, seinen Kopf ganz zu mir hinunter zu ziehen, um den Kuss endlich zu vertiefen. Ein bisschen rumspielen war ja ganz nett, aber mein Körper wollte jetzt eindeutig mehr. Und vorausdenkend, wie ich nun mal war, hatte ich heute Morgen Kondome in die Hosentasche gesteckt, frau wusste ja nie, was so passieren konnte, oder? Meine Hände wanderten über seinen Bauch, streichelten über seinen nackten Rücken unter seinem Shirt und ich unterbrach den Kuss nur kurz, um ihm das Shirt über den Kopf zu ziehen – ein Unterfangen, was bei unserem Größenunterschied nicht gerade einfach war und von ihm mit einem unterdrückten Lachen und von mir mit einem eher frustrierten Grunzen kommentiert wurde. Als Strafe biss ich ihm wenig sanft in die Unterlippe, woraufhin er sehr schnell sehr kooperativ wurde und nach wenigen Sekunden nicht nur sein, sondern auch mein Shirt auf dem Boden lag. Kurz darauf zog Isaac mich mit sich zu Boden, so dass ich auf seinem Schoß saß.

„Kätzchen, du machst mich mal wieder fertig ... was hast du vor?"

„Wenn du das noch nicht weißt, dann mach ich was falsch, oder?" und ohne ein weiteres Wort schob ich meine Hand an seinem Bauch nach unten, immer weiter ... zum Glück trug er eine überaus praktische Kletterhose, ohne störende Knöpfe, Gürtel oder Reißverschluss. Isaac lehnte sich leicht zurück und stützte die Hände hinter sich auf dem Boden ab, das sah ich als Erlaubnis und Einladung zugleich. Allerdings ließ mein Freund mich nicht lange alleine spielen, er machte kurzen Prozess mit meinem Sport-BH und fischte nun seinerseits ein Kondom aus der Hosentasche. Und kurz darauf bewegten wir uns in einem gemeinsamen Rhythmus, der uns alles um uns

herum vergessen ließ. Es war ein wahnsinnig erotisches, leicht verbotenes, aber auch unendlich harmonisches Gefühl, als wir gemeinsam völlig nackt inmitten des Waldes, verborgen und doch irgendwie exponiert zum Höhepunkt kamen. Wir bewegten uns langsam, fast träge und sahen uns dabei die ganze Zeit in die Augen, wir küssten uns und erst, als sich der Höhepunkt in mir ausbaute, beschleunigte ich das Tempo, denn in dieser Position war ich diejenige, die die Führung übernehmen konnte.
Anschließend blieben wir genauso sitzen. Isaac legte den Kopf an meine Brust, ich streichelte ihm langsam über Schultern, Nacken und den Hals, während er mit seinen Daumen kleine Kreise auf meinen unteren Rücken malte.
„Was hättest du gemacht, wenn ich heute Morgen kein Kondom eingesteckt hätte, Jo?"
Ich grinste – was er in seiner Position natürlich nicht sehen konnte – und erwiderte: „Dann hätte ich dir wohl das übergezogen, das ich eingepackt hatte …"
Er hob den Kopf und sah mir in die Augen: „Du hattest also geplant, mich im Wald zu verführen? Himmel, was hab ich für eine durchtriebene Freundin!" Dann fing er an zu lachen und mich zu kitzeln. Ich versuchte mit nicht allzu viel Kraft mich loszumachen, aber ich hatte natürlich keinen Erfolg. Nach ein paar Augenblicken holte Isaac tief Luft und ließ seinen Blick über den Wald um uns herum wandern. „Gott, es ist so schön hier, ich werde mich wohl nie an diesen Anblick gewöhnen, auch, wenn ich hier aufgewachsen bin. Aber jetzt, heute, hier mit dir …" – er bewegte sich kurz, wohl um mir zu zeigen, dass er nicht nur mit, sondern auch in mir war – „…gibt es mir und meinem Numus ein Gefühl von Ruhe und Frieden, das ich in meinem Leben noch nie gefühlt habe. So, als gäbe es nichts

Böses auf der Welt, als könnte ich mit dir an meiner Seite alles schaffen und bewältigen, was auch immer das Leben mit sich bringt. Und dann muss ich an Tom und an deine Tante denken und daran, dass wir noch keinen Schritt weitergekommen sind. Jo, wo sollen wir nur anfangen?"
Er hatte so viel Traurigkeit in der Stimme, dass ich unwillkürlich zitterte. Ich zog ihn näher an mich heran, leider wusste ich aber auch keine Antwort und schwieg deshalb.
„Ist dir kalt? Komm, lass uns uns anziehen und runterklettern, dann kann ich dich füttern und wir reden weiter. So langsam wird es hier doch etwas ungemütlich, was meinst du?"
„Hmmm, wenn ich ehrlich bin, dann finde ich es nicht ungemütlich … aber ich sitz ja auch nicht mit dem nackten Hintern auf dem Felsen…", ich küsste ihn ein letztes Mal und stand auf. Isaac entsorgte das Kondom und wir zogen uns schweigend an. Für den Abstieg verzichteten wir auf das Klettergeschirr und waren in weniger als zehn Minuten wieder am Fuß des Kletterfelsens angekommen. Wir verstauten alle Dinge wieder im Rucksack und versteckten diesen in der Baumhöhle, bevor wir langsam Hand in Hand zum Auto zurückschlenderten. Isaac holte eine Picknickdecke und einen Korb aus dem Kofferraum und führte mich zu einem Baum, in dessen Schatten wir es uns gemütlich machten. Wir aßen, redeten, schmiedeten Pläne, die weit über die nächsten zwei Semester hinausgingen. Isaac hatte seinen Kopf in meinen Schoß gelegt und ich strich ihm langsam durch die Haare. Eine ganze Zeit lang sagten wir gar nichts und dann mit einem Mal saß Isaacs Fuchs neben mir und betrachtete mich mit seinen gelben Augen und schräg gelegtem Kopf. Isaac war eingeschlafen …

Ich hielt dem Numus die Hand hin und er ließ sich von mir streicheln. Einige Minuten saßen wir so da, dann lief der Numus ein paar Meter weg und kam zurück. Das wiederholte er zwei oder drei Mal, bis ich Isaacs Kopf vorsichtig auf die Decke legte und ihm folgte.

Er war frei.
Guter Anwalt, kluger Anwalt! Dieser hatte bis Sonntag Nachmittag gewartet, bevor er ihn rausgeholt hatte. So schnell würden die anderen keinen Richter finden, der ihn direkt wieder einsperren würde.
Zwar musste er diese dämliche Fußfessel tragen, aber wen interessierte das schon? Solange er die Bezirksgrenzen nicht verließ, würde die nichts melden. Alle Orte, die er erreichen musste, konnte er erreichen.
Sein Vater hatte ihm ins Gewissen geredet, er solle sich jetzt bloß still verhalten, dann würde man die Sache in den Griff bekommen. Aber was wusste der schon?
Er hatte sofort Kontakt mit den Huntern aufgenommen, doch die wollten ihm immer noch nicht das Geheimnis dieser Viecher verraten… also war er jetzt auf dem Weg zu dem Versteck.
Leider waren dort nur noch vier Tiere, eine Wildkatze, ein Luchs, dem er die Pfote gebrochen hatte, außerdem ein Wolf und eine Eule. Dieser Fuchs, den er hier in der Gegend eingefangen hatte, war ja leider krepiert.
Ob all diese Tiere ein Geheimnis hatten? Die Hunter hatten ihm nicht viel dazu gesagt …
Er würde an die Orte zurück müssen,

wo er die anderen Tiere gefangen hatte. Zum Glück hatte er sich die Orte genau notiert … auch, wenn er dafür dann doch die Bezirksgrenzen verlassen musste. Aber das hatte Zeit.
Jetzt wollte er zu seiner Freundin und sie zurückholen.
Er war vorhin – als man ihn aus dem Gefängnis geholt hatte – an diesem Scheißwald vorbeigekommen. An dem Wald, den dieser Niemand nicht verkaufen wollte – auch darum musste er sich kümmern.
Wenn er sich nicht geirrt hatte, dann hatte er auch auf dem Felsen ein Pärchen gesehen, das es miteinander getrieben hatte. Das hatte ihn angemacht. Er wollte seine Freundin.
Stopp – hatte er nicht auf dem Parkplatz die Karre dieses Niemands gesehen?
Was, wenn das seine Freundin auf dem Felsen gewesen war?
Die beschissenen Kreaturen mussten warten, er musste zuerst zu diesem Wald und sichergehen, dass seine Freundin sich da nicht rumtrieb …

Isaacs Numus und ich hatten gut eine Stunde durch den Wald getobt. Ich hätte ihn niemals für so verspielt gehalten. Es war eine dieser harmlosen Zeitvertreibe, die ich in Deutschland auch immer mit meinen Schwestern unternommen hatte. Es war eine Mischung aus Verstecken und Fangen, nur eben, dass dein Spielpartner ein Numus war und deshalb um einiges gerissener als ein Mensch. Und Isaac zeigte mir damit nur wieder einmal mehr, dass ich auf nichts verzichten musste, was ich im Laufe meines Lebens liebgewonnen hatte, wenn ich bei ihm bleiben würde. Er war ein wundervoller Freund, ein toller Liebhaber, ein einfühlsamer Alpha und ein verspielter kleiner Fuchs … und er war in den letzten vier Wochen langsam aber sicher zu einem wichtigen Bestandteil meines Lebens und meines Herzens geworden.

Wir hätten wohl noch weitergespielt, wenn nicht mein Handy angefangen hätte zu klingeln. So ließ ich mich lachend auf den Boden fallen, eine Hand vergrub ich im Fell des Numus, mit der anderen angelte ich mein Handy als der Tasche.

Ich nahm das Telefonat an und fragte lachend: „Mitch, was kann ich für dich tun?"

Die Stimme meines Onkels klang leider überhaupt nicht zum Scherzen aufgelegt. Im Gegenteil schon nach zwei, drei Worten setzte ich mich auf und schob Isaacs Numus von mir weg: „Jo, wo seid ihr? Es ist wichtig…"

„Wir sind im Wald, Isaac ist eingeschlafen und ich …"

„Weck ihn sofort auf, Kiddo, sofort, hörst du? Ich habe gerade einen extrem unangenehmen Anruf bekommen. Tristans Anwalt war vor einer Stunde mit einer richterlichen Verfügung da und hat dafür gesorgt, dass Tristan sofort frei gelassen wird, zwar mit Fußfessel, aber er ist frei und das GPS Gerät zeigt an, dass er

unterwegs ist …"
In diesem Moment hörte ich ein Geräusch hinter mir und drehte mich langsam um: „Jo, endlich habe ich dich gefunden. Ich laufe schon ein bisschen länger durch den Wald, ich hatte gehofft, dass ich dich alleine finde … wo ist denn dieser Niemand, der sich für deinen Freund hält?"
Tristan …
Ich sah mich um, zum Glück hatten wir uns beim Spielen weit genug von Isaac entfernt, dass man ihn nicht sehen konnte und sein Numus hatte sich auch versteckt. Gut so, denn die Situation war so schon schwierig genug. Wie sollte ich dann später noch erklären, dass ich einen zahmen „Fuchs" kannte?
Ich versuchte, möglichst ruhig auf ihn zu reagieren, was gar nicht so leicht war, denn mir schlug mein Herz bis zum Hals. Mein Handy hatte ich immer noch in der Hand, so dass Mitch wohl alles mithören konnte, was hier passierte. Ich wagte nicht, das Telefon wieder ans Ohr zu nehmen. Vielleicht fiel Tristan ja gar nicht auf, dass jemand mithören konnte.
„Tristan, was tust du denn hier? Ich dachte…"
Er kam einige Schritte näher und sah mich mit echt irrem Blick an. Für seine Verhältnisse wirkte er ungepflegt. Er hatte blutunterlaufene Augen und man sah auch noch die Reste von Isaacs Schlägen, die sich deutlich von seiner blassen Haut absetzten.
„Was dachtest du? Dass ich immer noch im Gefängnis wäre? Dass ich nicht lache, als hätten die jemals genug in der Hand, um mich, Tristan Collister, länger einzusperren. Das ist noch nie passiert und das wird auch nie passieren. Du kannst dir gar nicht vorstellen, wie viel Einfluss meine Familie hier hat."
Ich ging langsam rückwärts, hoffentlich in die richtige Richtung, also in Richtung des bevölkerten Bereichs

des Kletterwaldes.

„Und warum bist du jetzt hier? Was willst du hier?"

„Ich will mir holen, was mir gehört, das bist einerseits du und andererseits dieser Wald, denn lange wird sich dein Niemand nicht dagegen wehren können, zu verkaufen. Dafür werde ich schon sorgen. Du kannst mir glauben, ich habe nicht so viele Skrupel wie mein Vater. Dieses Hotel wird gebaut werden …, darauf kann dein Lover sich verlassen. Wo ist er überhaupt?" Tristan machte eine blitzschnelle Bewegung auf mich zu, versuchte mich zu fassen, aber ich war schneller. Gleichzeitig tauchte Isaacs Numus aus dem Unterholz auf und biss Tristan ins Bein, woraufhin dieser nach ihm trat und ihn leider auch an der Seite traf.

Der Numus jaulte auf, ließ aber nicht von Tristan ab, sondern ging erneut zum Angriff über.

„Isaac, nein …, lauf zu Isaac, weck ihn auf…", schrie ich, während ich in die andere Richtung davonlief, als ich sah, dass der Numus von Tristan abließ und wieder zwischen den Bäumen verschwand. Ich konnte nur hoffen, dass er wirklich zu unserem Picknickplatz zurücklief und nicht noch einen Angriff versuchte. Tristan sah von mir zu dem Fuchs und wieder zurück zu mir, so als wäre er unschlüssig, wen von uns beiden er nun verfolgen sollte. Schließlich (es kam mir wie eine Ewigkeit vor, wahrscheinlich waren es nur Bruchteile einer Sekunde) setzte er mir nach und brüllte dabei: „Wieso nennst du den Fuchs Isaac … wo ist dieser Niemand, sag es mir, oder …" Man konnte es Blödheit nennen, auf jeden Fall sah ich mich um, um zu sehen oder zu hören, womit er mir drohen wollte.

Niemals hatte ich damit gerechnet, dass Tristan eine Waffe ziehen würde. Es war eine Pistole, aber ein bisschen größer als die, die ich aus Filmen kannte. Und er begann auch nicht, wie wild damit um sich zu schießen, stattdessen lief er mit der Waffe in der Hand einfach nur hinter mir her, als wollte er mich irgendwohin jagen. Ich rannte weiter, er hinter mir her und da ich jeden Augenblick mit einem Schuss rechnete, versuchte ich möglichst oft Deckung zu finden, während ich gleichzeitig hoffte, Tristan immer weiter von Isaac wegzuführen. Mittlerweile verfluchte ich mich dafür, dass ich vorhin nicht aufmerksamer gewesen bin, als ich mit Isaac durch den Wald gelaufen war.

„Jo?" … woher kam diese Stimme? Das war nicht Tristan und Isaac auch nicht … ich sah mich um und suchte nach dem Rufer …

Gott, es war mein Onkel, der war immer noch am Telefon. Ich hielt mir das Handy wieder ans Ohr, konnte aber beim besten Willen kein Wort von dem verstehen, was mein Onkel sagte. Also fing ich einfach an zu reden… oder zu schnaufen: „Mitch … Tristan ist hier im Wald … er hat eine Waffe und folgt mir … ich habe keine Ahnung, wohin wir laufen … ich versuche ihn von Isaac wegzulocken, aber hier sieht alles gleich aus … Moment – ich sehe den Kletterfelsen …" In diesem Moment traf mich etwas Hartes am Rücken. Hatte Tristan etwa doch auf mich geschossen? Musste ich mich dann nicht irgendwie anders fühlen? Wie fühlte man sich, wenn man angeschossen war? Lief mir gerade Blut den Rücken runter? Ich fühlte nichts, aber das musste nichts heißen …

„Schmeiß das Handy weg, Fotze, oder der nächste Stein trifft dich am Kopf … und glaub mir, ich werde dich treffen."

Ich drehte mich um – Tristan stand mehrere Meter von mir entfernt und hatte einen faustgroßen Stein in der Hand, die Waffe war nirgendwo zu sehen.

„Mit wem hast du telefoniert? Wer war da dran …"

Tristan war mittlerweile näher gekommen und wog den Stein in seiner Hand. Scheinbar hatte er mich eben doch nicht angeschossen, sondern mir nur einen Stein in den Rücken geworfen. Wenn der aber genauso groß gewesen war, wie der, den er in der Hand hatte, dann konnte ich froh sein, dass er ihn wohl nicht mit voller Wucht geworfen hatte.

„Tristan, was soll das, was habe ich dir getan, dass du mich verfolgst? Und wo ist die Waffe, die du eben in der Hand hattest?"

„Meinst du die hier?" Er zog – wie in einem schlechten Film – die Waffe aus dem hinteren Hosenbund und sah sie fast erstaunt an. „Damit will ich dir gar nichts tun, die ist nicht für dich. Die kann auch nur betäuben. Die ist für diese Viecher! Ich hatte sie nur dabei, weil ich eigentlich auf dem Weg dorthin ... Aber das geht dich nichts an." Es schien, als würde er mit sich selber reden und mich gar nicht mehr wahrnehmen. „Aber, wenn ich genau darüber nachdenke ... vielleicht ja doch." Er hob den Blick und sah mir genau in die Augen, dabei trat er noch einen Schritt näher an mich heran. „Du hast mit dem Fuchs gesprochen! Dieses Scheißvieh hat mich angegriffen, du hast es Isaac genannt ... Was weißt du Schlampe über diese Kreaturen? Ist Isaac einer von ihnen?" Er fing völlig irre an zu lachen: „Das nennt man Ironie ... Kanntest du diesen anderen Fuchs auch? Den, den ich getötet habe ... ich habe es genossen ... du weißt was, oder? Du bist meine Eintrittskarte, du wirst dafür sorgen, dass ich zu ihnen gehören kann." Und wie vor wenigen Tagen versuchte er wieder, mich am Hals zu packen, aber ich war schneller oder sollte ich sagen, wir waren schneller? Denn während ich ihm mit aller Gewalt mein Knie in die Eier stieß, kam Isaacs Numus aus seinem Versteck und biss ihn in die Wade. Dummer, dummer Fuchs, wieso hatte er nicht auf mich gehört und war zu seinem Menschen zurückgekehrt? Natürlich war mir klar, dass die Zeit niemals gereicht hätte, um zu Isaac zu gelangen, ihn zu wecken und hierher zu führen, aber er wäre in Sicherheit gewesen. Tristan krümmte sich vor Schmerzen, schaffte es aber noch im Fallen den Stein auf den Numus zu schleudern und ihn am Kopf zu treffen, bevor dieser sich in einem Dickicht in Sicherheit bringen konnte. Hoffentlich rannte er diesmal zurück zu Isaac… Es stimmte wohl, dass ein Wahnsinniger über Kräfte verfügte, die man sich nicht vorstellen konnte. Denn trotz der offensichtlichen Schmerzen, die er hatte, griff er nach meiner Wade und brachte mich fast zu Fall. Hilfesuchend sah ich mich um – wohin sollte ich fliehen? Tristan war schon fast wieder auf den Füßen. Ich trat ihm die Waffe aus der Hand, die in hohem Bogen ins Gebüsch flog und dann nahm ich den einzigen Weg, der mir noch blieb … nach oben. Ich sah mich nach ihm um und begann, den Kletterfelsen zu erklimmen. Gott sei Dank hatten Isaac und ich uns heute Vormittag viel Zeit gelassen, alle möglichen Wege durchzuspielen, so war ich jetzt ziemlich sicher, dass ich den Felsen schaffen würde.

„Bleib gefälligst hier, Schlampe, glaubst du ernsthaft, du könntest mir entkommen? Du weißt etwas über diese Kreaturen und du wirst mir sagen, was. Ich muss es wissen, ich will zu den Huntern gehören, ich brauche dein Wissen … und du wirst mir alles sagen, was ich wissen muss…"

Oh mein Gott, Tristan kannte die Hunter? Wie konnte das sein? Was wusste er und wieso wollte er dazugehören? Und was hatte er eben über einen toten Fuchs erzählt? Wenn ich jetzt Zeit hätte und nicht gerade ein irrer Idiot hinter mir her wäre, dann würde ich mir mit Sicherheit einen Reim auf die ganze Sache

machen können. So war ich aber damit beschäftigt, meinen Arsch auf diesen Felsen zu schwingen, um vor Tristan zu fliehen. Und entgegen meiner Einschätzungen stellte Tristan sich leider gar nicht so schlecht an beim Erklimmen der Wand. Und er hatte bei all der Anstrengung noch genug Puste, um Selbstgespräche zu führen. Ich verstand nicht alles, was er sagte, er murmelte es auch mehr vor sich hin. Ab und zu verstand ich das eine oder andere Wort, allerdings machte das alles nicht viel Sinn. Als ich etwa die Hälfte des Weges geschafft hatte, hörte ich die Sirenen – mein Onkel schien auf dem Weg zu sein. Zumindest hoffte ich das. Ich musste also nicht mehr allzu lange durchhalten. Das beflügelte mich und ich hatte schon fast den Überhang bewältigt, als Tristan meinen Fuß zu fassen bekam. Er wollte mich tatsächlich vom Felsen ziehen, er nahm in Kauf, dass ich abstürzte! Ich krallte mich mit beiden Händen an die Wand und machte mich noch kleiner und versuchte mit minimalen Bewegungen, meinen Fuß frei zu bekommen.
„Oh Gott, Jo, halt dich fest, ich komme…"
Ich hörte Isaacs Stimme, traute mich aber nicht, hinunter zu sehen. Deshalb brüllte ich nur: „Bleib wo du bist, Isaac! Es bringt nichts, bitte…"
Tristan fing wieder an zu lachen: „Ja, du Niemand, bleib, wo du bist, vielleicht schaffst du es ja, deine Schlampe aufzufangen, wenn ich sie dir runterwerfe…" und er zog wieder an meinem Knöchel. Lange würde ich mich nicht mehr halten können. Ich atmete tief durch und nahm meine letzte Kraft zusammen. Dann stieß ich mich von der Wand ab, so dass ich nur noch mit Hilfe meiner Finger an zwei Vorsprünge hing und mit all dem Schwung, den ich so bekam, trat ich nach Tristan und nutzte die Bewegung auch, um mein linkes Bein über den Felsvorsprung zu werfen, so dass ich fast

kopfüber über dem Abgrund hing. Aus dem Augenwinkel sah ich, wie Tristan im Gegensatz zu mir den Halt verlor und wild um sich greifend aus einer Höhe von fast sechs Metern in die Tiefe stürzte. Dort blieb er mit völlig verdrehten Beinen liegen … ich hörte ihn bis hier oben lachen. Er lag da unten mit eindeutig gebrochenen Beinen und lachte. Ich hing immer noch halb über der Kante und hatte einen guten Blick auf ihn. Ein Hinunterklettern war im Moment unmöglich für mich, denn meine Hände waren total verkrampft und es würde ein paar Minuten dauern, bis ich wieder genug Gewalt über sie haben würde. Aber ich hörte alles, was da unten passierte. Die Polizeisirene war inzwischen verklungen, aber ich konnte das Flackern des Blaulichts durch die Bäume erkennen. Isaac war mittlerweile bei Tristan und versuchte, ihn ruhig zu stellen.

„Hey, du Niemand, du blutest am Kopf … scheiße, du blutest genau da, wo ich diesen verfickten Fuchs getroffen habe … du bist ein Fuchs … wie funktioniert das … sag es mir! Ich muss es wissen …. Antworte mir, du Arschloch, wie läuft das mit euch? … Du willst es mir nicht sagen … dann sag ich dir was … ihr werdet die anderen nie finden, nie … ich hab den Schlüssel … keiner weiß, wo das ist … und sie werden verrecken, die werden verhungern und ihr könnt nichts dagegen tun … Auch, wenn mir keiner was sagt, hab ich gewonnen …" Der Rest ging in seinem hysterischen Gelächter unter.

Dann hörte ich meinen Onkel rufen. „Isaac, Jo, wo seid ihr?" und einen Augenblick später kam er zusammen mit zwei seiner Polizisten bei Isaac und Tristan an. Ich hatte mich mittlerweile ganz über den Felsvorsprung gezogen und sah auf die Szenerie hinunter.

„Ruft einen Krankenwagen!" –„Wo ist Jo?" – „Was ist

hier passiert?" – Deutlich stach Tristans schrille Stimme hervor: „Hey Chief, wussten Sie, dass Ihr beschissener Fast-Schwiegersohn ein Fuchs ist?" – „Chief, ich glaube, der Junge ist auf den Kopf gefallen, der redet wirres Zeug!" – „Ihr werdet die anderen nicht finden, ich hab gewonnen…" – „Isaac, wieso blutest du an der Stirn?" – „… weil ich diesem beschissenen Fuchs einen Stein an den Kopf geworfen habe, als er mich gebissen hat!" – „Wo bleibt der Krankenwagen? Collister muss ins Krankenhaus…"
Als ich eine gefühlte Ewigkeit später wieder hinunter geklettert war, war der Krankenwagen bereits da und Tristan lag festgeschnallt auf der Bahre. Er winkte mich zu sich. Isaac wollte mich zurückhalten, aber ich machte mich los und ging zu ihm hinüber. Was auch immer er mir sagen wollte – im schlimmsten Fall würde er mich beschimpfen, im besten Fall irgendetwas sagen, was uns helfen konnte. Es war wie in einem Film – Isaac hielt meine Hand und streckte den Arm immer weiter, bis sich nur noch unsere Fingerspitzen berührten und ich mich so weit von ihm entfernt hatte, dass kein körperlicher Kontakt mehr möglich war.
Tristan sieht echt Scheiße aus, aber er hat es verdient…

Ich musste *ihr* zustimmen. Er sah wirklich Scheiße aus, die Spucke, die ihm aus dem Mundwinkel lief, war rötlich gefärbt. Vielleicht hatte er sich beim Sturz irgendwelche inneren Organe verletzt oder einfach nur auf die Zunge gebissen? Das konnte ich nicht beurteilen. Was ich allerdings beurteilen konnte, war, dass er trotz der Schmerzen, die er mit Sicherheit hatte, immer noch dieses leicht wahnsinnige Grinsen zeigte. Er begann zu reden, aber das, was aus seinem Mund kam, war so leise, dass ich mich zu ihm beugen musste, um ihn zu verstehen. In einiger Entfernung stand ein

junger Polizist und beobachtete unseren Austausch.
„Auch, wenn es so aussieht, als hättet ihr gewonnen, Schlampe … ich hab den Schlüssel … und ihr werdet den Eingang nicht finden …, dazu bräuchte man Supersinne … und ich werde allen erzählen, was ich weiß …"
„Tristan, ich weiß nicht, wovon du redest – dich hat ein Tier gebissen, was sonst?"
Er griff nach meiner Hand und ich trat schnell einen Schritt zurück. Er bäumte sich auf, spuckte nach mir und schrie: „Ich erzähle allen, was ich weiß!" Dabei wackelte er so stark auf der Bahre, dass diese drohte umzufallen. Sofort waren ein Sanitäter und der Polizist an meiner Seite und Isaac, der mich in den Arm nahm, um mich wegzuführen.
„Ich mach dich fertig, du Fotze, du wirst sehen, was du davon hast …", dann begann er Blut zu husten und bekam ein Medikament injiziert, das ihn fast augenblicklich betäubte.
Apropos betäubte … „Onkel Mitch, Tristan hatte eben noch eine Waffe. Ich habe sie ihm aus der Hand getreten, sie ist irgendwo im Gebüsch da hinten gelandet."
„Ich kümmere mich darum, aber nun seht erstmal zu, dass ihr nach Hause kommt und haltet euch bereit, Richard wird mit Sicherheit mit euch reden wollen. Ich hoffe nur, dass die Sache nun wirklich vorbei ist."
Und so fand ich mich gut eine halbe Stunde später in Isaacs Wohnzimmer mit einer Decke über den Beinen, verbundenen Händen – mir war gar nicht aufgefallen, dass ich mir die Hände an der Felswand zerschnitten hatte - und einer Tasse Tee vor mir wieder. Isaacs Mutter hatte uns in Empfang genommen, Mitch hatte sie wohl angerufen. Sie hatte nicht wirklich erstaunt gewirkt, als wir blutend und dreckig am Haus

angekommen waren. Isaacs Kopfwunde war zum Glück nicht schlimm, denn im Gegensatz zu all den Gestaltwandlern in den Büchern hatten wir keine super Heilkräfte. Es würde seine Zeit dauern, bis seine und auch meine äußeren Wunden verheilt waren. Wir versuchten alle kleinen Informationsteilchen zusammen zu tragen, die Tristan uns heute geliefert hatte. Da ich ein großer Freund von Listen war, schrieb ich die Dinge auf. Viel war es nicht, aber immerhin mehr als vorher.

- Tristan hatte irgendwie Kontakt zu den Huntern gehabt, ohne genau zu wissen, um was es geht
- Tristan hatte zugegeben, einen Fuchs (wahrscheinlich Toms Numus) getötet zu haben
- Er hatte Tiere (Numa?) in seiner Gewalt
- Wir würden das Versteck nicht finden, nur mit Supersinnen?
- Er hatte einen Schlüssel
- Der Eingang war versteckt

Wie gesagt, nicht viel, aber ein Ansatz vielleicht doch. Unsere Überlegungen wurden von Richards Ankunft unterbrochen, der sich zunächst viele Male dafür entschuldigte, dass man Tristan heute auf freien Fuß gesetzt hatte. Sein Anwalt hatte tatsächlich einen Richter aufgetrieben, der die Freilassung befürwortet hatte, da weder Fluchtgefahr bestand noch eine Wiederholung der Tat zu befürchten wäre. Er war tatsächlich der Argumentation Monicas gefolgt und hatte Tristans Überfall auf mich als „aus dem Ruder gelaufene Sexfantasie" bezeichnet. Gott, wie krank muss man im Hirn sein? Aber seit diese ganzen BDSM Bücher so gehypt wurden, war das wohl tatsächlich salonfähig geworden. Dann redete Richard zuerst mit mir und anschließend mit Isaac über den Verlauf des Nachmittags. Er berichtete auch, dass Tristan steif und fest behaupten würde, dass ihn Isaac in Gestalt eines Fuchses angegriffen hätte. Das würde wohl eine längerfristige Einweisung in eine Psychiatrie nach sich ziehen, sofern er aus dem Krankenhaus entlassen wäre. Er hatte sich beide Beine gebrochen und hätte im Moment noch kein Gefühl in den Beinen, da er eine Schwellung im Bereich der unteren Wirbelsäule hatte. Ob die zurückgehen würde, könnte man jetzt noch nicht absehen. Außerdem hatte er sich zwei Rippen gebrochen, die sich in den linken Lungenflügel gebohrt hatten. Daher auch das Blut.

Richard nahm sich wieder viel Zeit, um mit mir und auch mit Isaac zu sprechen. Es schien nun eine persönliche Sache für ihn zu sein, Tristan für so lang wie irgendwie möglich wegzusperren. Er war sich auch sicher, dass man nun einen Richter finden würde, der den Psychologen von der Schweigepflicht entbinden würden. Tristans „wirres Gerede" über Füchse, Tiere, geheime Verstecke in irgendwelchen Kellergewölben, seltsame Organisationen, die die Menschheit retten wollten ... zeigte ihm deutlich, dass irgendetwas nicht stimmen konnte mit Tristans Geisteszustand. Die Sanitäter hatten zum Glück zur eigenen Sicherheit eine Kamera im Inneren des Wagens installiert gehabt, so dass das Verhalten und die wirren Reden des Patienten dokumentiert waren.

Richard verließ uns mit der deutlichen Warnung, mit niemandem über den heutigen Tag zu sprechen, denn die Familie Collister würde auf jede Indiskretion hart reagieren. Und leider hatten sie ja genug Menschen auf ihrer Seite, um uns das Leben schwer zu machen, selbst, wenn Tristan der Übeltäter war. Die Waffe, die man im Gebüsch gefunden hatte – informierte Richard uns noch – war mit Betäubungspfeilen geladen gewesen. Allerdings war die Dosis in den Pfeilen viel

zu gering, um einen Menschen damit zu betäuben. Somit konnte man ausschließen, dass ich oder ein anderer Mensch das primäre Ziel gewesen wäre. Was genau in Tristans Hirn vorgegangen war, würde wohl nur ein Spezialist klären können.
Kaum war Richard gegangen, fuhr Mitch auf den Hof. Er war in Zivil und hatte sein Motorrad benutzt, ein klares Zeichen dafür, dass er nicht als Polizist, sondern als mein Onkel, Aarons Freund und Dianas Ehemann hier war.
Nach einer weiteren Stunde Diskussion, Reden, Überlegen war es Isaac, der die entscheidende Idee hatte: „Mitch, mir gehen drei Dinge, die ich heute gehört habe, nicht aus dem Kopf. Zum einen sprach Tristan ständig von einem Schlüssel, den wir nicht hätten, außerdem, dass wir den Eingang nicht ohne Supersinne finden würden. Und nun muss er Richard oder den Sanitätern gegenüber irgendwas über Kellergewölbe erwähnt haben. Kannst du herausfinden, ob sich unter Tristans Habseligkeiten ein Schlüssel befunden hat und gibt es eine Möglichkeit an eine Aufstellung der Immobilien zu kommen, die den Collisters gehören? Es ist eine geringe Chance, aber auch die erste Spur, die wir haben. Wer weiß, vielleicht sind wir ja wirklich in der Lage, die Numa zu finden. Wenn es stimmt, dass er sie verhungern lassen will und wenn er – wie ich vermute – alleine agiert, dann hatte er jetzt fast eine Woche nicht die Möglichkeit, sie zu füttern oder ihnen was zu trinken zu geben. Die Zeit drängt …"
Es wurde eine lange Nacht, Mitch forderte alle Gefallen ein, die er bei den Menschen in der Stadt hatte. Er beaufsichtigte persönlich die Durchsuchung von Tristans Wagen, wir recherchierten im Internet alte Baupläne und organisierten für den nächsten Morgen

eine großangelegte Suche. Hierfür trommelte Isaac alle Numa der Gegend zusammen, die er kannte. Dazu zählte neben den Füchsen noch eine kleine Gruppe Eulen, bei denen auch seit einigen Monaten ein Numus fehlte. Uneingeweihte konnten wir leider nicht mit in die Suche einbeziehen, denn es wäre schwer zu erklären, warum wir Tiere aus einem Kellergewölbe der Collisters befreiten, ohne uns zu verraten. Aber auch so waren wir über 20 Leute und irgendwie hatte Aaron es auch geschafft, dass Silas in den frühen Morgenstunden zu uns stieß. Vielleicht konnte uns seine militärische Ausbildung ja helfen.

Nach ein paar Stunden Schlaf und jeder Menge Kaffee hatten wir uns darauf geeinigt, dass wir drei Gebäude besonders unter die Lupe nehmen würden. Es handelte sich um ein leerstehendes Fabrikgebäude, das den Collisters gehörte, dann ein altes Anwesen etwas nördlich von Purple Beach, an das sich die Angestellte der Bücherei erinnert hatte. Es hatte wohl Tristans Großeltern gehört und wurde jetzt von einem älteren Ehepaar bewohnt. Das dritte Gebäude schließlich war eher eine Ruine, es handelte sich um ein altes Herrenhaus, das auf dem weitläufigen Grundstück der Collisters stand und heute nicht mehr genutzt wurde – zumindest sagte das der Dorftratsch, wieder in Form der Bibliothekarin. Laut Mitch kannte diese Frau jedes noch so kleine Geheimnis aller Bewohner des Ortes, weshalb er sie auch gestern Abend noch angerufen und mit einem selbstgebackenen Apfelkuchen bestochen hatte. Außerdem hatte Mitch tatsächlich in Tristans Auto – versteckt unter dem Beifahrersitz – einen Schlüsselbund mit mehreren Schlüsseln gefunden. Wir teilten uns in drei Gruppen auf und machten aus, dass wir erstmal nur die Gegend genauer erkunden würden. Zum Glück standen alle Gebäude so alleine, dass wir nicht auf den Schutz der Dunkelheit angewiesen sein würden. Das einzig bewohnte Objekt sollte Mitch sich vornehmen. Da er als Chief dafür bekannt war, von Zeit zu Zeit einfach mal bei den Bewohnern des Ortes aufzutauchen, wollte er es als Anstandsbesuch tarnen, sich möglichst unauffällig umsehen und in das Gespräch die eine oder andere Frage nach Tristan einfließen lassen. Isaac, ich und ein paar andere würden das alte Fabrikgelände durchsuchen und Silas würde zusammen mit seinem Bruder, Brian und fünf weiteren Numa die Ruine erkunden. Wir hatten beschlossen, Tristan soweit zu glauben, dass unser Hauptaugenmerk auf versteckten Kellereingängen liegen sollte. Leider verfügten wir nicht über die von diesem Irren erwähnten Supersinne … nun, eigentlich schon, immerhin waren unsere Numa Füchse, Panther, Eulen und eine Wildkatze. Es gab nur ein Problem: keinem von uns war nach Schlafen zumute und ein Auftauchen unseres Numus konnten wir leider nicht erzwingen. Also musste es so gehen. Ansonsten würden wir die Suche doch in der Nacht fortsetzen, wenn der eine oder andere von uns eingeschlafen war.

„Also dann, keine Alleingänge, wenn ihr denkt, etwas gefunden zu haben, sagt den anderen Bescheid. Wir müssen vorsichtig sein und wenn euch jemand fragt, was ihr an dem Ort tut, dann erklärt einfach, dass ihr auf der Suche nach einem Ort für die nächste Halloween Party wärt … keine Ahnung, ob euch das jemand glaubt, aber Hauptsache, ihr denkt nicht zu lange nach …"

Dann machten wir uns schweigend auf den Weg zu den einzelnen Orten, zum ersten Mal seit Wochen voll neuer Hoffnung. Aber auch voller Angst, denn wenn wir nichts finden würden, dann waren wir wieder am Anfang …

Leider sah es fast fünf Stunden später genau danach aus – zumindest, was meine Gruppe und auch Mitch anging. Wir hatten gefühlt jeden Zentimeter rund um die Fabrik untersucht und nicht die geringste Spur einer Unterkellerung gefunden. Keinen Eingang, keine Falltür, nirgendwo klang der Boden hohl, wir hatten sogar versuchsweise Bodenplatten demontiert, in der Hoffnung, darunter einen Hinweis auf einen Keller zu finden. Aber nichts, gar nichts, nicht der kleinste Hinweis. Und auch Mitch kam mit hängenden Schultern von seinem Besuch zurück. Er war zwar mit offenen Armen und einer Einladung zum zweiten Frühstück empfangen worden, aber einen Hinweis auf Tristans Versteck hatte er nicht erhalten. Das Ehepaar hatte das Haus vor über zehn Jahren gekauft und umgebaut, auch den Keller. Den durfte Mitch sich sogar ansehen. Seine Begründung dafür war die bauliche Sicherheit. Er durfte sogar die Wände abklopfen, auf der Suche nach versteckten Hohlräumen, aber auch das ergab nichts. Und Tristan hatte sich noch nie bei ihnen blicken lassen. Sie wussten zwar, dass das Haus Tristans Großeltern gehörte, aber mit den Collisters hätten sie nie Berührungspunkte gehabt. Also auch eine Sackgasse – so saßen wir in der Küche und schwiegen uns an, während wir auf Silas und seine Gruppe warteten.
Die erschienen fast eine Stunde nach uns und taten sehr geheimnisvoll. Erst, als alle in der Küche versammelt waren, ergriff Silas das Wort. Er war zwar genauso alt oder besser jung wie ich, aber er wirkte bedeutend älter, reifer. Ich wollte lieber nicht wissen, was er während seiner Zeit in der Army schon alles erlebt hatte.
„Also, wir haben möglicherweise …", weiter kam er nicht, denn alle anderen redeten sofort durcheinander

und auf ihn ein. Er verschaffte sich schnell wieder Ruhe und fuhr fort: „Also, es scheint tatsächlich eine Unterkellerung zu geben, wir haben auch einen Eingang außerhalb der Ruine gefunden. Allerdings ist diese Fallklappe eindeutig kürzlich erneuert und mit mehreren stabilen Schlössern versehen worden. Die konnten wir so auf keinen Fall öffnen. Und bevor ihr jetzt wieder alle gleichzeitig fragt: nein, wir konnten euch nicht früher Bescheid geben, denn wir sind oder besser Brian ist quasi in dem Moment, als wir aufgeben wollten, darüber gestolpert. Der Eingang ist nämlich fast 100 Meter von der Ruine entfernt. Ihr könnt also Brian und seiner Blase danken, dass wir die Hoffnung noch nicht aufgeben müssen. Ich würde aber vorschlagen, dass wir dann doch erst heute Abend im Schutz der Dämmerung wieder dort hingehen. Wenn wir wirklich Numa finden sollten, dann kämen wir doch in Erklärungsnot, wenn wir jemandem begegnen würden."

Es widerstrebte uns allen, noch mehr Zeit verstreichen zu lassen. Aber wir mussten Silas leider recht geben, man konnte sich seiner Argumentation wirklich nicht entziehen. Wir nutzten die Zeit, um uns auszuruhen, etwas zu essen und zu trinken. Silas zeichnete uns einen ziemlich genauen Lageplan des Ortes. Wir planten, wer mit wem im Auto fuhr, schließlich wussten wir ja auch gar nicht, welche Numusarten uns erwarteten oder wie viele. Was, wenn dort ein Panther oder etwas ähnlich Großes war? Wir wussten auch nicht, wie die Numa auf uns reagieren würden nach all der Zeit in Isolation. Dave, der sich die Schlösser genauer angesehen hatte, ging mit Mitch die Schlüssel an Tristans Bund durch, den mein Onkel erst gar nicht als Beweismittel angezeigt hatte. Ich saß schweigend vor meiner mittlerweile kalten Tasse Kaffee und starrte Löcher in die Luft. Ich konnte nichts tun und kam mir nutzlos und hilflos vor.

„Komm, Kätzchen, wir gehen spazieren", Isaac hielt mir seine Hand hin und als ich sie ergriff, zog er mich hoch und in seine Arme. „Wir können hier sowieso nichts ausrichten, aber wenn ich noch länger hier rumsitze, dann werde ich verrückt!" Wir liefen eine Weile Hand in Hand am Rande des Waldes entlang, uns war nicht zum Reden zumute, aber das war auch nicht nötig. Wir hatten in den letzten Stunden so viel geredet und im Grunde gab es auch nichts mehr zu sagen. Ich spürte Isaacs Unruhe, er blieb nur mit Anstrengung so ruhig, wie er nach außen schien. Aber wenn man bedachte, dass er die Verantwortung für all die Menschen und ihre Numa trug, dass sich alle auf ihn verließen, dann war das eine Menge Ballast für einen 23-jährigen. Und auch die Eulen, die gestern Abend aufgetaucht waren, schienen in ihm ihren Anführer zu sehen. Ich war Silas dankbar, dass er einen Teil dieser Verantwortung übernommen hatte.

Ich blieb stehen: „Komm her …", dann schloss ich Isaac in meine Arme und hielt ihn fest. Wir hielten uns einfach nur fest und blieben so stehen, bis Silas uns holen kam, weil es Zeit zum Aufbrechen war.

Kapitel 16

Als wir in der Nähe der Ruine ankamen, war es fast völlig dunkel. Wir waren mit fünf Autos unterwegs und in jedem Auto saßen zwei Personen. Silas hatte Mitch mitgenommen, dann Brian und Dave, Isaac und ich, zwei Eulennuma, darunter der Vater des im Koma liegenden Mannes, außerdem zwei Füchse in Isaacs Alter, mit denen ich bisher wenig zu tun gehabt hatte. Die Frau hieß Julia und ging mit uns zum College und der Mann hieß Victor. Er arbeitete im Supermarkt in der Stadt. Kaum angekommen, übernahm Silas die Führung und brachte uns zu der in den Boden eingelassenen Falltür.
„Leute, egal, was wir da jetzt finden, oder nicht finden, bitte tut mir den Gefallen und versucht ruhig zu bleiben. Lasst uns strategisch vorgehen, wir sehen uns Raum für Raum an und trennen uns nicht. Wir haben keine Ahnung, was Tristan da getrieben hat … wenn es sein Versteck ist!" Einer nach dem anderen stimmte ihm zu und dann übergab er Isaac den Schlüsselbund, der sich sofort an die Arbeit machte. Ich sah, dass seine Hände leicht zitterten, deshalb legte ich ihm die Hand auf den Rücken, um ihn zu beruhigen. Bereits der zweite Schlüssel war ein Treffer und passte auf zwei der drei Schlösser. Nach einigem Rumprobieren passte einer der übrigen Schlüssel und die Tür war offen. Allerdings traute sich zunächst keiner von uns, die Flügeltüren zu öffnen. Schließlich war es Mitch, der die Initiative ergriff.
Wir blickten auf eine Steintreppe, die tief hinab führte. Es war dunkel und kein Lichtschalter zu sehen, zum Glück hatte Silas bei der Planung daran gedacht, dass jeder eine Taschenlampe dabei haben musste. Und so stiegen wir, immer paarweise, die Treppe hinunter. Am

Fuße der Treppe war wieder eine Tür, diesmal eine alte Holztür. Allerdings passte keiner der Schlüssel vom Bund, aber auch hier erwies sich Silas als äußerst hilfreich. Er verfügte tatsächlich über einen Dietrichsatz und hatte das Schloss in wenigen Minuten geöffnet.

Der Raum dahinter erinnerte eher an ein Labor, die Wände waren weiß gekachelt, in der Mitte stand ein Metalltisch und auf einem Holztisch an der Wand ein Computer mit mehreren Monitoren. Neben dem Computer lag ein Notizbuch. Ich ging langsam zu dem Tisch und schlug das Notizheft auf. Da standen Orte, Namen, Zahlen, nichts machte wirklich Sinn, zumindest jetzt in diesem Moment. Vielleicht, wenn ich ein bisschen Zeit hätte, aber jetzt wollte ich sehen, was hinter der nächsten Tür auf uns wartete.

Doch zuerst warteten wir, bis Silas in seinen Augen genug Fotos des Raumes gemacht hatte. Dann wendeten wir uns der Stahltür zu, die wieder mit einem Schlüssel von Tristans Bund zu öffnen war. Bevor Silas die offensichtlich schwere Tür aufzog, schärfte er uns nochmal ein, dass wir – egal, was wir vorfinden würden – die Ruhe bewahren mussten. Das erste, was wir alle wahrnahmen, war ein fürchterlicher Gestank nach Schmutz, Unrat und Kot. Einer nach dem anderen schaltete seine Taschenlampe wieder an und leuchtete in den Raum hinein. An beiden Wänden standen vergitterte Käfige unterschiedlicher Größe. Die ersten waren leer, aber in den hinteren nahm man im Schein der Lampe eine Bewegung wahr. Eindeutig Tiere, die versuchten, sich in den Schutz der Dunkelheit zu ducken. Aber waren es auch Numa?

Da wir ja den Numus meiner Tante und den Eulennumus unter den Gefangenen vermuteten oder erhofften, gingen Mitch und der Vater des jungen

Mannes vor. Wir verzichteten darauf, mehr Licht anzumachen, denn wenn die Numa schon über eine Woche in der Dunkelheit saßen, dann würde das helle Licht sie bestimmt zu sehr blenden. Also ging Mitch vor und redete so leise wie möglich: „Diana … bist du hier? Ich bin's, Mitch. Ich bin gekommen, um dich nach Hause zu bringen … Diana?" Nach einer gefühlten Ewigkeit, in der wir alle die Luft angehalten hatten, kam aus dem letzten Käfig ein kraftloses Maunzen. Sofort war Mitch dort und ging vor dem Käfig auf die Knie. Im Schein seiner Taschenlampe sah man tatsächlich einen Serval. Das Tier sah fürchterlich aus. Das Fell war verdreckt und struppig, es war völlig abgemagert. Aber es rieb seinen Kopf vertrauensvoll an Mitchs Hand und seine Laute wurden lauter. Wie auf Kommando wagten sich nun auch die übrigen Tiere nach vorne an die Käfigtüren. Insgesamt waren es vier Tiere: ein Serval, eine Eule, ein Luchs, der offensichtlich humpelte und ein … Wolf? Tatsächlich, im letzten Käfig, gegenüber von Diana, saß nun ein Wolf direkt am Gitter und beobachtete uns mit trüben, und etwas wilden Augen. Was hatten diese Numa durchstehen müssen? Wie lange waren die anderen schon hier? Mitch war schon dabei, die Gittertür zu öffnen, um Dianas Numus auf den Arm zu nehmen. Die Türen waren zum Glück nicht abgeschlossen.
Die beiden Eulennuma kümmerten sich um die Eule. Silas übergab Dave seine Taschenlampe und die Kamera und kümmerte sich um den Luchs. Als ich all diese Numa sah, kämpfte ich mit den Tränen – ein Kampf, den ich ziemlich schnell verlor. Ich verkroch mich in Isaacs Armen, weil ich all das Leid kaum ertragen konnte.
Mittlerweile hatte der Wolf angefangen, an den Gitterstäben zu kratzen und dabei zu jaulen. Es war ein

ziemlich großes, schwarzes Tier, das mir ehrlich gesagt Angst einflößte. Gerade als Brian sich auf den Weg zu ihm machte, schob Julia sich an ihm vorbei und hielt ihm ihre Hand durch die Gitterstäbe hindurch vor die Schnauze. Sie redete beruhigend auf ihn ein und als er sich fast auffordernd hinlegte, öffnete Julia diese Tür und entließ auch ihn in die Freiheit.

„Lasst uns die Numa erstmal mit nach Hause nehmen. Sie müssen fressen und trinken und dann müssen wir herausfinden, wo der Wolf und der Luchs hingehören. Wir nehmen das Notizbuch und den Computer mit, alles andere lassen wir so, wie es ist ... Zur Not können wir nochmal zurück kommen." Wieder war es Silas, der die Führung übernahm.

Zurück bei den Autos luden wir den Computer in Silas' Auto. Mitch ließ Dianas Numus nicht los und auch der Luchs schien bei Silas bleiben zu wollen. Die Männer versuchten den Wolf in Daves Auto zu verfrachten, aber der schnappte jedes Mal nach ihnen. Erst als Julia dazukam, beruhigte er sich, drückte sich an ihr Bein, folgte ihr zu Viktors Auto und sprang hinein. Es war kein allzu kraftvoller, energiegeladener Sprung. Er wirkte genauso entkräftet wie alle anderen, aber er schien zu wissen, was er wollte. So ließen wir ihm seinen Willen. Die Eulen verabschiedeten sich fast sofort von uns, sie wollten ihren Numus direkt mit zu sich nehmen. Der junge Mann lag auch in einem anderen Krankenhaus als Diana. Wir verabschiedeten uns aber mit dem Versprechen, Kontakt zu halten und das weitere Vorgehen gemeinsam zu besprechen. Auf jeden Fall wollten wir die Numa zunächst einmal aufpäppeln, bevor wir sie zu ihren Menschen zurückbringen konnten. Mitch folgte uns, denn Dianas Numus sollte auch zunächst in Isaacs Haus bleiben.

Olivia Sharpe hatte genug gesehen. Sie schaltete die Kamera offline und schloss ihren Laptop. Schade, der Aspirant hatte anfangs so vielversprechend gewirkt. Sie hatte ihn – wie die anderen auch – bei einem Onlinespiel geködert und mit Informationen versorgt. Anfangs war er sehr erfolgreich gewesen, hatte binnen kürzester Zeit fünf dieser Kreaturen gefangen und nach ihren Anweisungen behandelt. Leider hatte sein Intellekt nicht ausgereicht, um deren Geheimnis wirklich zu lüften. Deshalb hatte sie sich mehr und mehr zurückgezogen. Und nun schien er enttarnt worden zu sein. Wieso hätten sonst dort Menschen auftauchen sollen, um die Kreaturen zu befreien? Dieser Stützpunkt war verloren. Die Kreaturen hatten diese Schlacht gewonnen, aber sie hatte keine Zweifel daran, dass sie den Krieg gewinnen würde. Man fand so viele Sadisten im Netz, die mit ein bisschen gutem Zureden nur allzu gerne bereit waren, diese Kreaturen zu fangen und zu foltern …

Was ihr gut gefallen hatte, war, als der Aspirant diesen Fuchs totgeschlagen hatte. Es war eine Genugtuung für sie gewesen, eine dieser Kreaturen verrecken zu sehen. Auch, wenn das eigentlich nicht der Plan gewesen war.

Aber nun hieß es nach vorne schauen – dank der Überwachungskamera hatte sie neue Bilder von möglichen Kreaturen, sie würde neue, bereite Freiwillige finden. Sie hatte Zeit und Geld. Sie würde ihr Ziel erreichen und es diesen Kreaturen heimzahlen …keiner legte sich ungestraft mit ihr und ihrer Familie an…

Kapitel 17

Wir hatten die Numa zwei Tage lang im Haus gehalten. Keiner von ihnen hatte wirklich rausgewollt, auch nicht in Begleitung eines anderen. Nur der Wolf war einmal kurz zusammen mit Julia draußen gewesen. Von den Eulen hörten wir Ähnliches.
Silas hatte viel Zeit mit Tristans Computer und dem Notizbuch verbracht und mögliche Orte herausgefunden, an denen der Wolf und der Luchs eingefangen worden sein konnten. Wir wollten heute Abend den Versuch machen und Dianas Numus ins Krankenhaus schmuggeln. Dann würden wir sehen, wie die beiden aufeinander reagieren würden. Mein Numus hatte versucht, mit Dianas zu kommunizieren. Aber *sie* meinte, die andere wäre zu apathisch und wiche nicht von Mitchs Seite, der deshalb auch im Gästebereich des Hauses eingezogen war.
Die geretteten Numa hatten in den letzten Tagen viel gegessen, viel geschlafen, gebadet … ansonsten blieben die drei zusammen oder suchten die Nähe ihrer persönlichen Retter. Wir hatten versucht, die Pfote des Luchses zu behandeln. Aber zum Einen ließ sie kaum jemanden an sich heran und zum Anderen wuchs in uns leider der Verdacht, dass Tristan die Pfote so stark verletzt hatte, dass ein irreparabler Schaden entstanden war.

Mitch hatte Dianas Numus dazu gebracht, in eine große Tasche zu schlüpfen und gemeinsam mit Isaac fuhren wir zum Krankenhaus. Der Plan war, dass Isaac und ich im Falle eines Falles für die nötige Ablenkung sorgen müssten, damit Mitch mit dem Numus im Gepäck in Tante Dianas Zimmer gelangen konnte. Dann hieß es abwarten …

Aber wir kamen unbehelligt in das Zimmer, Mitch stellte die Tasche ab und öffnete den Reißverschluss. Dianas Numus kletterte hinaus und sah sich um. Sie lief sofort zu Diana, schnupperte an ihr, stupste sie mit der Nase an. Sie roch wieder, sah sich zu uns um, lief zurück zu Mitch, legte den Kopf schief und sah ihn an. Es wirkte, als wollte sie wissen, was sie zu tun hätte. Mitch hatte Tränen in den Augen und kniete sich zu dem Numus hinunter: „Ich weiß, ihr ward lange getrennt, aber sie wartet auf dich, sie braucht dich … und du brauchst sie … versuch es bitte, mir zuliebe!" Das schien zu genügen, denn sie hüpfte aufs Bett, setzte sich auf Dianas Brust – der Monitor, der den Herzschlag aufzeichnete, zeigte eine deutliche Veränderung – und verschwand. Im selben Moment machte Diana einen tiefen Atemzug, ihr Körper wurde von einem Zittern ergriffen … und sie schlug die Augen auf. Mitch trat langsam an das Bett heran. Diana schien ihn zuerst gar nicht wahrzunehmen. Ich konnte mir vorstellen, was in ihr vorging – sollte die Verschmelzung tatsächlich funktioniert haben, dann würde ihr Numus ihr gerade erzählen, was passiert war. Sie hörte in sich, in Zeitlupe hob sie ihre Hand an den Mund und in ihren Augen sammelten sich Tränen. Als die erste Träne ihr über das Gesicht lief, hörte ich, wie sie ein einziges Wort flüsterte: „Mitch …" Im nächsten Moment war Mitch neben ihr, nahm ihre Hand und fing seinerseits an, zu weinen. Ich spürte, dass auch mir die Tränen in die Augen schossen, also schnappte ich mir Isaac und zog ihn aus dem Raum. Dieser Augenblick sollte ganz den beiden gehören. Wir blieben vor der Tür auf dem Gang stehen und es dauerte keine Minute, bis der erste Arzt in Dianas Zimmer gerufen wurde. Die Überwachung hatte wohl die Veränderung von Dianas Zustand gemeldet. Wir mussten noch fast eine halbe

Stunde warten, bis Mitch kurz den Kopf zur Tür hinausstreckte und uns immer noch mit Tränen in den Augen mitteilte, dass Diana sich erinnerte, alles wusste. Sie war verwirrt, durcheinander und verängstigt, aber wohlauf und wirklich wach wäre. Ich drückte ihn kurz an mich und dann verließen Isaac und ich das Krankenhaus, um Silas anzurufen, damit er uns abholen konnte und wir allen die Neuigkeit verkünden konnten.

Silas

Diana war aufgewacht. Sie war schwach, sie war traurig, sie war bestürzt, sie war deprimiert, sie war von den Ereignissen völlig überwältigt, aber sie war wach und sie würde in wenigen Tagen nach Hause dürfen. Wie es dann weitergehen würde, wie sie ins Leben zurückfinden würde, ob sie Probleme haben würde, das musste die Zeit zeigen. Aber erstmal hatten wir gewonnen, alle außer Tom. Aber wir hatten die anderen Numa gerettet und nun hatte ich die Aufgabe übernommen, den Luchs nach Hause zu bringen. Dank Tristans akribisch genauen Aufzeichnungen wussten wir ziemlich genau, wo und wie er die Numa gefangen hatte. Er hatte auch einiges über ein Onlinespiel notiert, bei dem er Kontakt zu den Huntern bekommen hatte. Sie hatten ihm gesagt, dass er Kreaturen fangen sollte, die sich untypisch verhielten und an Orten anzutreffen waren, wo dieses Tier sich normalerweise nicht aufhielt. Er hatte auch andere Tiere gefangen und getötet, ob andere Numa darunter gewesen waren, würden wir wohl nie klären können.
Ich hatte den Heimatort des Luchses in einem Ort ungefähr zwei Autostunden entfernt lokalisiert und genau dahin waren wir jetzt zusammen unterwegs. Der Luchs hatte sich aus irgendeinem Grund mich als seinen Beschützer auserkoren und wer wollte dem Numus da widersprechen?
Ich war noch nie mit einem Numus alleine unterwegs gewesen. Aber irgendwie animierte mich seine (oder eigentlich ihre, es war wohl ein Weibchen) Anwesenheit dazu, mit ihr zu reden.
„So, meine Kleine, wenn wir gleich in deinem Heimatort sind, dann musst du mir helfen, okay? Du musst mir zeigen, wo dein Mensch gewohnt hat, dann

kann ich dich nach Hause bringen. Du musst keine Angst haben, wir haben es bei Diana und auch bei der Eule gesehen. Ihr könnt wieder verschmelzen und normal weiterleben. Vielleicht ist es am Anfang ein bisschen schwer, denn du warst fast ein halbes Jahr von deinem Menschen getrennt, aber ihr werdet das schaffen!"
Ich war ein eher rationaler Mensch und die zwei Jahre, die ich jetzt bei der Army war, hatten mich mit Sicherheit nicht weicher oder emotionaler gemacht, eher im Gegenteil. Aber trotzdem erwischte ich mich ab und zu dabei, mir vorzustellen, wie ihr Mensch wohl war. Wie alt sie wohl war – ein Kind? Oder Mutter von vier Kindern? Aber alles Nachdenken brachte nichts. Ich würde sie zu Hause abliefern und dann musste ich zurück, mein Sonderurlaub war vorbei und in einer Woche würde meine Einheit mit unbekanntem Ziel verlegt werden. Und ich ahnte schon, dass es kein Badeurlaub in Mexiko sein würde!
„Du musst dir auch keine Sorgen wegen Tristan machen. Das Letzte, was ich von ihm gehört habe, ist, dass er noch im Krankenhaus liegt und von dort wandert er direkt ins Gefängnis und zwar außerhalb des Bezirks, damit die Collisters keinen Einfluss mehr haben. Und wenn man Richard Freeman Glauben schenken darf, dann wird er anschließend in die Psychiatrie wandern. Die Dinge, die in seinen Unterlagen beim Psychiater standen, reichen wohl für eine lange, lange Sicherheitsverwahrung!"
Als wir den Ort erreicht hatten, den Tristan als „Fundort" bezeichnet hatte, wurde mein Luchs aufmerksam. Sie hockte sich auf und sah aus dem Fenster. Ich fuhr langsam kreuz und quer durch den kleinen Ort und fing in den Außenbezirken an, denn normalerweise suchten wir unsere Häuser so aus, dass

wir schnell in der Natur waren. Schon nach ein paar Minuten wurde sie unruhig und als wir an einem kleinen zweistöckigen Haus vorbeifuhren, sprang sie auf und sah mich mit großen Augen an. Also stoppte ich den Wagen. „Meinst du dieses da? Okay, dann wollen wir mal. Tust du mir einen Gefallen und wartest im Auto, bis ich dich hole? Wir wissen ja nicht, ob deine Leute alleine sind und wir wollen nicht unnötig Aufmerksamkeit erregen, oder?" Ich streichelte ihr - wohl ein letztes Mal, wie ich ein bisschen wehmütig feststellte – über die Nase und stieg aus. Ich schloss die Autotür vorsichtig und machte mich auf den Weg zur Haustür.

Ich klingelte und musste nicht lange warten, bis man öffnete. Ich stand einem Mann von etwa 40 Jahren gegenüber, er hatte ein Kind auf dem Arm, ich würde es auf Kindergartenalter schätzen.

„Ja bitte?"

Ich hatte lange überlegt, was ich sagen würde, aber nun fehlten mir doch die Worte: „Entschuldigung, ich weiß nicht, wie ich es sagen soll. Sind Sie alleine?"

„Was wollen Sie?"

„Nun, ich glaube, Ihnen fehlt etwas … und ich habe es, oder besser sie…"

„Ich weiß nicht, was Sie meinen …"

„Ich habe einen … Luchs im Auto…"

„Sie haben … wieso, woher, ich meine, Sie haben sie wirklich? Bitte, darf ich sie sehen?", dem Mann standen die Tränen in den Augen, für mich ein klares Zeichen, dass ich hier richtig war! Also ging ich zum Auto, nahm den Numus auf den Arm – sie kuschelte sich vertrauensvoll an mich – und trug sie zur Haustür.

Der Mann hatte das Kind mittlerweile auf den Boden gesetzt und nahm mir den Numus aus dem Arm. „Oh Gott, wo haben Sie sie gefunden? Wir können wir

Ihnen danken?"
„Sie war zusammen mit einigen anderen Numa gefangen gewesen, leider wurde ihr die Pfote gebrochen … Aber wir haben festgestellt, dass die Verschmelzung problemlos durchgeführt werden kann. Sie müssen ihr aber Zeit lassen, sich wieder an die Situation zu gewöhnen, doch sie wird es schaffen!"
„Wer sind Sie, wie können wir Sie erreichen?"
„Das ist nicht wichtig, wirklich. Kümmern Sie sich um sie und alles wird wieder gut, okay?"
Dann drehte ich mich um, ging zum Auto und fuhr zum Stützpunkt. Mein Leben musste weitergehen, da war es besser, keine weiteren Verpflichtungen einzugehen …

Julia

Silas hatte gestern das Luchsweibchen nach Hause gebracht und war dann weiter zum Stützpunkt gefahren. Nun würden wir wieder Wochen nichts von ihm hören. Wie er das schaffte, immer so lange von der Sippe getrennt zu sein, war mir ein Rätsel. Für mich kam das nicht in Frage, ich lebte gerne hier. Meine Eltern und ich wohnten in der Nähe des Haupthauses der Familie Craven, ich war mit den drei Cravenbrüdern aufgewachsen, sie hatten mich immer als „mittlere Schwester" akzeptiert und nun ging ich mit Dave und Isaac zusammen zum College.
Wir kannten uns schon unser ganzes Leben, deshalb vertrauten sie mir auch den Wolf an. Vielleicht lag es auch daran, dass dieser Numus mir nicht von der Seite gewichen war, seit wir ihn aus dem Keller befreit hatten. Ich hatte ihn gefüttert, gebadet, unsere Numa waren zusammen draußen gewesen, wobei der Wolf sich nicht wirklich weit vom Haus entfernt hatte. Und nun saß er in meinem Auto und wir waren in dem Ort, den Silas als seinen Heimatort vermutete. Irgendwie machte mich der Gedanke daran, dass ich ihn gleich bei seiner Familie lassen würde, traurig. Er war mir ans Herz gewachsen, dabei wusste ich nichts über ihn. Vielleicht war er 50, übergewichtig und Kettenraucher? Oder ein pickliger Zehnjähriger? Oder Vater von zwei süßen Kindern, verheiratet und Bürohengst? In meiner Fantasie war er aber Anfang 20, gutaussehend, Single und unendlich heiß.
Ich vergrub meine rechte Hand in seinem Fell und streichelte ihn. „So, mein Süßer, wenn Silas, unser Superhirn, recht hat, dann wohnst du hier irgendwo. Schau mal aus dem Fenster und gib ein Zeichen, wenn

du etwas wiedererkennst, okay?"
Bildete ich mir das nur ein oder hatte er mir zugenickt? Was ich mir aber nicht einbildete, war, dass er seinen Kopf an meinem Arm rieb und mir über den Unterarm leckte. Das kitzelte und ich musste lachen, gleichzeitig schossen mir Tränen in die Augen. Mann, ich musste kurz vor meinen Tagen stehen, so emotional war ich.
Ich kannte diesen Numus gerade mal vier Tage und nun würde ich ihn heim bringen und zurückkehren nach Purple Beach. Ende der Geschichte!
Plötzlich sprang der Wolf auf und kratzte an der Scheibe. Also fuhr ich langsamer und als er mich winselnd ansah, hielt ich an und setzte zurück. Da, das Haus musste es sein. Es war ein typisches Kleinstadthaus, in der Einfahrt parkten zwei Motorräder und ein Mittelklassewagen.
„Hier? Gut, was hältst du davon, wenn du erstmal im Auto wartest und ich abkläre, ob alles in Ordnung ist? Wir wissen ja nicht, ob die Luft rein ist, ob vielleicht jemand im Haus ist, der ein wenig überrascht wäre, wenn ein Wolf durch die Tür spaziert."
Ich streichelte ihn ein letztes Mal: „Ich sag das jetzt nur einmal – ich glaube, ich werde dich echt vermissen, auch, wenn wir uns gar nicht wirklich kennen. Hab ein schönes Leben, Wolf. Ich wünsch dir von Herzen, dass du schnell wieder ins Leben zurückfindest!" Als Antwort leckte er mir wieder über die Hand und ich stieg aus dem Auto. Da er es in den letzten Tagen nicht gemocht hatte, eingesperrt zu sein, ließ ich die Autotür auf, ging zur Haustür und klingelte.
Nach wenigen Augenblicken wurde die Tür geöffnet und ich sah mich einer wunderschönen jungen Frau um die 30 gegenüber. Sie war wirklich schön. Sie hatte lange, schwarze Haare, eine Traumfigur, trug eine enge Lederhose, die jede ihrer Kurven betonte. Ihre braunen

Augen waren dezent geschminkt und sie trug auffälligen Schmuck, der hervorragend zu ihr passte. Ich sah an mir hinunter: ich war verschwitzt, mein Pferdeschwanz hatte sich gelockert und meine Haare hingen mir wirr in die Stirn. Meine Kleidung war praktisch und bequem für eine lange Autofahrt und ich roch nach Wolf und Schweiß – die Klimaanlage in meinem Auto hatte den Geist aufgegeben.
„Ja bitte, was kann ich für Sie tun?"
„Ich …", weiter kam ich nicht, denn in diesem Moment kam mein Wolf (falsch, es war ganz offensichtlich nicht mein Wolf!) die Einfahrt heraufgelaufen und sprang der Frau in die Arme. Er warf sie ungestüm um, leckte ihr übers ganze Gesicht und sie vergrub ihre Hände und ihr Gesicht in seinem Fell.
„Jackson, bist du es wirklich. Du bist wieder da? Du bist zurückgekommen, warum…? Wieso?"
Sie sah mich mit Tränen in den Augen an und selbst jetzt, weinend und auf dem Boden liegend, sah sie wunderschön aus. Ich musste schlucken, hier waren zwei vereint worden, die zusammengehörten.
„Er ist mit anderen zusammen entführt und gefangen gehalten worden. Aber wir wissen aus Erfahrung, dass die Verschmelzung problemlos funktioniert. Es braucht nur etwas Zeit."
„Wie können wir Ihnen danken?"
„Gar nicht, wir haben auch einen der unseren befreit."
„Ich danke Ihnen trotzdem vielmals! Ich hatte alle Hoffnung aufgegeben, dass Jackson zurückkehren würde…"
Weiter kam sie nicht, denn der Wolf, Jackson, jaulte und winselte und wollte ganz offensichtlich ihre Aufmerksamkeit. Sie weinte und lachte und spielte mit ihm … und ich ging. Ich drehte mich um, stieg ins Auto und fuhr zurück nach Purple Beach, zurück in mein

Leben, zurück zu meiner Familie. Jackson war dort, wo er hingehörte und ich würde dorthin zurückkehren, wo ich hingehörte …

Epilog – 6 Monate später ….
Isaac

Jo lag schlafend in meinen Armen. Ihr Numus kuschelte sich eng an meine Seite und sah mich mit großen Augen an. Ich konnte mein Glück immer noch nicht wirklich fassen. Jos Tante Diana hatte fast problemlos in ihr altes Leben zurück gefunden und die beiden hatten viel Zeit miteinander verbracht. Nicht selten habe ich in dieser Zeit gespürt, dass Jo traurig und nachdenklich war. Aber als ich sie darauf ansprach, lächelte sie mich an und meinte: „Bitte, lass mir Zeit und mach dir keine Sorgen." Als wenn das so einfach wäre! Aber ungefähr drei Monate nach der Befreiung fuhr sie mit mir in den privaten Bereich des Kletterwalds. Wortlos zog sie mich hinter sich her zu unserem Kletterfelsen. Wir waren seit Tristans Überfall nicht mehr dort gewesen. Irgendwie war immer etwas anderes gewesen, zum Beispiel hatte sie sich endlich auf ihren Collegebesuch konzentriert und sich mit Feuereifer ins Lernen gestürzt.

Sie sprach immer noch nicht mit mir, als wir kletterten und auch als wir oben angekommen waren, redete sie nicht. Statt dessen zog sie zuerst mir und dann sich das T-Shirt aus und ließ Taten folgen. Wie bei unserem ersten Besuch auf diesem Berg küssten und streichelten wir uns, dann schliefen wir unendlich langsam miteinander. Anschließend saß sie immer noch schweigend auf meinem Schoß. So lange, bis ich es nicht mehr aushielt. War das am Ende ein Abschied? Wollte sie mich nun doch verlassen und nach Deutschland zurückkehren?

„Jo, bitte rede mit mir! Warum sind wir hier? Warum redest du nicht mit mir?"

Sie hob langsam den Kopf und sah mir in die Augen.

Irgendwie war ihr Blick nachdenklich, ein bisschen zu weit weg für meinen Geschmack.
Statt einer Antwort nahm sie meine Hand und küsste die Innenfläche, dann legte sie sie sich an die Wange und stützte ihren Kopf damit ab.
„Ich habe lange nachgedacht, Isaac. Über dich und mich, über Amerika und Deutschland. Über meine Eltern und Geschwister, über Diana und Mitch. Und ich habe eine Entscheidung getroffen."
Mehr sagte sie nicht … und machte mich damit nun wirklich nervös.
„Sagst du mir auch, wofür du dich entschieden hast, Kätzchen?"
Sie sah mir fast schüchtern in die Augen und fuhr mit dem Zeigefinger über meine Augenbrauen, meine Wange, meine Kieferlinie bis hin zu meinen Lippen. Ich ließ es mir nicht nehmen und küsste ihre Fingerspitzen.
„Hat dir schon mal jemand gesagt, dass du ein schöner Mann bist? Mir fällt immer wieder auf, welches Glück ich habe."
Jo hatte mich in den letzten Monaten gelehrt, dass man mit Ungeduld bei ihr nicht weiterkommen würde. Also ließ ich ihr ihre Zeit, sah sie an und wartete.
Nach ein paar Minuten sprach sie weiter: „Ich habe viel mit Diana gesprochen und mit meinen Eltern, selbst mit meiner Collegeberaterin … und wenn du mich hier haben willst, dann …"
Weiter ließ ich sie nicht kommen. Stattdessen zog ich sie an mich und küsste sie. Erst nach einer gefühlten Ewigkeit ließ ich sie wieder los. Ich legte meine Stirn an ihre und atmete erleichtert aus. „Du hast doch hoffentlich nicht einen einzigen Augenblick daran gezweifelt, dass ich dich hier haben will, oder? Jo, ich kann und will mir ein Leben ohne dich gar nicht mehr

vorstellen!"

Noch am selben Abend hatte ich Nägel mit Köpfen gemacht und Jos restliche Sachen, die noch bei Mitch waren, zu mir geholt.
Seitdem war kein Tag vergangen, an dem einer von uns diese Entscheidung bereut hätte. Natürlich gab es ab und zu kleinere Streitereien über Kleinigkeiten, vor allem dann, wenn der Fuchs in mir gegen ihre Wildkatze kämpfte. Aber im Großen und Ganzen? Ich hätte mir niemals träumen lassen, dass es einen solchen Menschen für mich auf der Welt geben würde. Jo erdete mich, sie half mir, meine Position als Ältester auszufüllen. Sie trat mir in den Hintern, wenn ich das College vernachlässigte und kämpfte für mich, wenn meine Familie mich zu sehr auf meine Rolle beschränkte.
Ich stand ihr zur Seite, als es vor ein paar Wochen zur Verhandlung gegen Tristan gekommen war. Wie Richard vermutet hatte, war es nicht ganz einfach geworden. Aber am Ende hatte die Gerechtigkeit gesiegt und Tristan war – weit weg von Purple Beach – in ein Gefängnis gekommen. Gwendolyn hatten wir nie wieder gesehen. Xander und Stefanie tauchten immer öfter im Kletterwald auf. Monica war weiterhin Monica … und was Julia und Silas anging …
Nun, das müssen die beiden wohl selber erzählen!

Jos Numus leckte mir ein letztes Mal über die Hand und setzte sich dann auf Jos Brust, um Sekunden später zu verschwinden. Sofort schlug Jo ihre Augen auf.
„Hi, du Schlafmütze. Genug ausgeruht?"
Jo grinste mich wissend an und nickte mir zu. Ich beugte mich sofort zu ihr hinunter und küsste sie, bevor ich genau dort weitermachte, wo wir vor ein paar

Stunden aufgehört hatten …

… als kleines Bonbon schenke ich euch noch Brians und Daves Kurzgeschichte.
Sie spielt ungefähr ein halbes Jahr vor Jos Auftauchen in Purple Beach.
Ich habe sie als Beitrag für eine Anthologie geschrieben. Bis ich mit Jos und Isaacs Geschichte fertig war, war aber noch nicht klar, ob die Geschichte in die Anthologie aufgenommen wird. Euch will ich sie aber nicht vorenthalten.

Also, viel Spaß mit

„Mein Tier und Du"

Meinst du, es hilft, dass wir nach Purple Beach gezogen sind? Bisher waren wir hier auch ziemlich alleine, meinst du nicht? Ich will ja nicht stänkern oder unzufrieden klingen, der Wald hier ist toll, ich fühle mich wohl, ich hab auch schon ein paar Bekanntschaften gemacht, aber du stehst uns echt im Weg. Du musst auch auf die Menschen hier zugehen, sonst hat das keinen Sinn ...
Sei leise, bitte, ich kann nicht denken, wenn du in meinem Kopf rumspukst.
Ich spuke nicht, ich bin ein Teil von dir, und das schon solange du lebst, du solltest dich an mich gewöhnt haben, oder?
Ja, aber hier beim Unterricht ist es echt schwer, sich auf den Prof zu konzentrieren, wenn du mich volltextest!
Boah, Brian, du sollst leben, nicht nur studieren, deshalb bist du doch hierhergekommen. Sieh mal, was ist denn mit dem süßen Kerl da hinten, der, der zu uns rüberlächelt?
Der lächelt nicht uns an, sondern die Tussi, die hinter mir sitzt – und bitte, rede nicht immer in der dritten Person von uns, ähhm, mir, das verwirrt mich …
Aber wir sind doch nun mal zu zweit, oder nicht?

Ich stöhnte, wohl zu laut, denn mein Sitznachbar sah mich fragend an. Dann raunte er mir zu: „So schwer ist das doch gar nicht. Brauchst du Hilfe?"
Ja, ich brauchte Hilfe, aber bestimmt nicht bei diesen Formeln. Ich hatte ganz andere Probleme, aber mit wem sollte ich darüber reden? Mit wem durfte ich darüber reden? Gott, ich war vor zwei Monaten hierher nach Purple Beach gezogen, um eine Chance zu haben, mich zu verlieben. Mich in jemanden zu verlieben, der mich kannte, der mich verstand und mit dem ich reden konnte. In meiner Gemeinschaft oben in Kanada gab es

niemanden, mit dem ich mir ein Leben vorstellen konnte. Dafür lebten da zu wenige von uns und keiner, der schwul war. So, ich hatte es gesagt oder zumindest gedacht – ja, ich war, ich bin, ich werde schwul sein und ich war anders als die anderen. Dann hatte ich über Gerüchte gehört, dass es hier in Purple Beach eine etwas größere Gemeinde von uns geben sollte. So hatte ich mich am College eingeschrieben, mir eine kleine, passende Bude gesucht und hatte meinen Eltern, meiner Familie und meinen Freunden den Rücken zugekehrt und war umgezogen. *Er* hatte schon recht, ich war zu schüchtern. Ich hatte in meiner gesamten Zeit hier noch keine tieferen, engeren Beziehungen aufgebaut, niemanden wirklich kennengelernt und schon gar keinen meiner Art gefunden.
Ich habe welche kennengelernt, aber das bringt dich nicht weiter, wenn du nicht auf mich hörst, da ist auch einer dabei ...
Halt bitte den Mund, ich bin nicht soweit, ich weiß einfach nicht, wie ich es anstellen soll. Ich kann das hier nicht, am besten ich gehe einfach zurück zu meinen Leuten und lasse diese Schnapsidee.
Nein, das darfst du nicht, du musst ihn nur suchen, ich helfe dir!
Du weißt nicht, wie sein Mensch aussieht, es bringt mir nichts, wenn du mit seinem Tier kuschelst.
WIR SIND KEINE TIERE ...
Aber ihr seht aus wie Tiere!

Nun war er still und schmollte, wie immer, wenn ich ihn Tier nannte. Aber wie sollte ich es sonst beschreiben, was ich, war wir waren?
Sie lebten in uns, waren ein Teil unseres Wesens, machten uns aus und wenn wir schliefen, dann nahmen sie Gestalt an, entwickelten ein Eigenleben, streiften

durch den Wald und waren von uns getrennt. Wenn wir von ihnen redeten, dann nannten wir sie unsere Numa. Normalerweise waren sie ruhig, hielten sich aus unserem Leben heraus, aber so langsam verlor *er* die Geduld mit mir. Deshalb mischte *er* sich in den letzten Wochen immer öfter in meine Gedanken ein und ging mir auf die Nerven.

Vor einigen Nächten war es dann passiert, *er* hatte eine Gruppe getroffen, eine Gruppe Lebewesen, die genauso war wie *er*. Und einer von ihnen hatte es *ihm* auf Anhieb angetan. Seitdem redete *er* von niemand anders mehr. Sie trafen sich jede Nacht und hatten eine gute Zeit.

Es gab nur ein Problem.

Ja, und das bist du!

Ruhe – das Problem war, dass *er* jetzt das andere Wesen kannte, aber wir wussten nicht, welcher Mensch dazu gehörte!

Was, wenn der Mensch nicht schwul war und ich mich zum Affen machen würde? Mir war noch nie ein anderer begegnet, in meiner Gemeinschaft gab es keinen und auch unsere befreundeten Gemeinden hatten keinen Partner für mich. Was, wenn es niemanden für mich gab? Ich hatte auch schon Beziehungen zu normalen Männern gehabt – aber wie sollte ich ihnen erklären, dass nachts, wenn ich schlief, plötzlich ein Panther neben mir saß und raus wollte? Und dass ich solange schlafen würde, bis *er* wieder bei mir wäre? Richtig, das war nicht so einfach. Also waren die Beziehungen kaputt gegangen, denn es gab kein gemeinsames Einschlafen, kein Aufwachen in den Armen des anderen. Zwar konnte ich *ihn* bitten, nachts nicht aufzutauchen und ein Teil von mir zu bleiben, aber das war nicht oft möglich, denn *er* mochte es nicht, eingesperrt zu werden. Also war ich alleine.

Dabei hatte ich mir fest vorgenommen, den Sommer hier zu nutzen, um neue Freunde zu finden. Man sollte meinen, dass das Wetter dazu einladen würde, um Menschen kennenzulernen. Gut, andere taten das! Ständig fanden Partys statt, überall gab es Lagerfeuer, an denen die Studenten zusammensaßen, tranken, Spaß hatten, die ersten warmen Tage des Jahres feierten und ich? Ich hatte es ein paar Mal probiert, man hatte mich eingeladen, ich war hingegangen, aber ich hatte mit niemandem gesprochen, nichts getrunken und war alleine nach Hause gegangen und das, lange bevor die Party zu Ende gewesen war. Mittlerweile fragte mich schon keiner mehr und wenn ich ehrlich war, dann war mir das auch ganz recht so. Ich war schüchtern, ich war unscheinbar, ich war der Kumpeltyp, fiel nicht auf und wollte nicht auffallen.

Zum Glück war der Unterricht nun auch zu Ende. Ich räumte meine Sachen zusammen und wollte so schnell wie möglich hier raus.
Ja, Menschen machten mich unsicher, viele Menschen machten mir Angst. Am besten packte ich noch heute meine Sachen und ging heim – im wahrsten Sinne mit eingezogenem Schwanz. Ich würde im Laden meines Vaters arbeiten und dort mein Leben verbringen. Alles war besser, als das hier!
„Hey, brauchst du jetzt Hilfe mit dem Stoff?", mein Sitznachbar überraschte mich, als er mich ansprach, als ich gerade gehen wollte.
„Nein, ehrlich gesagt nicht, ich komm klar, danke." Ich drehte mich weg, wollte gehen. Er legte seine Hand auf meinen Arm und hielt mich damit zurück.
„Hast du dann vielleicht Lust auf einen Kaffee?"
Nun sah ich ihn an, etwas, was ich mir vorher nicht erlaubt hatte. Mein Blick wanderte an seiner Hand, die

auf meinem Arm lag, seinen Arm hinauf, es waren gebräunte, schöne, muskulöse Arme, dann über seine breiten Schultern, den Hals bis hin zu seinem Gesicht. Er sah mir in die Augen, ruhig, fragend, mit einem halben Lächeln. Seine braunen Augen waren von langen Wimpern umgeben, in der Lippe trug er einen kleinen Ring und er beobachtete mich. Er hatte schwarze Haare und trug einen modernen Haarschnitt und hätte locker für das eine oder andere Label als Model auf dem Laufsteg gehen können.
Also genau das Gegenteil von mir. Ich war zwar - wie so ziemlich alle meiner Art – muskulös und schlank, aber meine ganze Erscheinung war von Unsicherheit und Zurückhaltung geprägt. Meine Haare waren langweilig braun, meine Augen durchschnittlich blaugrau, meine Haut eher blass. Meine Freunde haben mich schon immer damit aufgezogen, dass ich die Schultern immer hängen lassen würde, um mich kleiner zu machen. Und sie hatten recht – wenn man mich sah, dann kam niemand auf die Idee, dass ich fast 1,90 m groß war. Ich war … langweilig.
Mittlerweile war außer uns niemand mehr in diesem Vorlesungssaal. Ich sah mich suchend um. Der andere machte keine Anstalten, seine Hand von meinem Arm zu nehmen und sah mich immer noch an.
„Warum willst du mit mir Kaffee trinken?"
Gott, bist du doof, Brian, warum fragst du sowas, warum nutzt du nicht einfach die Chance, Menschen kennenzulernen?
Mein Gegenüber nahm seine Hand von meinem Arm und fuhr sich mit der Hand durch die Haare, die Geste wirkte fast unsicher, aber das passte gar nicht zu ihm.
„Nun, ich … wow, mit der Frage hatte ich nicht gerechnet. Ich wollte einfach mit dir einen Kaffee trinken, wir sitzen in ein paar Veranstaltungen

zusammen, du redest nie mit jemand anderem, du kommst alleine, du gehst alleine. Ich dachte …"
„Nein danke, ich brauche kein Mitleid oder so, es geht mir gut, ich bin kein Sozialprojekt oder auf der Suche nach Anschluss!"
„Das verstehst du falsch, lass es mich anders formulieren – du bist mir aufgefallen und ich wollte dich kennenlernen. So klar genug?"
„Du willst mich kennenlernen? Aber warum?"
„Du machst es einem echt nicht leicht, oder? Dann fang ich nochmal an."
Er streckte mir seine rechte Hand entgegen: „Hallo, ich bin Dave und hätte Lust, mit dir zusammen einen Kaffee zu trinken, was hältst du davon? Für heute sind die Seminare vorbei und ich würde dich gerne kennenlernen."
Mehr aus einem Reflex heraus ergriff ich seine Hand und schüttelte sie: „Ich bin Brian und ein bisschen überrascht."
Er hielt meine Hand und sah mir in die Augen: „Überrascht, aber nicht abgeneigt oder überrascht und uninteressiert?"
Was sollte ich sagen – uninteressiert war ich auf gar keinen Fall, aber total überfordert. Was sollte ich antworten?
Aber Dave nahm mir die Entscheidung einfach ab. Er ergriff meinen Rucksack, dann ließ er meine rechte Hand los, aber nur, um direkt meine Linke zu ergreifen und mich hinter sich her in Richtung Ausgang zu ziehen.
Er steuerte zielstrebig die Parkbänke vor der Cafeteria an. Er legte unsere Rucksäcke auf einen freien Tisch und bedeutete mir, dass ich mich setzen sollte. Immer noch hin- und hergerissen zwischen Neugier und Angst, leistete ich seiner Aufforderung Folge.

Er beugte sich zu mir hinunter: „Wie magst du deinen Kaffee – oder lieber etwas anderes?"
Die Temperaturen waren nach einem Gewitter am Abend vorher angenehm um diese Uhrzeit und vielleicht würde das Koffein helfen, heute mal etwas länger wach bleiben zu können.
„Viel Milch, ein bisschen Zucker."
Er sah mir noch eine Weile in die Augen, schüttelte dann den Kopf und stiefelte los, die Hände in den Taschen seiner Jeans vergraben.
Was passierte hier gerade?
Ich sah mich um, bei meinem Glück war ich hier mitten in der versteckten Kamera gelandet und gleich würden alle lauthals loslachen, dass ich mir einbildete, dass dieser Dave tatsächlich an mir interessiert sein könnte! Aber niemand beobachtete mich – niemand außer einer Gruppe von mehreren Kerlen und zwei Frauen, die böse zu mir rüberstarrten.
Sie starrten auch noch, als Dave mit dem Kaffee zurückkam.
Er schien mein Unbehagen zu spüren.
„Stimmt was nicht?"
„Ich habe nur das Gefühl, dass diese Gruppe da drüben mich anstarrt …"
Dave folgte meinem Blick, seufzte laut und machte eine wenig nette Geste in Richtung der Gruppe.
„Das sind meine Brüder und Cousins, die haben was gegen unser Treffen …"
„Speziell wegen mir oder allgemein?"
„Wenn du wissen willst, ob sie was dagegen haben, dass ich mit einem Mann hier sitze …" Er hörte auf zu reden, denn ich hatte lauthals angefangen zu lachen. Er sah mich fragend an.
„Sorry, ich wollte dich nicht unterbrechen, aber, dass du mich als Mann bezeichnest, finde ich seltsam, Typ,

Kerl, aber Mann?" Ich sah an mir runter. „Wenn du mich fragst, dann ist an mir nicht viel Männliches dran."
Er setzte sich direkt vor mich auf die Bank, die Beine links und rechts von der Sitzfläche, so dass ich quasi in seinem Schoß saß. „Dann solltest du dich vielleicht mal mit meinen Augen sehen …", bei diesen Worten kam er mir mit seinem Gesicht gefährlich nah. So nah, dass ich kleine, goldene Flecken in seiner Iris erkennen konnte. Ich leckte mir unwillkürlich über die Lippen, was seinen Blick genau dorthin lenkte.
„Was hast du vor?", fragte ich ihn atemlos.
„Wenn du das noch nicht gemerkt hast, dann mache ich irgendetwas falsch, oder?" Leider zog er sich wieder zurück, während er das sagte.
„Zurück zu deiner Frage – es geht nicht um dich, es geht darum, dass ich nicht bei ihnen sitze. Wenn es nach meiner Verwandtschaft ginge, dann würde ich nur mit ihnen rumhängen, wir … sie mögen keine Fremden …."
„Das kenn ich, das ist der Grund, warum ich hierher gezogen bin, ich wollte … Neues kennenlernen und mich von meiner Sippe abnabeln."
Dave sah mich neugierig und irgendwie seltsam an. „Von deiner Sippe?"
„Na, Sippe … Familie, eben …"
Er sah mich an, fragte aber nicht weiter. Stattdessen nahm er meine Hand, hielt sie einfach nur fest und sah mich an. Zuerst war es komisch, aber schon nach ein paar Augenblicken fielen wir in eine angenehme Unterhaltung über unverfängliche Dinge wie die Schule, unsere Kurse, Musik, Filme …
Nach ungefähr einer halben Stunde fiel ein Schatten auf uns, ich sah auf und erkannte einen von Daves Verwandten. Er sah mich nicht an, so, als wäre ich gar

nicht anwesend.

„Dave, wir müssen los, wir haben gleich die Abendschicht …", mehr sagte, oder besser, knurrte er nicht, denn sein Ton war eindeutig unfreundlich und abweisend gewesen.

Dave stöhnte, sah mich entschuldigend an und erklärte: „Meiner Familie gehört der Hochseilgarten hier im Wald und bei diesem guten Wetter ist da nachmittags und abends immer die Hölle los. Deshalb müssen wir alle mithelfen – mehr als sonst. Glaube mir, ich würde gerne noch länger mit dir hier sitzen, aber ich muss leider wirklich los. Sehen wir uns morgen früh vor den Vorlesungen hier? Wir haben den ersten Kurs zusammen."

„Das wusste ich gar nicht, wieso weißt du sowas?"

„Drücken wir es mal so aus, ich wollte dich schon länger ansprechen, ich hab nur nie den Mut gehabt …"

„Bis heute …"

„Ja, bis heute und ich bin sehr glücklich, dass ich es getan habe!", mit diesen Worten beugte er sich zu mir und gab mir einen sanften Kuss auf die Lippen. Dann stand er auf, schnappte sich seinen Rucksack, zwinkerte mir nochmal zu und ging zu seinen Leuten hinüber. Ich fasste mir völlig überrascht an den Mund und sah ihm hinterher. Dabei fing ich wieder einige feindselige Blicke auf, aber das tat meiner guten Laune keinen Abbruch.

Ich saß noch eine Weile da und grinste vor mich hin. Was war das denn?

Das ist wohl der Grund, warum wir noch ein bisschen länger hier bleiben werden, oder?

Ich glaube schon!

Die nächsten zwei Wochen waren angefüllt mit Lachen und Spaß, mit Spaziergängen und heimlichen Treffen.

Wir besuchten sogar die eine oder andere Lagerfeuerparty gemeinsam. Aber nie trafen wir dort auf seine Freunde oder Familie. Wir blieben für uns und lernten uns kennen. Wir redeten viel, hielten Händchen, küssten uns, genossen das warme Wetter – um kein Geld der Welt wollte ich zurück in meine Heimat in Kanada, denn solche Sommer kannten wir da nicht. Und warum sollte ich auch zurück? Ich fühlte mich verdammt wohl mit Dave, wenn nur seine komische Familie nicht wäre. Jedes Mal, wenn ich auf einen von ihnen in den Gängen traf, bekam ich einen unfreundlichen Blick oder sogar einen blöden Kommentar, aber nur, wenn Dave nicht dabei war. Wenn er dabei war, dann übersahen sie uns einfach. So langsam fragte ich mich, ob sie ein Problem damit hatten, dass er offen mit seinem Freund durch die Gegend zog oder ob es noch einen anderen Grund gab.
Immer, wenn ich Dave darauf ansprach, winkte er ab und meinte, dass sie sich schon an mich gewöhnen würden, ich müsste ihnen nur mehr Zeit geben. Dann würden sie mir auch eine Chance geben, sie kennenzulernen. Im Grunde wären sie echt in Ordnung, nur bei ihm recht überbehütend. Das läge vor allem daran, dass er bei seiner letzten Partnerwahl ins Klo gegriffen hätte und weil ein Freund von ihnen vor ein paar Wochen überfallen worden wäre. Dann nahm er mich in den Arm und küsste mich, dass ich alle anderen Fragen einfach vergaß.
Einmal hatten wir den Versuch unternommen, dass ich seine Brüder kennenlernen sollte. Er hatte mich mit zum Hochseilgarten genommen. Aber das war … schwierig gewesen und das ist untertrieben. Sie sahen mich an, als hätte ich Ausschlag oder eine ansteckende Krankheit, redeten nicht mit mir und nachdem ich mehr als einmal beinah mit dem Gesicht im Dreck gelandet

war, weil man mir ein Bein gestellt oder mich aus Versehen geschubst hatte, war ich einfach gegangen. Das musste ich mir nicht geben. Ich brauchte seine Leute nicht und wenn sie so wenig von mir hielten, dann war es wohl besser, wenn ich ihnen aus dem Weg ging. Ich wusste, dass die Situation auch für Dave nicht leicht war. Aber wir konnten seine Familie ja nicht dazu zwingen, mich zu akzeptieren. Hoffentlich hatte er Recht, wenn er meinte, dass sie nur Zeit bräuchten.
Heute Abend hatte er wieder einen freien Abend und wir wollten zu einer Party in einem der Wohnheime gehen.
Er lebte noch bei seinen Eltern und ich brauchte aus den bekannten Gründen eine eigene Bude, deshalb war das Wohnheimleben nichts, was wir kannten.
Und obwohl ich ihn schon mehr als einmal gefragt hatte, ob er noch mit zu mir kommen wollte, war es noch nie dazu gekommen.
Nachdem Dave mich angesprochen und zum Kaffee eingeladen hatte, war ich davon ausgegangen, dass er selbstsicherer war als ich, dass er mehr Erfahrung hätte. Aber das hatte sich als Fehler herausgestellt. Bei dem Gedanken an unser Gespräch musste ich lächeln. Es war nach ungefähr einer Woche gewesen und ich war ziemlich forsch gewesen, hatte ihm bei einem leidenschaftlichen Kuss das Shirt hochgeschoben, um seine Haut zu spüren und an seinem Hosenbund gespielt. Da hatte er meine Hand festgehalten und mir gestanden, dass er sich zwar sein ganzes Leben zu Männern hingezogen gefühlt hatte, aber so weit wäre er noch nie gegangen. Das erklärte auch, warum er bisher nie mit zu mir gegangen war. Aber mir war es recht. Ich genoss unser Beisammensein und je langsamer wir es angehen ließen, desto länger konnte ich seine Nähe genießen, ohne dass die Frage aufkam, warum ich ihn

nicht über Nacht bei mir haben wollte. Wenn ich ehrlich war, dann hatte ich Angst davor, dass es das Ende unserer Beziehung bedeuten würde, wenn ich ihn ein ums andere Mal würde vertrösten müssen.
Nun denk nicht wieder über ungelegte Eier nach, es wird sich mit Sicherheit alles fügen.
Du hast leicht reden, du bist jede Nacht unterwegs und triffst dich mit den anderen und ich habe noch keinen anderen meiner Art kennengelernt ... könntest du nicht dem Einen oder Anderen mal nach Hause folgen und schauen, wie sein Mensch aussieht? Dann wüsste ich mehr!
Du weißt, dass es so nicht läuft, außerdem sind sie vorsichtig, so ganz trauen sie mir auch noch nicht. Nur der eine ... Gott, er ist ein so schöner Fuchs ...
Na toll, gerätst du jetzt wieder ins Schwärmen?
Hey, du denkst den halben Tag an Dave, was glaubst du, wie es mir damit geht?

Ich musste zugeben, dass *er* damit recht hatte. Ich konnte es kaum erwarten, Dave zu sehen und so ging es Tag für Tag und es wurde nicht weniger, eher mehr. Bei dem Gedanken, dass ich ihn irgendwann belügen oder verlassen musste, wurde ich unsagbar traurig. Aber nicht heute, heute Abend würden wir so lange wie möglich zusammen sein. Und das war etwas, worauf ich mich freute, alles andere war egal. Die Zukunft war mir egal, es zählte nur der Augenblick!
Und so war ich pünktlich bei der Party und hielt Ausschau nach Dave. Er ließ nicht lange auf sich warten, aber er kam nicht alleine. Er kam zusammen mit seinem älteren Bruder Isaac, der mit einer ziemlich finsteren Miene neben ihm herlief und alles andere als glücklich aussah. Dave kam auf mich zu und schloss mich in seine Arme, er vergrub sein Gesicht an meinem

Hals, küsste mich knapp unterhalb des Ohrs und flüsterte mir zu: „Ich hab dich vermisst, Brian, seit gestern ist zu viel Zeit vergangen!" Dann fügte er entschuldigend hinzu: „Isaac wollte mich heute nicht alleine gehen lassen. Er will dich kennenlernen, sich ein Bild von dir machen. Sie geben sich Mühe, aber es ist nicht einfach für sie. Wirst du ihm eine Chance geben?"
„Für dich? Immer – aber ich möchte nicht wieder im Dreck landen wie bei unserem letzten Versuch."
„Darüber habe ich mit ihnen geredet. Sie werden es sein lassen – und Isaac ist in Ordnung, nur eben vorsichtig."
Also straffte ich meine Schultern – ich hatte in den letzten Tagen einen gehörigen Schub an Selbstsicherheit bekommen und das hatte auch dazu geführt, dass ich mehr zu meiner eigenen Größe stand. Ein Umstand, der nun dazu führte, dass ich Isaac um einige Zentimeter überragte. Ich hielt ihm die Hand hin, die er eher widerwillig ergriff und schüttelte. Dabei drückte er sehr fest zu, wie um mir seine Kraft zu beweisen, aber da konnte ich leicht mithalten und tat es ihm gleich. Das wiederum quittierte er mit einer hochgezogenen Augenbraue, bevor er meine Hand losließ. Wir unterhielten uns ein paar Minuten zu dritt, betrieben Smalltalk und tranken ein Bier gemeinsam. Nach ungefähr einer Stunde kündigte Isaac an, dass er nun gehen würde. Er nahm Dave kurz zur Seite und redete auf ihn ein, was Dave kopfschüttelnd abtat. Dann kam er zu mir hinüber, fixierte mich und sagte nur: „Solltest du Dave irgendetwas antun oder etwas tun, was Dave nicht will, dann gnade dir Gott!" Dann drehte er sich um und verließ die Party, ohne uns auch nur noch eines einzigen Blickes zu würdigen.
„Das war peinlich, oder? Sei ihm bitte nicht böse, Brian, vielleicht wirst du eines Tages alles verstehen

…, aber jetzt lass uns das Lagerfeuer genießen!"

Lange genießen konnten wir es nicht, denn innerhalb der nächsten Stunde zog sich der Himmel immer mehr zu und die Luft wurde zunehmend drückender. Das darauf folgende Gewitter überraschte nicht nur uns, innerhalb weniger Minuten löste sich die Party auf und Dave und ich rannten lachend Hand in Hand durch den Regen. Wir kamen an meiner Haustür vorbei und ich hielt Dave zurück.
„Magst du mit rein kommen?" Als er mich skeptisch ansah, fügte ich schnell hinzu: „Hey, nur zum Aufwärmen, ich geb dir was anderes zum Anziehen von mir, wir trinken einen Tee und reden, ich möchte den Abend noch nicht beenden. Es wird nichts passieren, was du nicht willst."
Dave sah sich um, zögerte und willigte dann ein: „Okay, aber ich muss gleich heim, ich darf nicht bei dir einschlafen …"
Lustig, dass er diese Worte wählte, so hätte ich es auch ausgedrückt … Moment, was, wenn seine Brüder aus einem bestimmten Grund so überbehütend waren? Genauso wie meine Familie, wenn ich mal jemanden kennengelernt hatte …
Ich mir wuchs eine Hoffnung, die hoffentlich nicht zerstört werden würde. Aber wie sollte ich das feststellen? Ich konnte ihn ja schlecht fragen, ob sein Numus ihm auch so auf die Nerven ging, wenn er schlecht gelaunt war. Echt, manchmal wünschte ich mir echt, einfach nur ein Mensch zu sein, deren Leben musste herrlich unkompliziert sein!
Danke!
Du weißt, wie ich das meine, sei bitte nicht böse! Meistens haben wir ja eine tolle Zeit, aber gerade jetzt …

„Worüber denkst du nach, soll ich doch nicht mit zu dir rein kommen?", Dave riss mich aus meinen Gedanken. „Doch, doch, bitte, komm rein. Ich leg dir Sachen ins Bad und setz uns einen Tee auf, während du dich umziehst. Lass deine Sachen einfach im Bad liegen, ich werf sie gleich in den Trockner."

Und so saßen wir keine zehn Minuten später auf meinem Sofa, er trug eine kurze Jogginghose und ein Shirt von mir, seine Haare waren noch ein bisschen nass und zerzaust und er sah einfach zum Anbeißen aus. Wir sahen dem Regen und dem Gewitter zu, das man durch meine Terrassenfenster gut erkennen konnte. Ich hatte nur ein paar Kerzen aufgestellt und leise Musik dazu angemacht. Wir saßen eng nebeneinander, küssten uns, streichelten uns, redeten und ich tat mein Bestes, ihn weder verbal noch körperlich zu sehr zu drängen. So gerne ich beides getan hätte, hielt ich die Distanz und überließ ihm die Geschwindigkeit. Aber mein Panther war auf der Pirsch …
Wir saßen schon ein paar Stunden nebeneinander, mittlerweile hatten wir uns einen Film angesehen und keiner von uns wollte den Abend beenden. Irgendwann während des Films legte Dave den Kopf an meine Schulter und murmelte: „Ich muss heim, ich kann hier nicht schlafen … bitte, ich darf nicht. Schick mich heim, Brian!"
Aber da er dann doch keine Anstalten machte, aufzustehen, zog ich ihn näher an mich, streichelte sein Gesicht und flüsterte ihm zu: „Alles ist gut, ich pass auf dich auf, vertrau mir!"
Viel mehr schien es nicht zu brauchen, um ihn zu beruhigen, denn innerhalb weniger Augenblicke entspannte er sich völlig neben mir und war eingeschlafen.

Ich beobachtete sein Gesicht, wie es immer weicher wurde und dann, von einer Sekunde auf die andere, erschien sein Numus, er saß neben uns und sah mich mit großen gelben Fuchsaugen an.
Das ist er, er ist es, bitte, Brian, schlaf schnell ein, ich will zu ihm ...
Aber zum Schlafen war ich im Moment zu aufgeregt. Stattdessen hielt ich ihm meine Hand hin und wartete darauf, wie Brians Numus auf mich reagieren würde. Er ließ mich nicht lange warten, er schnupperte an meiner Hand und schmiegte dann seinen Kopf in meine Hand. Wie lange wir so da saßen und uns langsam im wahrsten Sinne des Wortes beschnupperten, weiß ich nicht mehr. Unterbrochen wurden wir auf jeden Fall, als Daves Handy anfing zu klingeln. Es riss mich aus meiner Faszination und ohne viel nachzudenken nahm ich das Telefonat an.
„Scheiße, Dave, wo bist du, wann kommst du endlich heim!"
„Ähmmm, Isaac, hier spricht Brian ..."
„Kacke, wo ist Dave, was hast du mit ihm gemacht?"
„Nichts, wir sind vom Gewitter überrascht worden und zu mir nach Hause gegangen, wir haben geredet, einen Film geguckt und die Zeit vergessen."
„Das ist nicht gut, das ist gar nicht gut, bitte weck ihn sofort auf, ich komme ihn holen, wo wohnst du?" Ich konnte die Panik in seiner Stimme hören und blickte wieder auf Daves Numus, der mich mit schräg gelegtem Kopf beobachtete.
„Isaac, beruhige dich bitte, alles ist gut, Dave ist hier bei mir in Sicherheit. Ehrlich!"
Er unterbrach mich und schrie ins Telefon: „Scheiße, nein, das ist er nicht, das kann er nicht sein, er ..."
Ich musste fast lachen, konnte mir aber nur zu gut vorstellen, was Isaac gerade durchmachte.

„Isaac, glaub mir, alles ist in allerbester Ordnung …", ich holte tief Luft, „ … Daves Numus wird gleich bei euch sein und er bringt meinen Panther mit!"
„Was …?"
Mehr hörte ich nicht mehr, denn ich legte auf. Dann bereitete ich mich selber für die Nacht vor, ich machte Dave und mir ein provisorisches Bett auf dem Sofa, öffnete die Hintertür einen Spalt, legte mich hinter Dave und zog ihn an mich. Dann küsste ich seine Schläfe und schloss die Augen. Ich schlief fast sofort ein.

…

Alle Bücher von Robin Lang im Überblick:

<u>Die Hier und Jetzt Reihe:</u>

Ich bin das Beste, was dir je passiert ist (Hier & Jetzt 1)

Was du für den Gipfel hältst … (Hier & Jetzt 2)

Die beste Zeit ist genau jetzt (Hier & Jetzt 3)

Die Antwort ist ganz einfach – eigentlich (Hier & Jetzt 4)

Schön, dich gesehen zu haben (Hier & Jetzt 5)

Was auch immer wir hatten (Hier & Jetzt 6)

<u>Die Numa Reihe:</u>

Numa – Die Lichtung (Band 1)

Numa – Die Rettung (Band 2) voraussichtlich Sommer 2017